ROLF VON SIEBENTHAL
Schlagzeile

EISKALT Während die Menschen auf den Baselbieter Straßen Fasnacht feiern, ist die Stimmung beim Tagblatt in Liestal gedrückt. Die Journalistin Tanja Schneider ist bei einem Autounfall ums Leben gekommen. Gleichzeitig hat der neue Verleger einen massiven Stellenabbau angekündigt. Max Bollag ist überzeugt davon, dass seine Kollegin umgebracht wurde. Er ignoriert die Anweisungen seiner Chefin und macht sich auf die Suche nach dem Täter. Unterstützung bekommt er dabei von der jungen Volontärin Rebecca Tobler. Die Kollegin entpuppt sich als fähige Journalistin mit einem guten Riecher. Sie hält auch dann noch zu Bollag, als der selbst ins Visier der Polizei gerät. Denn einiges deutet darauf hin, dass er Tanja ermordet hat. In der Folge lässt das Tagblatt Bollag fallen, und ein übereifriger Staatsanwalt macht Jagd auf ihn. Derweil ringt Kripo-Chef Heinz Neuenschwander mit seinem Gewissen: Ist Bollag tatsächlich der Mörder?

Rolf von Siebenthal, Jahrgang 1961, ist ausgebildeter Sprachlehrer. Er arbeitete viele Jahre bei einer Tageszeitung und im Schweizer Verkehrsministerium, heute ist er selbstständiger Journalist und Texter. Er lebt mit seiner Familie in der Nordwestschweiz.

Bisherige Veröffentlichungen im Gmeiner-Verlag:
Höllenfeuer (2014)
Schachzug (2013)

ROLF VON SIEBENTHAL

Schlagzeile

KRIMINALROMAN

GMEINER

Dieses Buch wurde vermittelt durch
die Literaturagentur Lesen & Hören, Mechler

Die automatisierte Analyse des Werkes, um daraus Informationen insbesondere über Muster, Trends und Korrelationen gemäß § 44b UrhG (»Text und Data Mining«) zu gewinnen, ist untersagt.

Bei Fragen zur Produktsicherheit gemäß der Verordnung über die allgemeine Produktsicherheit (GPSR) wenden Sie sich bitte an den Verlag.

Personen und Handlung sind frei erfunden.
Ähnlichkeiten mit lebenden oder toten Personen
sind rein zufällig und nicht beabsichtigt.

Spannung pur – mit unserem Newsletter informieren wir Sie
regelmäßig über Wissenswertes aus unserer Bücherwelt.

Gefällt mir!

Facebook: @Gmeiner.Verlag
Instagram: @gmeinerverlag

Besuchen Sie uns im Internet:
www.gmeiner-verlag.de

© 2015 – Gmeiner-Verlag GmbH
Im Ehnried 5, 88605 Meßkirch
Telefon 0 75 75 / 20 95 - 0
info@gmeiner-verlag.de
Alle Rechte vorbehalten

Lektorat: Katja Ernst
Umschlaggestaltung: U.O.R.G. Lutz Eberle, Stuttgart
Druck: Libri Plureos GmbH, Friedensallee 273,
22763 Hamburg
Printed in Germany
ISBN 978-3-8392-1761-0

Für Friedy und Alfred

1

Unter dem Blaulicht des Krankenwagens blinkten die Schneehaufen grell wie eine Leuchtreklame. Mitten auf der Straße stand ein Polizist und fuchtelte mit seiner Stablampe herum, als ob er einen Airbus zum Abstellplatz dirigierte.

»Verdammt noch mal.« Mit den Fingern trommelte Bollag auf sein Lenkrad. »Macht endlich den Weg frei.«

Doch die beiden Automobilisten vor ihm hatten es nicht eilig und begafften Polizisten, Feuerwehrleute und Sanitäter rings um den Allschwiler Weiher. Es dauerte ewig, bis sie Gas gaben.

Bollag setzte den linken Blinker zum Parkplatz, der Polizist mit der Stablampe stellte sich augenblicklich vor seine Motorhaube. Einer von diesen glattrasierten jungen Kerlen, die mit dem Dienstreglement auf dem Nachttisch einschliefen. Die ließen nicht mit sich reden. Bollag stöhnte. Also wieder tricksen. Er ließ die Scheibe halb herunter. »Ist Kripo-Chef Neuenschwander schon hier?«

Der Polizist ließ den Arm sinken und kam heran. »Noch nicht. Und wer sind Sie?«

Bollag streckte ihm seinen Presseausweis entgegen. »Ich bin vom Tagblatt, Neuenschwander kommt bestimmt gleich. Sagen Sie ihm, dass ich mich beeilt habe. Danke.« Ohne ein weiteres Wort schloss er die Scheibe und lenkte seinen Polo auf den Parkplatz. Im Rückspiegel sah er den Polizisten noch mit der Lampe wedeln, schließlich wandte der sich aber doch dem nächsten Auto auf der Gemeindestraße zu.

Bollag fuhr bis ans hintere Ende des langgestreckten Parkplatzes von der Form eines U, in dessen Mitte sich zusammengeschobener Schnee türmte. Natürlich hatte ihn nicht Neuenschwander aus dem Bett geholt; der bärbeißige Kripo-Chef hätte ihn eher zum Teufel gejagt.

Sein Handy steckte in der Innentasche der Jacke, Bollag holte es heraus und drückte die Wahlwiederholung. Es klingelte vier-, fünfmal. Verflucht, so eine Unfallmeldung ließ sich Tanja doch sonst nie entgehen. Nur weil die Kollegin nicht erreichbar gewesen war, hatte der Tagblatt-Portier schließlich ihn geweckt. Um 5.40 Uhr an einem Sonntagmorgen! In wessen Bett Tanja wohl ihren Dienst verpennte?

Bollag stieg aus dem Wagen, die Scheißkälte umklammerte ihn sofort. Er war ein Idiot! Er hätte die Winterstiefel anziehen, die Handschuhe und die Mütze mitnehmen sollen. Bollag rieb die Hände aneinander.

Geruch von Diesel hing in der Luft, Generatoren ratterten. Gegen den Weiher hin fiel der Parkplatz leicht ab, Scheinwerfer erhellten ihn wie eine Theaterbühne. Dem Ufer entlang verlief eine schneebedeckte Straße, zwei Patrouillenfahrzeuge der Polizei sperrten sie ab. 20 Meter entfernt standen ein Krankenwagen, ein Feuerwehrauto und zwei Transporter mit offenen Hecktüren, weiter vorn ein Abschleppwagen wie wild geparkt.

Also los.

Bollag schritt links um die Baracke am Uferweg, deren Wände mit Graffiti bedeckt waren: *Vergiss die Waffen – Armee abschaffen!* Ein Abschleppwagen, der rückwärts zum Weiher stand, versperrte ihm die Sicht auf die Rettungsarbeiten. Bollag entschied sich für den Weg zurück und zur anderen Seite der Baracke. Dort, ein Stück entfernt, ragte eine kleine gemauerte Plattform in den Weiher hinaus.

Vorsichtig trippelte Bollag über den rutschigen Boden bis zu den zwei Bänken auf der Plattform, ein Abfallkübel quoll über mit Verpackungen von McDonald's. Er machte drei Schritte bis zum Drahtzaun, lehnte sich vor und blickte durch kahle Büsche über den Weiher. Er maß etwa 50 mal 20 Meter, Eis bedeckte die gesamte Fläche bis auf ein klaffendes Loch. Im Licht der Scheinwerfer funkelte zwischen den Eisschollen das Heck eines dunkelblauen Autos – ein kleiner Wagen, ein Opel vielleicht. Wie er in den Teich hineingekommen war, ließ sich anhand der Lücke im Schneewall und des heruntergerissenen Zauns leicht nachverfolgen. Er musste mit einiger Geschwindigkeit auf das Eis geprallt sein.

»Was macht denn Sigi so lange? Ist der abgesoffen?«, rief ein Feuerwehrmann neben dem Abschleppwagen. Die gelben Streifen auf seiner Brandschutzweste leuchteten.

Mit klammen Fingern öffnete Bollag seine Jacke und holte einen Notizblock aus der Innentasche. Er zeichnete eine kleine Skizze: der Weiher, die steile Böschung, darauf Bäume und Sträucher, die Häuser auf der gegenüberliegenden Seite, das Auto im Eis.

In den Fenstern der Wohnsiedlung hinter dem Weiher entdeckte Bollag dick vermummte Gestalten. Vielleicht war es jemand von dort gewesen, der am frühen Morgen beim Tagblatt angerufen und vom Unfall berichtet hatte. Für solche Tipps zahlte die Zeitung 50 Franken – diesmal war das eine gute Investition. So ein spektakulärer Unfall mitten in Allschwil würde es vielleicht auf die Frontseite schaffen.

»Er kommt«, hallte es vom Feuerwehrmann am Abschleppwagen über das Eis.

Mit einem Zischen tauchte neben dem versunkenen Auto der Kopf eines Tauchers auf. Er nahm den Atemregler aus dem Mund. »Verdammt, ist das kalt. Meine Eier sind klein wie Nüsse.«

»Dann hat deine Sandra ja was zum Knacken heute Abend«, rief ihm ein Kollege vom Ufer zu. Die Polizisten und Feuerwehrleute lachten.

Dumme Sprüche halfen beim Stressabbau – Bollag kannte das aus der Medienbranche.

Der Taucher hob eine Hand aus dem Wasser und machte damit eine Kreisbewegung. »Das Auto hängt am Haken.«

»Rausziehen!«, befahl am Ufer ein Polizist mit Pelzmütze.

Der Fahrer des Abschleppwagens ließ den Motor an und setzte die Winde in Gang. Das Seil spannte sich langsam, zog sich straff. Das Eis knackte, Wellen schwappten über, dann geriet das Auto langsam in Bewegung. Die ganze Hecktür tauchte auf, die Seitenfenster, die Hinterräder. Eindeutig ein Opel Corsa, der im Flutlicht metallicgrün funkelte.

Die Winde zog den Opel sachte ans Ufer, dann die Böschung herauf, kurze Kommandos der Feuerwehrmänner begleiteten die Aktion.

Erst als der Corsa dicht hinter dem Abschleppwagen auf der Uferstraße stand, stellte der LKW-Fahrer die Winde ab. Bollag machte auf der Plattform kehrt und schlenderte bis auf etwa 20 Meter an das geborgene Auto heran. So störte er das Unfallteam nicht und hatte alles im Blick. Dellen am rechten Kotflügel wiesen auf den Aufprall hin, ansonsten sah der Wagen überraschend unversehrt aus.

Als auf der gegenüberliegenden Seite der Polizist mit der Pelzmütze die Fahrertür öffnete, rauschte ein Schwall Wasser auf den Schnee der Uferstraße.

»Verflucht.« Mit einem Sprung brachte sich der Mann in Sicherheit. Er wartete ein paar Sekunden, dann trat er wieder vor und leuchtete mit der Taschenlampe in den Innenraum. »Da liegt jemand. Eine Frau. Jung.«

Die Männer um ihn herum hielten inne. Bollag stellte

sich auf die Zehenspitzen, konnte jedoch nichts erkennen. Die Frau musste auf den Sitzen oder im Fußraum liegen.

»Überprüft das Kennzeichen.« Pelzmütze klemmte die Taschenlampe unter den Arm, beugte sich in das nasse Wrack, tauchte nach einer Weile wieder auf. »Kein Portemonnaie, keine Fahrzeugpapiere.«

Verfluchte Kälte. Bollag fror sich den Arsch ab. Das hier würde sich bestimmt noch eine Weile hinziehen. Wie auch immer, er hatte genug Informationen beisammen. Die Eindrücke vor Ort konnte er in den Artikel einfließen lassen, den Tanja schreiben würde. Schließlich hatte er heute frei. Bollag holte das Handy aus seiner Jacke, kurz vor sieben müsste sie doch mal aufstehen. Er wählte ihre Nummer, hörte das Rufzeichen.

»Herrgott!« Pelzmütze machte einen Satz rückwärts. Dann näherte er sich erneut dem Opel, bückte sich, griff hinein, holte etwas heraus. Das Gerät in seiner Hand spielte ein Stück von Coldplay. »Mann, das Mobiltelefon hat mich echt erschreckt. Ein Wunder, dass das noch funktioniert.«

Bollag runzelte die Stirn. Dieser Klingelton ...

Ein Feuerwehrmann blickte Pelzmütze über die Schulter. »Nein. Diese Outdoor-Handys sind praktisch unverwüstlich.«

Pelzmütze hielt das Handy vor sein Gesicht. »Offensichtlich.«

»Willst du nicht abnehmen?«

Bollag presste das Handy fester an sein Ohr, hörte das Rufzeichen. Verdammt, Tanja!

Pelzmütze drehte den Kopf. »Spinnst du? Das ist vielleicht ihr Freund oder Vater. Was soll ich dem denn sagen?«

»Wie heißt das arme Schwein?«

Pelzmütze studierte das Display. »Max Bollag.«

2

Das Tor der stillgelegten Fabrik in Frenkendorf quietschte in den Angeln, als Kripo-Chef Neuenschwander ihm einen Stoß mit dem Ellenbogen gab. Krachend fiel es hinter ihm ins Schloss. Er stampfte auf den Hallenboden und befreite seine Stiefel von Schnee und Eis. Der Wind pfiff durch die Fugen der Blechwände, hier drin war es nicht wärmer als draußen. Von oben warfen Neonröhren helles Licht auf akkurat aufgereihte Fahrzeuge: vorn ein zerbeulter VW Golf, in der Mitte ein Toyota Hilux ohne Motorhaube und Windschutzscheibe, dahinter ein total zerfetztes Autowrack ohne erkennbare Marke. »Akim?«, rief Neuenschwander.

»Hier hinten, Chef.«

An einem weiteren Dutzend Fahrzeugen vorbei schritt er durch die Halle, in der die Kriminaltechniker sie in Augenschein nahmen, bevor sie ins Labor gebracht wurden.

»... 5 Uhr früh«, hörte er seinen Assistenten sagen. Feldweibel Jonas Schaub schaute durch das Seitenfenster ins Innere eines Opel Corsa.

Akim Oecal, der Leiter der Forensik, stand daneben und sah mal wieder aus wie ein Banker auf dem Weg zur Aktionärsversammlung: eleganter schwarzer Mantel, Hosen mit Bügelfalte, perfekter Krawattenknoten über dem weißen Hemd. »Und keine Zeugen? Der Weiher liegt doch mitten in einem Wohngebiet.«

»Bis jetzt hat sich niemand gemeldet. Aber wir klappern die Anwohner ab.« Jonas blickte auf. »Morgen, Heinz.«

Neuenschwander knurrte bloß. Seine Partnerin Brigitte

hatte ihn an diesem Sonntagmorgen eigentlich zu einem Brunch eingeladen. Nach Akims Anruf hatte er absagen müssen. Jetzt war es bald 10 Uhr, und er hatte immer noch nichts im Magen. »Wehe, wenn das hier Firlefanz ist.«

Akim rückte den Krawattenknoten zurecht. »Die Blechschäden deuten darauf hin, dass das Auto beim Aufprall 30 bis 40 Stundenkilometer draufhatte.«

»Spar dir die Details.« Für derlei stand Neuenschwander nicht der Sinn. »Am Telefon hast du gesagt, es sei dringend.«

Mit dem Kinn wies Akim auf die Fahrertür. »Ich will es euch zeigen.« Seine glänzenden Lederschuhe klackten über den Betonboden, als er um den Corsa herumschritt. »Die Frau hatte keinen Sicherheitsgurt umgelegt, als die Kollegen sie mit dem Wagen aus dem Weiher fischten.« Akim zog am Griff, die Fahrertür ließ sich ohne Schwierigkeiten öffnen.

»Sollen wir ihr einen Strafzettel schicken oder was? Das wird ja kaum der Grund sein, weshalb du uns am Sonntagmorgen hierher bestellt hast.« Neuenschwander trat eine leere Zigarettenschachtel zur Seite und verschränkte die Arme. »Komm schon, Akim.«

Jonas bückte sich und betrachtete den Sicherheitsgurt. Der Ausschnitt seiner schwarzen Windjacke zeigte ein hellblaues Hemd und eine dunkelblaue Krawatte. Ein ungewohnter Anblick bei Jonas, der sonst einen Hang zu schrillen Farben hatte. Er musste mit seiner neuen Freundin einkaufen gegangen sein.

»Könnte die Frau den Gurt nicht selber gelöst haben, als sie sich befreien wollte?«, fragte Jonas.

»Könnte schon, hat sie aber nicht.« Akim nahm den Gurt in seine schwarzen Lederhandschuhe, fuhr mit dem Daumen über das Gewebe. »Das Nylon weitet sich bei einem Aufprall aus. Doch hier fehlen die Dehnungsstreifen.«

Den Befund würde Neuenschwander ungelesen unterschreiben, Akim irrte sich nie. »Und?«

Akim ließ den Gurt sinken, schritt zur Motorhaube und wies links auf die gesprungene Windschutzscheibe. Wie ein Spinnennetz zogen sich Risse darüber, dessen Zentrum vor dem Beifahrersitz lag. »Hier ist die Frau mit dem Kopf gegen die Scheibe geprallt. Wenn sie selbst am Steuer gesessen hätte, wäre das an dieser Stelle nicht möglich.«

Deshalb hatte Akim ihn geholt, Fremdverschulden stand im Raum. Neuenschwander ging um das Auto herum und schaute durch das Beifahrerfenster. »Du meinst, jemand anderes saß am Steuer?«

Mit einer Hand fuhr Akim sich durch das akkurat gescheitelte Haar. »Ich denke, dass sich die Frau beim Aufprall alleine im Auto befand. Sonst hätten wir am Weiher Spuren finden müssen. Doch selber ins Wasser gefahren ist sie nicht.« Er marschierte zurück zur offenen Fahrertür und wandte sich an Jonas. »Wie groß war sie?«

Der öffnete seine Schultertasche, nahm ein Aktenmäppchen heraus und fuhr mit dem Finger über die Einträge darin. »1,61 Meter.«

Akim ging in die Knie und deutete in den Fahrgastraum. »Schaut mal, wie weit der Sitz zurückgeschoben ist. Der Fahrer maß bestimmt 1,80.«

Neuenschwander stellte sich hinter ihn und blickte über Akims Schulter. Reste von Wasser bedeckten die Fußmatten, CDs, durchweichte Papiertaschentücher und Straßenkarten lagen herum, es roch modrig. Tatsächlich, mit dieser Sitzstellung hätte eine so kleine Frau das Pedal kaum erreichen können.

Akim richtete sich vor ihm auf. »Ich stelle mir das so vor: Eine große Person hat das Auto nach Allschwil chauffiert, die Frau saß auf dem Beifahrersitz. Auf dem Parkplatz hat der Fahrer das Auto in Position gestellt und den Gang eingelegt. Vermutlich war die Frau zu diesem Zeitpunkt bewusstlos oder bereits tot. Er ließ den Wagen langsam anrollen und sprang raus. Der Parkplatz fällt gegen den Weiher hin ab. So konnte das Auto genug Fahrt aufnehmen, um den Schneewall und den Zaun zu durchbrechen. Raste aufs Eis, brach ein. Dann versank es im Weiher.«

Verdellisiech, das hätte er sich ja denken können. Natürlich hätte ihn Akim nie ohne Grund am Sonntagmorgen hierher bestellt. Neuenschwanders Ärger verflog auf der Stelle. »Mord also.«

»Davon gehe ich aus. Ich werde den Corsa gleich in die Gutsmatte bringen lassen. In unserer Labor-Werkstatt kann ich ihn genauer untersuchen.« Akim holte sein Handy aus der Manteltasche, drückte eine Taste, tippte sich mit zwei Fingern der anderen Hand an die Stirn und marschierte in eine Ecke der Halle.

Neuenschwander wartete, bis er Akim ins Handy sprechen hörte. »Was wissen wir schon über das Opfer?«

Jonas blätterte in seinen Unterlagen. »Tanja Schneider, 32 Jahre alt, ledig, wohnhaft in Binningen.« Er blickte hoch. »Du hast bestimmt schon etwas von ihr gelesen. Der Artikel letztes Jahr über unsere Probleme mit dem Polizeifunk, der stammte von ihr.«

Neuenschwander riss den Kopf hoch. »Die Journalistin? Tanja Schneider vom Tagblatt?«

Jonas nickte.

»Hueresiech. Natürlich kannte ich die. Mehr als einmal hat die mich genervt, so stur war sie … Stur, aber korrekt. Kein einziges Mal konnte ich ihr einen Fehler nachweisen.«

Verflucht, die Medien würden ihnen die Hölle noch heißer

machen als sonst. »Wir müssen sofort eine Sonderkommission zusammenstellen. Schau in der Zentrale nach, wer verfügbar ist.«

Jonas steckte die Aktenmappe zurück in die Schultertasche. »In Ordnung.« Er holte eine Flasche Cola heraus und öffnete sie zischend.

Neuenschwander schlang die Arme um sich. »Komm, lass uns in die Gutsmatte fahren. Ich brauche etwas zu beißen.«

Sie schritten auf das Tor zu, Neuenschwander schüttelte den Kopf. »Bestimmt gefriert dir dieses Zeugs im Magen. Bei dem Wetter solltest du Kaffee trinken. Oder Tee.«

»Im Gegenteil. Nichts geht über eiskalte Cola.« Jonas nahm einen Schluck, hielt inne. »Das Tagblatt hat übrigens schon Wind davon gekriegt. Die Kollegen haben erzählt, dass Bollag in der Früh am Allschwiler Weiher aufgetaucht ist.«

Neuenschwander blieb stehen. »Gopfridstutz.« Bollag, dieser Terrier, war an normalen Tagen eine Nervensäge. Nach dem Mord an einer Kollegin würde der sich zu einer biblischen Plage entwickeln. »Wusste er, wer das Opfer war?«

Jonas rückte das Gestell seiner Metallbrille zurecht. »Die Kollegen sagen, dass er zunächst alles aus der Ferne beobachtet habe. Plötzlich habe er die Fassung verloren und herumgetobt. Er wollte die Frau aus dem Wagen holen, schrie nach einem Arzt. Zwei Kollegen mussten ihn vom Unfallort wegzerren, sonst hätte er alle Spuren vernichtet.«

Neuenschwander griff nach der eiskalten Klinke und öffnete das quietschende Tor. Für Journalisten hatte er normalerweise nichts übrig. Doch diesmal empfand er Mitleid.

3

Bollag saß da mit den Ellenbogen auf den Knien und starrte auf das Parkett seines kleinen Büros. Er fühlte sich wie ein Boxer im Ring, der gerade eine Abreibung erhalten hatte. Er hing in den Seilen, suchte eine Strategie gegen einen übermächtigen Gegner. Doch er wusste, dass er sich geschlagen geben und den Ring als Verlierer verlassen musste.

Er hob den Kopf, starrte ein paar Worte auf dem Monitor an: *Sie wollte immer das Schlechte gut und das Gute besser machen.*

Lange hatte Bollag am Schreibtisch über dem Satz gebrütet, ihn umgeschrieben, gelöscht, die nächste Variante ausprobiert, auch die gelöscht. Am Ende gab er sich mit der ersten Version zufrieden – nachdem er endlich begriffen hatte, dass er Tanja mit keiner Zeile wirklich gerecht werden konnte.

Durch die Tür sah er, dass sich der Newsroom des Tagblatts nach und nach füllte. Normalerweise war an einem Sonntag nur ein reduziertes Team im Einsatz. Doch dies war kein normaler Sonntag. Die Nachricht von Tanjas Tod hatte sich herumgesprochen, viele kamen spontan nach Liestal, setzten sich in kleinen Grüppchen zusammen und versuchten, mit der Trauer klarzukommen.

In einer kurzen Besprechung hatten die verantwortlichen Redakteure den Beschluss gefasst, dass sie ihrer toten Kollegin eine Doppelseite widmen würden. Und jeder sollte einen Satz über Tanja beisteuern.

Sie wollte immer das Schlechte gut und das Gute besser machen.

Tanjas bleiches Gesicht, die blassblauen Lippen, der Pferdeschwanz aus feuchten, dunkelblonden Haaren. Am Weiher hatte er sie in den Arm nehmen wollen, nach Hilfe geschrien. Schließlich hatten ihn zwei Polizisten abgeführt. Auch jetzt konnte er es immer noch nicht glauben, wollte es nicht glauben. Tanja, seine beste Freundin in der Redaktion, war tot.

Der Himmel hing bleigrau über der Kantonalbank gegenüber. Wie viele andere Journalisten auch hatte Bollag über Hausbrände und Verkehrsunfälle geschrieben, mit trauernden Angehörigen gesprochen. Die Erfahrung hatte ihn gelehrt, eine Distanz zwischen sich und die Schreckensbilder zu bringen. Ging es jedoch um eine Freundin, nützten all die sorgfältig entwickelten Bewältigungsstrategien nichts.

Bollag streckte sich im Stuhl. Alles tat weh.

Im Newsroom saßen Stefanie Gyr und Michael Lipp von der Lokalredaktion mit hängenden Schultern auf ihren ergonomischen Stühlen und starrten auf die Monitore. Bollag hörte keine Spötteleien, niemand tratschte vor der Kaffeemaschine, keiner fluchte über die Konkurrenz. Die Stimmen blieben gedämpft, sogar das Klingeln der Telefone schien leiser als sonst.

Aber sie mussten eine Zeitung produzieren. Und jeder Einzelne würde sich voll ins Zeug legen – zum Gedenken an Tanja.

Dokumentalistin Alexandra Rüegger grub im Archiv Artikel aus, die Tanjas Schreibtalent unter Beweis stellten. Die Layouter bastelten eine Collage aus prägnanten Überschriften. Fotograf Roland Ulrich suchte Bilder, die ihre Kollegin im Einsatz für das Tagblatt zeigten: im Landrat, an Pressekonferenzen, bei Interviews.

Bollag öffnete ein neues Textdokument und zwang sich

in den Journalistenmodus. Er schuldete Tanja einen richtig guten Text, verdammt noch mal.

Für die Frontseite der Montagsausgabe schrieb er in den folgenden zwei Stunden eine Reportage über den Unglücksort in Allschwil, legte den Fokus auf die Arbeit der Einsatzkräfte und das Bergen des Autos. Mehrfach rief er die Polizeizentrale an und erkundigte sich nach dem neusten Stand. Jedes Mal vertröstete ihn der stellvertretende Polizeisprecher. Die Autopsie sei für Montag angesetzt, die Kriminaltechniker untersuchten noch das Fahrzeug, zurzeit gebe es weder eine offizielle Ursache noch einen genauen Zeitpunkt für den Tod der jungen Frau.

Es war zum Verrücktwerden. Doch wie die Polizei Tanjas Tod einstufte, spielte keine Rolle. Bollag griff nach einem Bleistift auf seinem Pult und drehte ihn zwischen seinen Fingern. Er wusste Bescheid. Nie und nimmer hätte die Frohnatur Tanja, die unaufhörlich Zukunftspläne schmiedete, sich das Leben genommen. Sie war ein Mensch voller Tatendrang gewesen, hatte kurz vor dem Umzug in ihre Traumwohnung im Basler Gundeli-Quartier gestanden. Nein, Selbstmord schloss er kategorisch aus.

Aber auch ein Unfall kam nicht infrage. Total besoffen hätte Tanja sein müssen, um auf diese Weise in den Allschwiler Weiher zu krachen. Dabei trank sie höchstens mal ein Glas Weißwein und nie, wenn sie selbst am Steuer saß.

Es blieb nur Mord übrig. Irgendein Arschloch hatte Tanja umgebracht. Mit einem Knacken zerbrach der Bleistift in seiner Hand. Tanja, seine Kollegin. Seine Fast-Freundin. Umgebracht.

Vor zwei Jahren, in den Monaten nach der Trennung von seiner Ehefrau, wären sie beinahe zu einem Paar geworden. Bollag hatte sich zu Tanja hingezogen gefühlt, sie hatte seine

Gefühle wohl erwidert. Dass der Funke dann doch nicht richtig übergesprungen war, hatte nicht zuletzt am Altersunterschied gelegen. Bollag hatte sich als Mentor der gut zehn Jahre jüngeren Kollegin betrachtet, hatte sich verantwortlich für sie gefühlt.

Daran änderte ihr Tod nichts, im Gegenteil. »Dieses Arschloch werde ich kriegen, Tanja, das schwöre ich dir.« Er warf den kaputten Bleistift in den Abfalleimer.

Tanja hatte eine Spürnase für Geschichten besessen und nie lockergelassen. So hatte sie sich einflussreiche Feinde gemacht. In der Woche vor ihrem Tod hatte Bollag sie kaum zu Gesicht bekommen. Sie musste intensiv an einer Geschichte gearbeitet haben.

Er blickte hinüber in den Newsroom. Die grünen Leuchtziffern der Uhr an der hinteren Wand zeigten 16.10, Tanjas Schreibtisch stand verwaist inmitten der aufgereihten Designermöbel. Nie mehr würde sie dort sitzen. Von seiner Besenkammer aus hatte Bollag ihr oft dabei zusehen können, wie ihre rotlackierten Fingernägel über die Tastatur geflogen waren. Im Licht ihrer Schreibtischlampe hatten die Armreifen geglitzert – eine Sammlung von schmalen Ringen aus verschiedensten Metallen, die sie immer um ihr linkes Handgelenk getragen hatte. Einen goldenen Armreifen mit Schuppenmuster hatte er selbst ihr zum 30. Geburtstag geschenkt.

Der Cursor auf Bollags Bildschirm blinkte unaufhörlich, er musste diesen Artikel zu Ende bringen. Ob er es nochmals beim Polizeisprecher versuchen sollte? Bollag streckte die Hand nach dem Telefonhörer aus.

Moment.

Wenn er es sich recht überlegte, musste es kein Nachteil sein, dass die Polizei noch keine offizielle Todesursache festgestellt hatte.

Er stand auf und verließ das Büro, das er der Chefredaktion nach einem zähen Ringen abgetrotzt hatte. Bestimmt würden Tanjas Unterlagen bei einer Morduntersuchung abtransportiert oder versiegelt werden. Aber bis es so weit war ...

Er durchquerte den Newsroom, ging vor Tanjas Schreibtisch in die Hocke und drückte den Startknopf des Computers. Langsam fuhr der hoch. Bollag zog den Sessel unter der Tischplatte hervor und setzte sich. Lokalchefin Corinne Moser beobachtete ihn mit argwöhnischem Blick über den Rand ihrer Lesebrille hinweg.

Am Außenrand des Monitors hafteten Fotos: Tanja beim Reiten, mit einer Freundin beim Skifahren, mit Bollag im Schwimmbad Gitterli. Ein gelber Post-it-Zettel klebte darunter. *Mami anrufen!*

Ob jemand die Eltern informiert hatte? Bestimmt hatte das die Polizei übernommen. Tanja war das jüngste Kind einer achtköpfigen Bauernfamilie aus Langenbruck gewesen, das erste, das es an die Universität geschafft hatte.

Früher oder später würde Bollag mit ihrer Mutter sprechen müssen. Ihm graute davor.

Ein orangeroter Sonnenuntergang hinter der Belchenfluh erschien auf dem Bildschirm. Bollag hatte sie aufgezogen wegen des kitschigen Fotos. *Das ist der schönste Ort der Welt*, hatte sie ihm gesagt. Ein paar Wochen später hatte sie ihn dort hochgeschleppt und ihm lang und breit die korrekte Aussprache erklärt: Bölchen und nicht Belchen.

Die Computermaus lag auf der rechten Seite der Tastatur. Eigenartig. Tanja hatte sie immer mit der linken Hand bedient. Ob die Putzfrau die Maus verschoben hatte?

Bollag öffnete den Ordner *Artikel* und sortierte die Word-Dateien nach Erstellungsdatum. Er klickte auf den jüngsten Artikel mit dem Dateinamen *Chienbäse* und überflog den Inhalt.

Ostschweizer klauen Liestaler Chienbäse

Der Chienbäse, das zentrale Element der Liestaler Fasnacht, zog alljährlich Zehntausende von Besuchern an. Dabei marschierten Fasnächtler mit brennenden Besen und Wagen durch das Stedtli. Eine Gemeinde im Kanton Thurgau hatte diese Tradition kopiert – zur Empörung der Liestaler.

Bestimmt hätte der Artikel in den nächsten Tagen erscheinen sollen, in einer Woche fand der Chienbäse statt. Perfektes Timing. Aber würde jemand Tanja deswegen um …?

»Was tust du da, Bollag?« Lokalchefin Corinne Moser schaute auf ihn herunter. »Du weißt genau, dass die Polizei uns strikte Anweisungen gegeben hat.«

Die Polizei konnte ihm den Buckel runterrutschen. »Ähm. Mein Artikel über die illegale Hundezucht. Tanja hat mir dabei geholfen. Ohne ihre Notizen kann ich ihn nicht fertig schreiben.« Er griff nach einem Memorystick auf dem Pult und hielt ihn hoch. »Ich mache mir bloß eine Kopie.«

Corinne nagte auf der Unterlippe, Fransen ihres weißblonden Haars hingen ihr in die Stirn. »Okay, aber beeil dich. Und danach schaltest du den Computer gleich wieder aus.« Sie wandte sich ab.

Bollag wartete ein paar Sekunden, dann klickte er sich durch weitere Artikel der vergangenen Wochen. *Der Herr der Fliegen* handelte von einem Lebensmittelinspektor, der beliebten Restaurants im Kanton Baselland eine schlechte Note ausstellte. In *Geschäfte unter Freunden* hatte Tanja Korruption in der kantonalen Verwaltung aufgedeckt. Und nachdem der Artikel über *Die Steuertricks der Frau Landrätin* erschienen war, hatte die Politikerin zurücktreten müssen.

Bestimmt waren einige Menschen aus diesen Artikeln wütend gewesen auf Tanja. Wütend genug für einen Mord?

Bollag klickte sich zurück zum Desktop und öffnete den Ordner *Recherchen*. Die beiden neusten Unterordner trugen die Titel *Autoschieber* und *Baumann*. Baumann?

Er klickte darauf, es erschienen diverse Artikel aus der Schweizer Mediendatenbank über den neuen Ersten Staatsanwalt des Kantons Baselland. Ob Tanja ein Porträt über ihn hatte schreiben wollen? Bollag musste sich beeilen. Also steckte er den Memorystick in die Buchse und kopierte die Ordner. Dann fuhr er den Computer herunter.

Er wollte aufstehen, hielt inne. In einem ledergebundenen Büchlein hatte sich Tanja immer Notizen über ihre Recherchen gemacht: Ideen, Namen, Telefonnummern. Ob die Polizei das im Auto gefunden hatte? Oder lag es irgendwo hier?

Die oberste Schublade ihres Pultes enthielt nur Krimskrams: Sicherheitsnadeln, Lippenstift, Tampons, Spiegel, Bürste, Klebstoff, Kugelschreiber, Teebeutel.

Laut räusperte sich Stefanie Gyr, die Kollegin aus der Lokalredaktion, an ihrem Pult gegenüber. Sie schüttelte energisch den Lockenkopf.

Bollag hielt einen Finger hoch. Die Schublade darunter hatte Tanja mit Druckerpapier und Notizblöcken gefüllt. Und ganz unten lagen eine Regenjacke, T-Shirts und Laufhosen – Tanja war eine leidenschaftliche Joggerin gewesen. Im Wald auf der Sichtern hatte sie Bollag jeweils gnadenlos abgehängt.

Möglicherweise enthielt einer der Notizblöcke einen Hinweis. Nochmals zog Bollag die mittlere Schublade auf, nahm jeden einzelnen in die Hand, blätterte ihn durch. Nichts als leere Seiten.

Stefanie erhob sich von ihrem Platz und kam herüber.

Bollag schob die Notizblöcke zurück in die Schublade, sie stießen gegen einen Widerstand. Mit einer Hand tastete er ganz nach hinten und holte ein dünnes Taschenbuch heraus.

Marcel Proust: À la recherche du temps perdu

Darauf haftete ein rotes Post-it: *Für Bollag!*

Das Buch streckte er Stefanie entgegen, als sie vor ihm stand. »Habs gefunden.«

4

Nie während der ganzen Woche im Parlament fühlte sich Franz Heusser so lebendig wie in diesem Augenblick, live auf Sendung. Radio Edelweiß strahlte *Heussers Stunde* jeden Sonntagabend von 20 bis 21 Uhr aus. Heute lief es wieder prächtig, es machte richtig Spaß. »Lassen Sie uns nicht vergessen, liebe Hörerinnen und Hörer, dass wir in einer Demokratie leben. Hier darf jeder sagen, was er denkt. Ich selber bin zwar der Meinung, dass sich unser letzter Anrufer ein Bahnbillett Moskau einfach kaufen sollte. Doch hier, in *Heussers Stunde*, werde ich niemandem den Mund verbieten. Also, melden Sie sich.« Er kontrollierte den Namen auf dem Monitor am Sprechpult. »Wir haben jetzt Beat Senn in der Leitung. Täglich steht der gute Mann im Stau auf der A2.«

»Und ob. 45 Minuten. Mindestens. Das müssen Sie sich mal vorstellen.« Senn sprach schnelles Baseldeutsch und tönte wie jemand, der seiner Wut endlich einmal Luft machen durfte.

Heusser war es recht, denn nur Emotionen hielten die Hörer bei der Stange. Also ließ er die Anrufer lange reden, schimpfen oder anklagen.

Senn ließ sich gar nicht erst bitten. »Dabei ist Benzin doch weiß Gott teuer genug. Aber wohin fließen unsere Steuer-Milliarden? Nicht in den Ausbau der Autobahn, nein, in den öffentlichen Verkehr. Es ist eine Sauerei.«

Heusser rückte den Kopfhörer zurecht. »Aber Herr Senn, es kommt doch auch Ihnen zugute, wenn die Bahnstrecken ausgebaut werden. Das will uns jedenfalls die Regierung weismachen. Sind Sie anderer Meinung?«

»Das ist Schwachsinn. Verzeihen Sie meine Ausdrucksweise, Herr Ständerat. Aber es ärgert mich, wenn die hohen Herren solchen Blödsinn verzapfen. Überlegen Sie sich mal, welchen wirtschaftlichen Schaden die vielen Staus ...«

Der Mann redete wie bestellt. Schließlich regte sich Heusser selbst auf, wenn die Lastwagen seines Transportunternehmens stecken blieben. Wollte er ein Thema anschneiden, ließ Heusser regelmäßig Bekannte mit genauen Instruktionen in der Sendung anrufen. Manchmal zogen sie über die Kirche her, manchmal über eine Partei oder den Bundesrat. Ab und zu beschimpften sie gar Heusser persönlich. Das zeigte Wirkung, die Telefone liefen heiß. Als Stimme der Vernunft versuchte er dann zu beschwichtigen – ein wenig.

Senn jedoch hatte ihm der Herrgott geschickt. Er redete sich in Rage. »... Es wird Zeit, dass das Autobahnnetz endlich zu Ende gebaut wird, verflucht noch mal. Die in Bern oben haben uns das schon in den 1960er-Jahren versprochen ...«

Heusser schaute auf die Leuchtziffern der Uhr an der Wand, er würde diesem Senn noch eine Minute zwanzig geben und danach einen Werbeblock einschieben. Schließlich musste er auch Geld verdienen.

Im vergangenen Sommer hatte Heusser, Aargauer Ständerat der Schweizer Konservativen Partei, die Gelegenheit beim Schopf gepackt und sich die Aktienmehrheit der darbenden Mediengruppe aus Liestal gesichert: Radio Edelweiß, Tele Nordwest und das Tagblatt. Freunde hatten ihn vor dem Kauf gewarnt, auf die veraltete Druckerei hingewiesen und von einem Fass ohne Boden gesprochen. Doch Heusser hatte sich nicht beirren lassen.

Es würde zwar noch mindestens zwei Jahre dauern und harte Einschnitte erfordern, um die Mediengruppe auf Trab zu bringen. Aber ein gutes halbes Jahr nach der Übernahme war er überzeugter denn je, dass er ein gutes Geschäft gemacht hatte. Selbst wenn der Laden noch immer rote Zahlen schrieb, hatte Heusser durch ihn jetzt Einfluss auf die öffentliche Meinung. Und er selbst blühte richtig auf. Wöchentlich schrieb er eine Kolumne für das Tagblatt und ließ sich regelmäßig von Tele Nordwest befragen.

Die größte Befriedigung verschaffte ihm jedoch diese sonntägliche Stunde im Radio. Hier kam seine sonore Stimme, um die ihn viele Kollegen im Parlament beneideten, richtig zur Geltung. Mittlerweile stiegen auch die Hörerzahlen an. Und nicht nur Radio Edelweiß übertrug *Heussers Stunde*. Radio Argovia aus dem Aargau und das Solothurner Radio 32 hatten sich zugeschaltet. Weitere Lokalradios zeigten Interesse.

Auf dem Monitor blinkte eine Nachricht auf. *Leitung drei, Sandra Widmer aus Rheinfelden: Sie wären ein toller Bundesrat!*

Heusser schmunzelte und reckte den Daumen in die Höhe. Den Werbeblock konnte er auch ans Ende der Sendung schieben. In der Regie, auf der anderen Seite des schalldichten Fensters, nickte der Techniker, den Telefonhörer am Ohr.

Derweil beschwerte sich Beat Senn über das Schweizer Fernsehen. »Viel zu viel Gewalt und Pornografie, ich kann meine Kinder nicht mehr alleine vor der Glotze sitzen lassen. Die Leitung des Senders sollte man ...«

Drei, zwei, eins ... »Vielen Dank, Herr Senn, für Ihren Anruf. Sie geben uns da ein paar wichtige Denkanstöße.« Mit einem Knopfdruck am Mischpult warf ihn Heusser aus der Leitung, dann machte er eine Kunstpause. »Folgende Frage hat uns während der Sendung von Margrith Gloor aus Aesch erreicht: Wieso fährt der Bundesrat für seine Klausurtagung nächste Woche in die Bündner Berge? Die Antwort ist ganz einfach, Frau Gloor: Weil er wenigstens dort ein Echo findet.«

Ein kleiner Witz ab und zu lockerte die Stimmung, das hatte Heusser von seinem Sprechtrainer gelernt.

Er drückte den Knopf für Leitung drei. »Ich begrüße Sandra Widmer aus Rheinfelden. Willkommen bei *Heussers Stunde*, Frau Widmer. Was möchten Sie unseren Hörerinnen und Hörern mitteilen?«

»Vielen Dank, dass Sie meinen Anruf entgegennehmen.« Sie hatte eine rauchige Stimme, sexy. »Ich finde, dass wir einen miserablen Bundesrat haben.«

Das klang wie Musik in Heussers Ohren. »Ein hartes Urteil, Frau Widmer. Was ärgert Sie?«

»Die Bundesräte vergessen uns, die kleinen Leute. Sie lassen sich in Limousinen herumkutschieren, fliegen im Jet nach Peking oder Rio, schütteln die Hände von all diesen berühmten Leuten. Nehmen Sie nur die Frau Mangold als Beispiel ...«

»Was ist denn mit Bundesrätin Mangold?« Heusser beugte sich vor, nur zu gerne ließ er über diese Schlampe lästern.

»Jetzt will sie wieder die Preise für die Bahnbillets erhöhen, dabei ist Zugfahren doch wirklich teuer genug. Aber Frau Mangold bekommt ja auch ein Generalabonnement geschenkt, erste Klasse. Wann hat sie wohl das letzte Mal ein Billett kaufen müssen? Diese Frau hat vergessen, wo sie herkommt, wer sie gewählt hat. Ich meine, schauen Sie sich bloß ihren Lebenswandel an ...«

Heussers Mundwinkel hoben sich. »Ja?«

»Ich möchte ja nichts Schlechtes über andere Menschen sagen. Aber ich finde, eine Bundesrätin sollte nicht in wilder Ehe leben. Sie muss ein Vorbild sein. Leider zählen christliche Werte heute gar nichts mehr.«

Wunderbar, eine Steilvorlage. Seit das Parlament die junge Berner Regierungsrätin Petra Mangold überraschend in den Bundesrat gewählt hatte, bekämpfte Heusser sie mit Inbrunst. Denn dieses Weibsbild saß auf dem Sitz, der ihm zustand. Er würde nicht ruhen, bis er Mangold vertrieben hatte. Doch dabei musste er subtil vorgehen, denn sie war beliebt. »Ich verstehe, was Sie meinen. Aber Bundesrätin Mangold ist sehr jung. Diese Generation kennt leider die Zehn Gebote nicht mehr.«

»Wie wahr, Herr Ständerat. Unsere Generation ist anders aufgewachsen. Letzte Woche habe ich von dieser Umfrage gelesen im Tagblatt. Die Menschen sind überzeugt davon, dass Sie ein besserer Bundesrat wären.«

»Ach, das sollten Sie nicht überbewerten, da gaben bloß 5.000 Leute Auskunft.« In Wahrheit waren es 500 Menschen gewesen. Und die Fragen waren von einer beauftragten Medienagentur so gestaltet worden, dass ein gutes Ergebnis für Heusser hatte herauskommen müssen.

»Seien Sie nicht so bescheiden, Herr Ständerat. Sie haben eine wunderbare Familie, führen ein erfolgreiches Unternehmen. Ich bin überzeugt davon, dass Sie ein ausgezeichneter Bundesrat wären.«

»Wenn Sie das sagen, Frau Widmer. Aber wie Sie wissen, wählt nicht das Volk den Bundesrat, es ist das Parlament. Und dort entscheidet nicht allein das Können eines Politikers oder dessen Integrität. Ich will ganz ehrlich mit Ihnen sein. Ein Mann, der kein Blatt vor den Mund nimmt, hat es sehr schwer in Bern.«

»Was für eine Schande. Es wird Zeit, dass endlich wir Schweizerinnen und Schweizer die Regierung wählen dürfen. Meine Stimme hätten Sie auf jeden Fall.«

»Vielen Dank, Sandra. Ihre Stimme bedeutet mir mehr als die jedes Politikers in Bern. Einen wunderschönen Abend wünsche ich Ihnen.« Heusser unterbrach die Verbindung und grinste den Techniker in der Regie an.

Der deutete auf die Uhr, auch auf dem Monitor sprang die Anzeige auf Rot. Es blieben bloß noch drei Minuten Sendezeit, der Werbeblock dauerte eins dreißig.

Heusser nahm ein Blatt vom Tisch vor sich zur Hand. »Letzte Woche habe ich einen alten Wandschrank ausgeräumt, liebe Hörerinnen und Hörer. Ganz unten darin lag eine Kartonschachtel, die ich noch nie gesehen hatte. Ich öffnete sie, es befanden sich Briefe meines Vaters darin. Er hatte sie 1941 geschrieben, als er unsere Grenze verteidigte.« Er macht eine Pause, senkte die Stimme. »Es war beeindruckend zu lesen, wie diese Männer bei Kälte, Nacht und Nebel Wache hielten, immer in der Angst, dass die Nazis jeden Moment angreifen konnten. In den Briefen steht, wie sehr mein Vater seine Frau und Kinder vermisst hat. Darüber hat er mit mir später nie gesprochen, und ich …«

Heusser schluckte und verlieh seiner Stimme einen belegten Klang. »Was ich sagen will: Die Generation unserer Väter und Mütter wusste noch, was Pflichten sind, was die Liebe zum Vaterland bedeutet. Ich habe verstanden, welche Opfer diese Generation gebracht hat, damit es uns heute so gut geht.«

Er machte eine kurze Pause. »Und wie gehen wir mit diesem Erbe um? Es gibt Kantone, in denen sich jeder zweite junge Mann vor dem Militärdienst drückt. Die benehmen sich genau wie einige unserer Bundesräte. Sie haben vergessen, wo sie herkommen, was Werte sind.« Heusser hob eine Hand, die Technik spielte leise Musik ein. »Darüber möchte ich mich am nächsten Sonntag mit Ihnen unterhalten: über Werte. Es würde mich freuen, wenn ich Sie auch dann wieder zu *Heussers Stunde* begrüßen dürfte. Adieu mitenand, Ihr Franz Heusser.«

Die Musik wurde lauter, er lehnte sich zurück, der Techniker hielt den Daumen hoch. Geschafft!

Bestimmt hatten ein paar Hörer geschluckt bei seiner kleinen Geschichte ganz am Schluss. Heusser setzte den Kopfhörer ab, legte ihn aufs Pult. Leise tönte daraus der erste Spot des Werbeblocks.

»Für Sie fahren wir durch die Schweiz und ganz Europa. Schnell, zuverlässig und kompetent. Heusser Transporte.«

5

Mit zügigen Schritten betrat Petra Mangold am Montagmorgen das Bundeshaus Nord an der Berner Kochergasse. Sie stieg die Steinstufen hoch und wischte sich dabei die Schneeflocken von den Schultern. Mangold kam ins Schnaufen, dabei musste sie nur in den ersten Stock. Ihre Fitness ließ nach. Wann würde sie endlich wieder mal in der Früh die Aare entlangjoggen können? In einem nächsten Leben vielleicht.

Mangold streifte die Handschuhe ab und knöpfte den Mantel auf. Als Erstes brauchte sie einen starken Kaffee.

Nur vier Stunden hatte sie in der vergangenen Nacht geschlafen, weil sie sich durch die Revision der Energieverordnung gekämpft hatte: *Integrierte Photovoltaikanlagen, Eigenverbrauchsregelung, Rückerstattung des Netzzuschlags* – die Schlagworte schwirrten noch durch ihren Kopf. Natürlich musste sie nicht alle Details kennen, dafür hatte sie schließlich ihre Experten. Doch als erste Bundesrätin der Grün-Demokratischen Partei durfte sie sich auf dem Gebiet der Alternativenergien keine Blöße geben. Deswegen hatte sie den Direktor des Bundesamtes für Energie und zwei seiner Fachleute für 8 Uhr zu einer Besprechung geladen. Sie blickte auf ihre Armbanduhr, es blieben ihr 15 Minuten für Mails, Briefe und Zeitungen.

Über die schwarz-weißen Fliesen mit Schachbrettmuster schritt sie auf ihr Eckzimmer zu, Nummer 114. Stimmen drangen aus der angelehnten Tür von Nummer 115.

»*Was ist denn mit Bundesrätin Mangold?*«

Ach, Ständerat Heusser spielte offenbar wieder Radiomoderator.

»Jetzt will sie wieder die Preise für die Bahnbilletts erhöhen, dabei ist Zugfahren doch wirklich teuer genug. Aber Frau Mangold bekommt ja auch ein Generalabonnement geschenkt, erste Klasse. Wann hat sie ...?«

Mangold stieß die Tür auf, Direktionssekretärin Monika Bürgin saß hinter dem Computermonitor. Sie schaute auf und stoppte die Stimmen mit einem Mausklick.

Mangold rang sich ein Lächeln ab. »*Heussers Stunde?*«

»Dieser Heuchler ist einfach unerträglich.« Monika kam um den Tisch herum. Das dunkelblaue Kostüm schmiegte sich an ihre schlanke Figur, die weißen Haare hatte sie zu einem Dutt geknotet. In Sachen Eleganz schlug die Sekretärin sie wieder um Längen.

Monika nahm Mangold die Aktentasche und den Mantel ab, hängte ihn in den Kleiderschrank. »Aber wie sagte der chinesische Kriegsherr Sun Tzu: *Du musst deinen Feind kennen, um ihn besiegen zu können.*« Dann stemmte sie die Hände in die Hüften und studierte Mangolds Gesicht. »Wie lange hast du geschlafen letzte Nacht?«

Mangold winkte ab. »Lange genug.«

Monikas Augen sagten, dass sie ihr kein Wort glaubte. Sie seufzte und griff nach einem Stapel Briefe, die sie auf ihrem Pult neben dem gerahmten Foto ihrer drei Enkelkinder abgelegt hatte.

Mangold nahm das Bündel entgegen und öffnete die Verbindungstür zu ihrem eigenen Büro. Ihre Winterstiefel klapperten über das hellbraune Parkett. Das Licht im Zimmer brannte, der Startknopf der Kaffeemaschine auf dem Ecktisch leuchtete grün.

Mit Tageszeitungen unter dem Arm und der Aktentasche in der Hand folgte ihr Monika. »Um 8 Uhr kommen die Damen und Herren vom BFE, um 9.15 Uhr musst du in die

Kommission für Verkehr und Fernmeldewesen. Um 10 Uhr folgt das Treffen mit dem Swisscom-Direktor.«

Mangold setzte sich in den Sessel der roten Sitzgruppe und öffnete den Reißverschluss ihrer Stiefel. »Wie viel Zeit habe ich dafür?«

Monika legte die Zeitungen auf ein Stehpult, an dem Mangold gern arbeitete, und stellte die Aktentasche auf den Boden. Sie holte eine Tasse aus einem kleinen Hängeschrank, stellte sie unter den Ausguss der Kaffeemaschine und drückte den Startknopf. »Maximal eine Stunde«, rief sie über das Mahlen der Kaffeebohnen hinweg. »Dein Fahrer wird um 11.15 Uhr draußen warten, er bringt dich nach Belp. Der Start der Maschine ist für 11.45 Uhr geplant. Landung in Rom-Fiumicino um 13 Uhr, Sitzung mit dem italienischen Verkehrsminister Poletti um 14 Uhr.«

»Ah, Maurizio, mi fa piacere.« Mit bloßen Strümpfen schritt Mangold zum Wandschrank, holte ihre Pumps heraus und stellte die Stiefel hinein. »Auf dem Flug nach Rom werde ich vielleicht ein wenig schlafen können.«

»Das täte dir gut.« Monika brachte den Kaffee zum Schreibtisch. »Wenn alles nach Plan läuft, bist du um 18 Uhr wieder in Belp. Von dort fährst du direkt nach Aarau, wo du um 20 Uhr vor dem Ingenieur- und Architektenverein über das Raumplanungsgesetz sprichst.«

Mit einem Schuh in der Hand hielt Mangold inne. Zu ihren Lieblingsthemen gehörte die Raumplanung nicht gerade. »Ich dachte, das sei bloß eine Grußbotschaft zum Jubiläum.«

»Leider nein. Wir haben mit dem Bundesamt für Raumentwicklung abgemacht, dass du über die Teilrevision sprichst.« Sie hob ein paar Blatt Papier vom Pult. »Hier ist der Text, dazu auch noch eine Übersicht an Fragen, die möglicherweise gestellt werden.«

Mist. Sie musste geträumt haben, als sie das in der monatlichen Sitzung im Generalsekretariat besprochen hatten. Adieu Mittagsschlaf. Sie würde das Referat vorbereiten müssen.

Monika blieb vor ihr stehen. »Die Organisatoren möchten übrigens, dass du nach dem Referat noch zum Essen bleibst.« Entschuldigend zog sie die Schultern hoch. »Aber ich habe nichts versprochen.« Forschend sah Monika ihr in die Augen. »Verzichte lieber auf das Essen. Sonst klappst du irgendwann zusammen.«

»Keine Sorge, ich schaffe das.« Mangold rang sich ein Lächeln ab. Zwar hatte Monika recht, aber welchen Eindruck würde das machen, wenn sie sich nach dem Referat einfach davonstahl? Als Bundesrätin vertrat sie schließlich das Volk. Also musste sie sich auch Zeit für die Bevölkerung nehmen. »Ich werde dort essen. Hungrig werde ich bestimmt sein.«

»Wie du meinst. Ich arrangiere das mit dem Chauffeur.« Monika schritt quer durch das Zimmer, in der Verbindungstür zum Sekretariat drehte sie sich nochmals um. »Ach, noch etwas. Ich möchte am Nachmittag freinehmen. Meine Enkeltochter Susi führt ein Singspiel in der Schule auf. Ist das in Ordnung?«

Mangold setzte sich hinter ihren Schreibtisch und griff nach den Briefen. »Natürlich ist das in Ordnung.«

»Danke.« Monika zog die Tür hinter sich zu.

Ein freier Nachmittag bei einer Schulaufführung, das wäre schön. Hätte sie eine Familie … Ihre ganze Energie hatte Mangold in die Karriere gesteckt, ihre Ehe war deswegen in die Brüche gegangen. Dafür war sie die jüngste Gemeinderätin von Zweisimmen gewesen, das jüngste Mitglied im Berner Kantonsparlament und die jüngste Regierungsrätin in der Geschichte des Kantons Bern. Und mit gerade mal 37 Jahren war sie als erste Gründemokratin in den Bundesrat gewählt worden. Als Chefin des Departementes für Umwelt, Verkehr, Energie und Kommunikation stand sie sieben Bundesämtern mit 2.000 Angestellten vor, verwaltete ein Budget von über 10 Milliarden Franken. Alles schön und gut.

Doch Mangold sehnte sich nach einem Singspiel, nach Babygeschrei und Kindergeburtstagen. Bald wurde sie 40, die Uhr tickte, doch sie war noch nicht abgelaufen. Als sie mit Dani verheiratet gewesen war, hatten sie die dauernden Anspielungen auf Nachwuchs genervt. Im Lauf der Jahre waren es immer weniger Bemerkungen geworden. Die meisten Bekannten und Verwandten, aber auch die Medien, hatten sie wohl in der Schublade *kinderlose Politikerin* abgelegt. Mangold selbst jedoch noch nicht.

Sie griff nach dem Stapel Briefe, die Monika bereits aufgeschlitzt hatte. Aus einem Couvert, das den Briefkopf des Schweizer Automobilclubs trug, zog sie ein zusammengefaltetes Blatt. Sie überflog die Zeilen.

... Ausbau des Schienennetzes ... auf dem Buckel der Automobilisten ... skandalöse Entwicklung ... zur Wehr setzen ...

Nichts Neues unter der Sonne. Sie legte den Brief in die Ablage und öffnete ein Schreiben der *Grünen Alternative*. Bestimmt protestierten die gegen die Tariferhöhungen bei der Bahn oder die Verschandelung der Landschaft durch Windkraftwerke.

Es klopfte kurz an der Tür, Monika streckte ihren Kopf herein. »Die Damen und der Herr vom Bundesamt für Energie sind hier.« Sie verschwand, ohne eine Antwort abzuwarten.

Jetzt schon? Noch keinen Blick in eine Zeitung hatte

sie werfen können. Mangold stand auf, in der Aktentasche klingelte ihr Handy. Sie holte es heraus und schaute auf das Display.

Max.

Sie schritt auf die Tür zu und ging ran. »Ja?«

»Können wir uns heute sehen?«

»Du klingst so eigenartig.«

»Ich muss dich sehen.«

So gerne sie wollte, ein Treffen passte nun wirklich nicht in ihren Zeitplan. »Heute geht es ganz schlecht. Ich habe ganz viele Besprechungen, am Nachmittag muss ich nach Rom.«

Sie wartete ein paar Sekunden und hörte nur seinen Atem. Mangold hielt die Klinke in der Hand, öffnete die Tür. »Ich werde dich am Nachmittag anrufen.« Sie legte auf und ging mit ausgestrecktem Arm auf den Mann und die beiden Frauen vom Bundesamt zu. »Danke, dass Sie so kurzfristig kommen konnten.«

6

»Was war denn das jetzt?« Bollag lag auf dem Bett und schaute zur Zimmerdecke. Jetzt hatte Petra doch tatsächlich aufgelegt. Er setzte sich auf, warf das Mobiltelefon auf das Kissen und fuhr sich mit beiden Händen durch die Haare.

Natürlich schuftete Petra von früh bis spät und stand unter Druck von allen Seiten. Sie hatte oft genug darüber geklagt.

Und er hatte sich immer die Zeit genommen und sich ihre Sorgen angehört. »Aber ich habe auch meine beschissenen Tage, das kannst du mir glauben.« Petras Konzept sah das offenbar nicht vor. Tanja war tot, verdammt noch mal. Und Petra hatte ihn einfach aus der Leitung geschmissen.

Bollag stand auf. In der Küche öffnete er den Kühlschrank und holte eine PET-Flasche Orangensaft heraus. Schon in den vergangenen Wochen hatte er eine unausgesprochene Spannung zwischen Petra und sich gespürt. Es war, als ob dunkle Wolken in der Ferne aufzogen und immer bedrohlicher wurden. Der Luftdruck veränderte sich, und es war nur eine Frage der Zeit, bis sich das Gewitter entladen würde.

Er nahm sich ein Glas aus dem Schrank und füllte es mit Saft. Er war ja kein Träumer. Die Beziehung zwischen einer Bundesrätin und einem Journalisten glich einem Tanz auf dem Hochseil. Als sie sich vor fast drei Jahren kennengelernt hatten, war er noch Bundeshausredaktor des Tagblatts gewesen. Schon vor dem ersten Kuss hatten die Medien ihnen eine Affäre angedichtet. Als Folge davon hatte Bollag als Journalist im Bundeshaus keinen Fuß mehr auf den Boden bekommen. Und Petra hatte sich scheiden lassen.

An den Kühlschrank gelehnt trank er das halbe Glas leer, die Kälte der Bodenkacheln nagte an seinen nackten Füßen. Schneeflocken tanzten draußen in der Rathausstrasse im Licht der Dämmerung. Die roten Ziffern der Digitaluhr am Herd zeigten 8.10 Uhr. Es blieben ihm 50 Minuten, bis er in der Redaktion sein musste. Wo Tanjas verwaistes Pult stand.

Albtraumbilder vom Allschwiler Weiher drängten sich in seinen Kopf: Tanjas bleiches, aufgedunsenes Gesicht, ihre starren Augen. Bollag wusste, dass sein Leben von jetzt an immer aus einem Vorher und einem Nachher bestehen würde. Wie ein Getriebener hatte er sich abgerackert in den vergangenen Jahren; die Jagd nach Schlagzeilen, der Kampf gegen Deadlines, die Freude über Exklusivgeschichten – all das schien ihm plötzlich so banal. Am liebsten hätte er sich wieder in sein Bett verkrochen.

Nein, er durfte jetzt nicht schlappmachen. Bollag befand sich auf einer Mission: Er musste Tanjas Mörder finden.

Er setzte sich an den Küchentisch und nahm das Büchlein mit dem gelben Umschlag in die Hand, das er in Tanjas Schreibtisch gefunden hatte.

Marcel Proust – À la recherche du temps perdu

Die halbe Nacht hatte er sich damit herumgeschlagen, es war eine dieser kommentierten Kurzversionen für Gymnasiasten, die nicht das ganze Werk lesen mochten – auf Französisch. Bollag hatte im Internet nach dem Inhalt des Originals geforscht. Nun wusste er, dass Proust den Roman zu Beginn des 20. Jahrhunderts geschrieben hatte. *À la recherche du temps perdu* umfasste ein paar Tausend Seiten in sieben Bänden. Was hatte sich Tanja dabei gedacht? News-Junkie Bollag las jede Menge Zeitungen, Magazine und Online-Nachrichten. Aber Bücher waren seine Sache nicht. Und französische Literatur schon gar nicht.

Er leerte das Glas Orangensaft. Tanja hatte Knobeleien geliebt. Stundenlang hatte sie über knifflige Aufgaben in den Sonntagszeitungen brüten können. Und sie war ein äußerst organisierter Mensch gewesen. Für ihren Urlaub hatte sie über Listen verfügt: *Mitnehmen an den Strand, Mitnehmen in die Berge.* Bei dem Gedanken musste Bollag lächeln. Welchen Plan hatte sie diesmal verfolgt?

Der Umschlag des Büchleins zeigte ein Porträtfoto von Proust: Schnurrbart, Mittelscheitel, große Augen, melancholischer Blick. Auf Deutsch hieß das Buch: *Auf der Suche nach der verlorenen Zeit.*

War das ein Hinweis auf die verpasste Chance in Tanjas und Bollags Leben? War Tanja in ihn verliebt gewesen? Bollag hatte schon in der Nacht sein Hirn nach Anzeichen dafür durchforstet. Doch in den vergangenen Monaten schien ihre Beziehung völlig unbeschwert gewesen zu sein.

Moment mal.

Das grelle Licht der Neonröhre in der Küche fiel auf den Umschlag. Die Worte *À la recherche* waren mit einem feinen Bleistift unterstrichen. *À la recherche* – Los, mach dich auf die Suche! Eine Aufforderung von Tanja? Steckte die Antwort irgendwo im Buch?

Aber er hatte es doch gelesen, von vorn bis hinten, sich durch 80 Seiten Französisch gekämpft und keine Randbemerkungen oder Kritzeleien, keine Hinweise gefunden.

Bollag schaute aus dem Küchenfenster in den Schnee auf der Rathausstrasse und überlegte. Prousts *À la recherche du temps perdu* war aus der Sicht eines Ich-Erzählers geschrieben. Der berichtete über seine Kindheit, das Erwachsenwerden, die erste Liebe, Eifersucht, das Altern. Der Erzähler stellte fest, dass die Vergangenheit einzig in seiner Erinnerung existierte. Und dass sie mit seinem Tod verloren ginge. Also beschloss er, darüber ein Buch zu schreiben. Das Buch endete damit, dass der Ich-Erzähler mit dem Schreiben des Romans begann.

Eine schöne Idee, zugegeben. Im Internet hatte Bollag enthusiastische Rezensionen gefunden von Menschen, die *À la recherche du temps perdu* für das schönste Buch der Welt hielten. Aber eigentlich passte dieser Klassiker gar nicht zu Tanja, sie hatte eher für moderne Autorinnen …

Das Klingeln der Türglocke riss Bollag aus seinen Gedanken. Er marschierte in den Flur, drückte die Taste der Gegensprechanlage neben der Wohnungstür. »Ja?«

»Ich bin's, Rebecca. Ich komme gerade vom Bahnhof … Ich wusste nicht …« Die junge Kollegin schluchzte. »Ich muss mit dir sprechen.«

Seit etwa einem Monat arbeitete Rebecca Tobler als Volontärin beim Tagblatt. Was wollte sie um 8 Uhr früh in seiner Wohnung? »Komm hoch.« Bollag drückte den Summer für die Haustür unten, schloss die Wohnungstür auf und öffnete sie einen Spalt.

Im Schlafzimmer schlüpfte er in Jeans und zog sich einen Pullover über das T-Shirt. Als er die Wohnungstür aufschwingen hörte, eilte er in den Flur.

Mit einer Reisetasche in der Hand stand Rebecca im Türrahmen. Bei ihrem Anblick musste Bollag immer an diese Hochspringerin aus Kroatien denken. Rebecca war Mitte 20, nicht hochglanzmagazinmäßig schön, eher auf eine interessante Weise gut aussehend. Ihre kurzen schwarzen Haare waren zerzaust. Tränen, vermischt mit Schminke, liefen ihr über das Gesicht. »Es tut mir leid … Ich wusste nicht, wohin …«

Sie sah ganz entgeistert aus. Er schritt auf sie zu, nahm ihr die Tasche aus der Hand, stellte sie auf den Boden und führte Rebecca am Arm zu einem Stuhl in der Küche. »Möchtest du einen Kaffee?«

Sie setzte sich und schüttelte den Kopf. »Ich war in Berlin über das Wochenende, bin gerade mit dem Nachtzug angekommen.« Mit einer Handfläche wischte sie sich über das Gesicht, verschmierte die schwarze Wimperntusche noch mehr. Sie betrachtete ihre Hand. »Es ist so schrecklich.«

Bollag holte ein Päckchen Papiertaschentücher aus einer Schublade und fingerte es auf. Bei einer Studentenzeitung hatte Rebecca ihre ersten Schritte gemacht, nach dem Master an der Uni Basel beim *Laufentaler Kurier* weitere Erfahrungen gesammelt. Sie hatte Talent, keine Frage, war engagiert.

In den wenigen Wochen beim Tagblatt war sie mit Bollag und anderen Redaktoren zu Pressekonferenzen gegangen, hatte Interviews geführt und gute Texte geschrieben. Er reichte ihr ein Taschentuch.

Rebecca nahm es und schnäuzte sich. »Am Bahnhof habe ich die Plakate der Zeitungen gesehen ... Tanja ... Ich hatte keine Ahnung ... Ich wäre gestern doch gleich heimgeflogen, wenn ich es gewusst hätte.« Sie zerknüllte das Taschentuch in der Faust.

Bollag setzte sich ihr gegenüber, legte eine Hand auf Rebeccas Faust. »Mach dir deswegen keine Vorwürfe. Niemand ist dir böse, dass du gestern nicht in der Redaktion warst.«

»Nein, du verstehst nicht.« Energisch schüttelte Rebecca den Kopf, zum ersten Mal schaute sie Bollag direkt in die Augen. »Tanja wurde ermordet. Und ich weiß, weshalb.«

7

Glas, Chrom und Leder dominierten den Raum im Regierungsgebäude, weiße Vorhänge verschleierten die Sicht aus den beiden großen Fenstern über den Orisbach. Über den Rand des schwarzen Ledersessels hinweg sah Neuenschwander nur die Halbglatze des Justizdirektors. Jauslin begutachtete etwas auf dem Tisch hinter seinem Pult, er ließ sich nicht stören. Diese Art von Machtspielchen verabscheute Neuenschwander, er hatte wirklich Besseres zu tun. Es war Punkt 10 Uhr. Unaufgefordert setzte er sich auf den Besucherstuhl.

Jauslin wartete ein paar Sekunden, dann ließ er den Sessel theatralisch herumschwingen. »Womit haben wir es zu tun?« Die Ränder seiner kleinen braunen Augen waren rot und geschwollen. Er zog die Augenbrauen hoch, offenbar überrascht, dass es sich Neuenschwander bereits gemütlich gemacht hatte.

Neuenschwander legte den Kopf schief. »Was meinen Sie?«

Mit seiner schmalen Hand, die an einen Uhrmacher erinnerte und so gar nicht zu Jauslins Sumoringer-Figur passte, wedelte er durch die Luft. »Na, dieser Fall. Diese Journalistin. Ich will wissen, womit wir es zu tun haben.«

Verdelli. Jetzt musste Neuenschwander auch noch Jauslins Neugier stillen. »Vor einer Stunde habe ich den Gerichtsmediziner um einen mündlichen Zwischenbericht gebeten. Im Körper der Toten hat er eine chemische Substanz entdeckt.«

Jauslin stülpte seine breiten Lippen nach außen und wartete auf die Fortsetzung. Neuenschwander ließ ihn zappeln.

»Herrgott, muss ich Ihnen denn jeden Wurm einzeln aus der Nase ziehen. War die Schneider etwa drogensüchtig?« Jauslin griff sich einen goldenen Kugelschreiber vom Tisch, rollte ihn zwischen den Fingerspitzen, blinzelte nervös.

»Noch fehlt die Analyse, und der Arzt will sich nicht festlegen. Aber er vermutet, dass es ein Betäubungsmittel sein könnte.«

»Scheiße.« Jauslin ließ den Kugelschreiber fallen. »Also wurde die Schneider ermordet.« Er öffnete eine Schublade, holte ein kleines Fläschchen heraus, legte den Kopf in den Nacken und träufelte ein paar Tropfen in die Augen.

»Vermutlich war sie bewusstlos, als der Wagen in den Weiher fuhr. Dort ist Frau Schneider ertrunken. Darauf weist auch das Wasser in ihrer Lunge hin.«

Jauslin senkte den Kopf und sah Neuenschwander aus tränenden Augen an. »Sie wissen hoffentlich, was das heißt.«

»Wir müssen einen Mörder finden.«

»Sicher, das auch.« Jauslin schniefte. »Es heißt, verdammt noch mal, dass die Medien uns Feuer unter dem Hintern machen werden. Mir ...«, er richtete seinen Zeigefinger auf Neuenschwander, »... und Ihnen.«

Das machte Neuenschwander keine Sorgen, mit den Medien würde er schon klarkommen. Jauslin hingegen hatte mehr Grund zur Unruhe. Die ermordete Tagblatt-Journalistin hatte vor ein paar Wochen aufgedeckt, dass der Regierungsrat seiner Frau, einer Innenarchitektin, einen Auftrag beim Bau des Justizzentrums zugeschanzt hatte. Seine Chancen auf eine Wiederwahl standen schlecht, er brauchte einen spektakulären Erfolg.

»In welche Richtung ermitteln Sie?« Jauslin zog verschiedene Schubladen auf, lupfte Aktenordner und Papiere.

Neuenschwander unterdrückte einen Seufzer. »Wir stehen ganz am Anfang, der Mord ist erst ein paar Stunden her. Heute Morgen haben wir eine Sonderkommission ...«

»Ich denke, dass Sie im beruflichen Umfeld suchen müssen. Journalisten – wir wissen ja, was das für Typen sind.« Mit einem heftigen Niesen sprühte Jauslin seine Computertastatur ein. Erst dann fand er ein zerknülltes Taschentuch in der Tasche seines grauen Jacketts und drückte es unter die Nase.

Wenn der ihm bloß keine Grippe anhängte, das fehlte Neuenschwander gerade noch. Mit den Füßen schob er seinen Stuhl ein paar Zentimeter zurück.

»Journalisten sind rachsüchtig und hinterhältig. Glauben Sie mir.« Jauslin schnäuzte sich ratternd. »Es würde mich nicht überraschen, wenn das eine Abrechnung war. Bestimmt hat diese Schneider jemanden angeschmiert, der sich das nicht hat gefallen lassen.«

Zum Beispiel jemanden wie dich. »Auf mich hat Frau Schneider einen zuverlässigen Eindruck gemacht. Ihre Artikel hatten immer Hand und Fuß.« Neuenschwander setzte eine unschuldige Miene auf. Der Artikel über die Missstände im Justizzentrum jedenfalls war ausgezeichnet recherchiert gewesen.

Jauslin hielt mitten in der Bewegung inne. »Ach ja?« Er beugte sich vor. »Ich sage Ihnen etwas, das Sie überraschen wird, Neuenschwander. Ich mag Sie nicht besonders.« Die Muskeln in seinem Kiefer zuckten. »Zugegeben, Sie haben eine gute Aufklärungsquote. Aber das beeindruckt mich nicht.« Er warf das zerknüllte Taschentuch in den Papierkorb. »Die haben andere Polizisten auch.« Jauslin stand auf und stützte sich mit den Fäusten auf der Tischplatte ab. »Ich kenne Ihre Akte. Wissen Sie, was Ihr Problem ist? Sie denken, Sie seien klüger als alle anderen. Und Sie haben keinen Respekt vor Ihren Vorgesetzten. Doch die Zeiten sind vorbei, in denen Sie allen auf der Nase herumtanzen konnten.« Er drückte auf einen Knopf der Gegensprechanlage, ein Summton ertönte.

»Ja?«

»Du kannst ihn hereinschicken, Elsbeth.«

Ob dieser Laienschauspieler die Rede vor dem Spiegel geübt hatte? Neuenschwander nahm die Schelte gleichmütig hin. Jauslin hatte ja recht. Vom Justizdirektor hielt er rein gar nichts. Der hängte sein Fähnlein immer in den Wind und fiel im Ernstfall seinen eigenen Leuten in den Rücken. Wie vor zwei Jahren, als er nach der Ermordung eines prominenten

Politikers aus Seltisberg Hilfe bei der Bundespolizei angefordert hatte. Jauslin konnte ihm den Buckel runterrutschen.

Ein Mann trat ins Büro, Mitte 40, dunkler Anzug mit Nadelstreifen und Bügelfalte. Seine kurzen schwarzen Haare standen senkrecht in die Höhe, das lange Gesicht dominierte ein kräftiger Unterkiefer. Wie bei einem Nussknacker.

Jauslin kam um den Schreibtisch herum und begrüßte den Gast mit einem Handschlag. »Ich stelle Ihnen unseren neuen Ersten Staatsanwalt vor, Doktor Matthias Baumann. Er wird unsere Direktion auf Vordermann bringen.«

Baumann lächelte und entblößte weiß blitzende Zähne, die einen Zahnarzt reich gemacht hatten. Neuenschwander hatte schon von dem Juristen gehört, der als stellvertretender Oberstaatsanwalt im Kanton Solothurn gearbeitet und seine Stelle vor einer Woche angetreten hatte.

Jauslin legte dem Staatsanwalt eine Hand auf die Schulter. »Doktor Baumann ist in Bubendorf aufgewachsen, er kennt sich bestens aus im Kanton und hat sich bereits eingearbeitet.« Er wandte sich Neuenschwander zu. »Er wird an sämtlichen Besprechungen im Fall Schneider teilnehmen, und Sie werden ihn über Ihre Fortschritte auf dem Laufenden halten.« Jauslin schniefte, begab sich hinter den Schreibtisch und öffnete erneut mehrere Schubladen. »Verdammte Grippe ...«

Baumann strecke die Hand aus. »Ich habe schon viel von Ihnen gehört, Herr Neuenschwander.«

Neuenschwander stand auf und ergriff sie. »Bestimmt nur Gutes.« Er knirschte mit den Zähnen. Ein Lackaffe, der sich in seine Ermittlungen einmischte – das fehlte ihm gerade noch. »Ich habe viel zu tun.« Er schaute Jauslin an, dann wandte er sich zum Gehen.

Baumann stellte sich ihm in den Weg. »Da wir beide schon

mal hier sind, können wir uns auch kurz zusammensetzen. Sie bringen mich auf den aktuellen Stand, und wir überlegen gemeinsam, wie ich Sie am besten unterstützen kann.« Er grinste immer noch wie ein Teenager beim ersten Puffbesuch.

Stärnesiech. »Unterstützen, soso.« Neuenschwander spürte ein Brennen im Magen.

»Allerdings. Es könnte sein, dass ich eine erste Spur für Sie habe.« Baumann trat einen Schritt näher, setzte ein verschwörerisches Gesicht auf. »Wie gut kennen Sie Bollag vom Tagblatt?«

8

Lokalchefin Corinne Moser fuhr mit der Linken über ihr kurz geschnittenes Haar. »Betrügerische Autowerkstätten – daran hat Tanja gearbeitet?« Eine Lesebrille baumelte an einer Kette um ihren Hals. Sie hielt auf der Pressetribüne des Landratssaals eine dünne Mappe hoch und schaute zuerst Bollag an, dann Rebecca neben ihm.

Seine junge Kollegin nickte eifrig und wies mit dem Kinn auf die Mappe. »Das ist das letzte Dossier, das Tanja angelegt hat.«

Die Plätze unter ihnen im Parkett füllten sich langsam mit Mitgliedern der Redaktion. Die Pressetribüne, auf der Bollag mit den beiden Frauen saß, war leicht erhöht in die hintere Wand des Landratssaals eingelassen.

Corinne wedelte mit Tanjas Recherchen und sah Bollag an. »Wusstest du davon?«

»Nein, erzählt hat sie mir nichts. Aus den Unterlagen geht hervor, dass Tanja Werkstätten auf der Spur war, die ihre Kunden mit unnötigen Reparaturen übers Ohr hauen.« Dass er die Dokumente am Vortag heimlich von Tanjas Computer kopiert hatte, würde er ihr bestimmt nicht auf die Nase binden.

Mit dem Bügel ihrer Lesebrille deutete Corinne auf Rebecca. »Und du?«

Die schüttelte den Kopf. »Tanja sagte mir letzten Donnerstag im Vorbeigehen, dass sie an einer großen Sache dran sei. Am Freitag wollte sie mich auf den neusten Stand bringen, doch ich war den ganzen Tag unterwegs für meine Geschichte über die Skigebiete in der Region.«

Corinne wich Bollags Blick aus. Vor einem halben Jahr erst war sie zum Tagblatt gestoßen, nachdem Lokalchef Adrian Rieder zum Chefredaktor befördert worden war. Normalerweise wusste sie als neue Lokalchefin bestens Bescheid über alle Vorgänge in der Redaktion. Anders als ihr Vorgänger, der Aktenschieber Rieder, war Corinne ein Profi. Sie hatte sich bei der *Neuen Zürcher Zeitung* einen Namen gemacht. Ob sie jetzt Schuldgefühle hatte?

Corinne spitzte nachdenklich die Lippen. »Und weshalb hat sie nur dir davon erzählt?«

»Wegen einem meiner Artikel im *Laufentaler Kurier*. Darf ich?« Eilig blätterte Rebecca durch den Stapel in Corinnes Hand bis zu einer Kopie und zog sie heraus. »Den habe ich letzten Oktober geschrieben. Eine Garage in Laufen hat eine Kundin über den Tisch gezogen. Tanja fragte, wie ich an meine Informationen gekommen sei. Ich gab ihr den Namen einer ehemaligen Schulkollegin, die mir den Tipp gegeben hatte.«

»Und mit der hat Tanja dann Kontakt aufgenommen?«
Rebecca zog die Schultern hoch. »Das weiß ich nicht.«
»Überflüssige Reparaturen, das ist nicht gerade ein Knüller.« Corinne verzog den Mund und starrte auf das Mäppchen in ihrer Hand. »Und bestimmt kein Grund für einen Mord.«
Rebecca rieb die Hände über ihre Jeans. »Tanja hat angedeutet, dass es bei ihrer Geschichte um riesige Summen ging.«
Corinne biss sich auf die Unterlippe. »Gut, das wäre ...«
»Entschuldigung, Corinne.« Von unten rief Fränzi, die Sekretärin der Lokalredaktion, herauf. »Michael liegt mit Fieber im Bett. Er schafft es nicht zum Brunch mit der FDP.«
Corinne stöhnte. »Nicht noch einer.« Sie stemmte sich aus ihrem Stuhl und lehnte sich über die Brüstung. »Dann soll Stefanie das übernehmen.«
»Die geht zur Pressekonferenz der Kantonsspitäler.« Fränzi zog die Schultern hoch. Hinter ihr waren mittlerweile fast alle Plätze im Landratssaal belegt.
Kurz hielt sich Corinne die weißblonden Haare mit beiden Händen. »Die FDP ist wichtiger, sie werden die Kandidaten für den Regierungsrat präsentieren.« Sie tippte sich mit dem Finger auf die Lippen. »Bitte die Wirtschaftsredaktion darum, dass sie die Spitäler übernimmt. Da geht es sowieso nur um Finanzen. Schmidt schuldet mir einen Gefallen, weil wir ihm das Mediengespräch mit der Kantonalbank abgenommen haben. Erinnere ihn daran, wenn er sich ziert.«
»Gut, mache ich.« Fränzi nickte und eilte aus dem Saal.
Corinne konnte organisieren. Bollag hatte gezweifelt, ob sich die Zürcherin in der Region Basel zurechtfinden würde. Doch die neue Chefin hatte ihn schnell für sich gewonnen. Sie brachte Schwung in die Redaktion, nahm auch Rat-

schläge an. Mit ihr war die Zusammenarbeit eine Wohltat im Vergleich zum Dummschwätzer Rieder.

Corinne ließ sich auf ihren Sitz nieder und fixierte Bollag. »Damit eins klar ist: Wir vom Tagblatt werden nicht versuchen, Tanjas Mörder zu finden. Das ist Sache der Polizei, verstanden? Wenn sie Tanjas Computer abholen kommen, werden wir ihnen von den Garagen erzählen.«

»Und dann?« Bollag breitete die Arme aus. »Was denkst du, was die Polizei damit anfängt? Lass mich wenigstens ein paar Anrufe machen.«

Corinne winkte ab. »Du lässt die Finger davon. Eva ist im Schwangerschaftsurlaub, zwei sind in den Ferien, und jetzt fällt auch noch Michael aus. Wir brauchen gute Geschichten, und zwar schnell. Wie weit bist du mit der Story über die illegale Hundezucht?«

10.30 Uhr, es wurde still im Saal. Mit großen Schritten stakste Franz Heusser vom Seiteneingang durch die Sitzreihen nach vorn. Bollag senkte die Stimme. »Ich brauche noch ein paar Tage.« Die Hundezucht konnte ihm gestohlen bleiben.

Corinne legte die Stirn in Falten, als ob sie seine Gedanken gelesen hätte. Sie hielt zwei Finger hoch – zwei Tage.

So kannte Bollag sie gar nicht.

Vorn im Saal nahm Heusser die zwei Stufen hoch zum Pult des Landratspräsidenten. Wen er wohl angerufen hatte, damit sich die Belegschaft des Tagblatts im Kantonsparlament versammeln durfte? Praktisch war es zweifellos. Der Saal bot Platz für 100 Leute und lag bloß einen Katzensprung von der Redaktion entfernt.

Die Tischreihen im Saal waren in einem Quadrat angeordnet. Vorn, auf den Plätzen der Regierungsräte, saßen die Mitglieder der Tagblatt-Direktion. Die Redaktoren, Fotografinnen und Dokumentalistinnen nahmen die Sitze ein, auf denen sonst Landrätinnen und Landräte debattierten.

Heusser holte Notizkärtchen aus der Tasche seines Jacketts und legte sie vor sich auf das Pult. Er räusperte sich, ein Mikrofon übertrug seine Stimme auf kleine Lautsprecher überall im Saal. »Auf tragische Weise haben wir gestern ein Mitglied unserer Redaktion verloren. Bitte erheben Sie sich zum Gedenken an unsere Kollegin Tanja Schneider zum Gebet.«

Was sollte denn das jetzt? Befanden sie sich in einer Kirche oder was? Bollag stand auf, verschränkte aber demonstrativ die Arme.

Heusser faltete die Hände vor der Brust: »Segne uns, allmächtiger Gott, Schöpfer allen Seins. Begleite mit deinem Segen den Menschen, der von uns gegangen ist …«

Was bildete sich dieser Kerl ein, Tanjas Tod für so eine miese Show zu missbrauchen?

»… allmächtige Kraft, die größer ist als unser kleiner menschlicher Verstand. Amen.« Heusser wartete, bis sich alle hingesetzt hatten.

Der Kerl ging Bollag wirklich auf den Wecker. Aber gut sah er aus, das musste man ihm lassen. Der Cary Grant aus dem Fricktal: dichtes, schlohweißes Haar, gebräuntes Gesicht, dunkler Anzug, blaue Krawatte.

»Liebe Kolleginnen und Kollegen, es ist mir eine Ehre, heute unter Ihnen zu sein. Seit einem guten halben Jahr darf ich Ihren Enthusiasmus und Ihre Hartnäckigkeit aus nächster Nähe mitverfolgen. Einige Vorurteile über Journalisten habe ich in dieser Zeit korrigieren dürfen. Mittlerweile bewundere ich …«

Bla, bla, bla. Auf dem Wandgemälde hinter Heusser säte ein Bauer Korn von Hand aus, ein zweiter pflügte ein Feld mit einem Ochsengespann. Im Vordergrund saß eine Mutter mit einem Kleinkind im Arm. Das entsprach genau Heussers Wertvorstellungen. Kein Wunder, dass sie hier tagen mussten.

Ihr Verleger blätterte durch seine Kärtchen, schwafelte weiter über neue Herausforderungen und das schwierige Umfeld. »Allein im letzten halben Jahr ist der Verkauf von Inseraten um 22 Prozent eingebrochen. Deswegen, liebe Kolleginnen und Kollegen, müssen wir Sparmaßnahmen ergreifen.« Er machte eine Pause. »Bis Ende Juni werden wir 15 Prozent unserer Belegschaft abbauen müssen.«

15 Prozent! Ein Raunen ging durch den Saal. Bollag rechnete nach. Das hieß, dass zwei oder drei Leute in der Lokalredaktion ihren Job verlieren würden. Er schaute in die Runde, viele junge Kolleginnen und Kollegen gab es nicht mehr. Schon seit ein paar Jahren galt ein Personalstopp.

Heusser wartete ab, bis sich die Unruhe gelegt hatte. »Wir sind uns unserer Verantwortung bewusst. Und ich verspreche, dass wir den Abbau sozialverträglich vornehmen werden. Um Entlassungen werden wir jedoch nicht herumkommen.«

Bollag sah hinüber zu Corinne, die hielt den Blick gesenkt. Die Ressortleiter wussten also schon länger Bescheid.

Die Unruhe im Saal nahm zu, Heusser hob die Stimme. »Die Verlagsleitung hat beschlossen, dass dabei nicht die Anzahl Dienstjahre oder die Größe der Ressorts maßgeblich sein wird. Bestimmend wird die Leistung sein, die Leistung jedes Ressorts und jedes einzelnen Journalisten. Ich hoffe, Sie verstehen dies als Ansporn. Ihre Vorgesetzten werden Ihre Leistungen im nächsten Monat bewerten. Aufgrund dieser Beurteilung wird die Verlagsleitung über die Entlassungen entscheiden. Ich danke für Ihre Aufmerksamkeit.« Er raffte seine Kärtchen zusammen und schritt aus dem Saal.

Die Unruhe im Saal verwandelte sich in lautstarken Protest, Rebecca stand der Mund offen. »Wie Herr Heusser wohl Leistung definiert?«

Bollag schnaubte. »Was denkst du denn? Politische Gesinnung und Arschkriechen.« Dieser Vollidiot. Mit so einem Vorgehen säte Heusser Neid und Misstrauen unter den Kollegen. Nun würde das Tagblatt endgültig den Bach runtergehen.

9

»Du musst dir ja keine Sorgen machen.« Atemwolken bildeten sich vor Rebeccas Mund, als sie die Tür des Regierungsgebäudes hinter sich schloss.

»Wie kommst du denn darauf?« Bollag grub seine Hände tief in die Taschen der Winterjacke.

»Na, du bist doch der Star beim Tagblatt. Niemand schreibt so viele Exklusivgeschichten.« Sie spazierten die Rathausstrasse hoch, die sich durch das Stedtli bis hinauf zum Törli zog.

Bollag schnaubte. »Unser Chefredaktor sieht das ganz anders. Der wäre mich lieber heute als morgen los.«

»Wieso denn das?«

»Rieder verdankt seinen Posten der Tatsache, dass er mit der Tochter des ehemaligen Verlegers verheiratet ist. Aus dieser Meinung habe ich nie einen Hehl gemacht.« Kinderbücher über die Fasnacht zierten die Auslage der Buchinsel.

»Meinen Traum von einer Stelle beim Tagblatt kann ich jetzt begraben.« Rebecca blies die Wangen auf. »So ein Mist.«

Darauf fiel Bollag keine Antwort ein, denn vermutlich hatte sie recht. Es war ein Jammer, dass Talente wie Rebecca keine Chance erhielten.

Sie schaute ihn von der Seite an. »Du wirst dich nicht an Corinnes Anweisung halten, oder? Du willst Tanjas Tod aufklären.«

»Wie kommst du darauf?«

»Du genießt einen gewissen Ruf.« Sie lächelte, die rote Wollmütze umrahmte das hübsche Gesicht. »Mit einer Knüllerstory könntest du erst noch Werbung für die Lokalredaktion machen.«

Und damit Rieder eines auswischen. Bollag fühlte sich geschmeichelt. Rebecca war nicht irgendeine ahnungslose Volontärin. In ihrer erst kurzen Karriere hatte sie sich ebenfalls einen Ruf erarbeitet – den einer hartnäckigen Rechercheurin. »Bist du eigentlich in Laufen aufgewachsen?«

»Nein, in Zwingen. Aber in Laufen bin ich ans Gymnasium gegangen.«

»Und danach hast du Medienwissenschaften an der Uni Basel studiert.«

»Nein, angefangen habe ich mit Biologie. In den Journalismus bin ich hineingestolpert.«

»Wie denn das?«

»Wegen Katzen.« Rebecca lächelte.

Blanka Vlašić, genau. So hieß die kroatische Hochspringerin, an die er bei Rebeccas Anblick immer denken musste. »Erzähl mir mehr darüber.«

Sie schlenderten an der Stadtapotheke und der Schützenstube vorbei.

»Ich ging damals ans Gymnasium Laufen. Meine Tante

wohnte in Brislach. Sie erzählte mir von drei toten Katzen, die man dort gefunden hatte. Beim Gespräch mit Schulkollegen fand ich heraus, dass es noch mehr Fälle gab: neun tote Tiere in vier Laufentaler Gemeinden.«

»Bist du damit zur Polizei gegangen?«

»Das interessierte die nicht. Mich aber schon. Am Gym hatte ich einen tollen Chemielehrer. Mit seiner Hilfe habe ich das Blut von zwei Tieren analysiert und dabei Blausäure entdeckt. Die Tiere waren vergiftet worden.«

»Beeindruckend.«

Sie studierte den Asphalt. »Über meine Entdeckung schrieb ich einen Artikel für die Schülerzeitung, der brachte dann einiges in Gang. Einige Medien griffen das Thema auf, viele Katzenhalter sperrten ihre Tiere vorübergehend ein.«

»Haben sie den Kerl jemals erwischt?«

Rebecca verzog den Mund. »Leider nein, das ärgert mich bis heute. Doch wenigstens stoppte ihn die Berichterstattung.« Sie zog die Schultern hoch. »Und ich lernte, was die Medien bewirken können.«

»Gute Arbeit, gratuliere.«

Um ihre Augen bildeten sich Fältchen, als sie lächelte.

An Bollags Wohnhaus vorbei schlenderten sie bis zum Coop Stabhof. In einer kleinen Holzhütte davor hatte eine Maronifrau ihre beiden Kessel aufgestellt – wie seit über 50 Jahren.

»Bitte 300 Gramm«, bestellte Bollag. Ein würziger Dampf stieg auf, als sie den Deckel eines Kessels hob und die braunschwarzen Maroni umrührte.

Rebecca leckte sich die Lippen. »Mein Artikel öffnete mir einige Türen. Neben dem Studium konnte ich als freie Journalistin für das Wochenblatt arbeiten.«

Die Maronifrau füllte eine Papiertüte und hielt sie ihnen hin. »En Guete.«

Rebecca zog ein Portemonnaie aus ihrer Manteltasche, doch Bollag winkte ab. »Das geht auf mich.« Er zahlte und nahm die warme Tüte in seine Hände. »Und wegen der Katzen hast du das Volontariat bei uns bekommen?«

Sie pulte die Schale von einer Maroni und steckte sie in den Mund. »Nein, das habe ich dem Brandstifter zu verdanken«, nuschelte sie.

Sie nahmen ihren Spaziergang wieder auf.

Bollag sog kalte Luft ein, um die heißen Maroni in seinem Mund zu kühlen. Er sah sie fragend an.

»Vor einem guten Jahr gab es in Grellingen fünf Hausbrände innerhalb eines Monats. Die Angst vor einem Brandstifter ging um. Doch weder Polizei noch Bürgerwehr konnte jemanden erwischen.«

Jetzt fiel der Groschen. »Das warst du?« Bollag hatte von einer Journalistin gelesen, die in einer Scheune in Zwingen Brandbeschleuniger und schwarze Tarnkleidung entdeckt hatte. Dank ihrer Hinweise hatte die Polizei den Brandstifter geschnappt. »Wie bist du denn auf den gestoßen?«

Oben beim Törli drehten sie um und schlenderten die Rathausstrasse wieder hinab.

»Ganz einfach, ich kannte ihn. Pascal Lörtscher und ich sind in Zwingen in die Primarschule gegangen, er war eine Klasse über mir. Schon damals hat er immer gezündelt. Bei meinen Recherchen entdeckte ich, dass er bei der freiwilligen Feuerwehr von Grellingen dabei war. Das gab mir zu denken. Ein paar seiner Kollegen berichteten mir, dass er bei allen Bränden als einer der Ersten vor Ort gewesen sei. Also schnüffelte ich herum und fand diese Feldscheune, die seiner Familie gehörte.«

»Für eine Verurteilung hätte das aber kaum gereicht.«

»Stimmt. Aber die Polizei hat in einer Ferienwohnung der Familie in Engelberg mehr Beweise entdeckt: Landkarten mit den Brandorten, Fotos vom Ausbruch der Feuer.«

Zehn Meter vor ihnen trat eine kleine Frau aus der Glastür des Coop-Restaurants. Sie trug einen viel zu kurzen Jeansrock, schwarze Strümpfe und eine zerschlissene Lederjacke. Ihr Alter musste irgendwo zwischen 20 und 40 liegen. Sie zündete sich eine Zigarette an und steckte sie zwischen die rosarot geschminkten Lippen.

Rebecca folgte seinem Blick. »So angezogen würde ich erfrieren«, murmelte sie. »Pascal sitzt jetzt im Gefängnis. Noch heute erstaunt es mich, wie einfach das war. Ich hatte Glück.«

Respekt, diese junge Frau hatte einiges auf dem Kasten. »Nicht Glück, du hattest den richtigen Riecher. Damit kannst du es weit bringen in unserem Beruf.« Bollag zerkaute eine weitere Maroni und schluckte sie herunter.

Sie reagierte mit einem schüchternen Lächeln auf sein Kompliment. »Damals hat mich das Journalistenfieber endgültig gepackt. An der Uni wechselte ich von Biologie zu den Medienwissenschaften. Und der Laufentaler Kurier bot mir eine Teilzeitstelle an.«

Als sie an der Frau mit dem Minirock vorbeischritten, öffnete diese die Glastür für ein pummeliges Mädchen von drei oder vier Jahren. Dann blockierte sie die Tür mit dem Fuß. Sekunden später folgte ein Mann: Dreitagebart, zerschlissene schwarze Lederjacke, hellblaue Jeans, schmutzige Baseballmütze mit dem Logo von Shell. Kaum stand er draußen, steckte auch er sich eine Zigarette an.

»Beim Kurier kannst du auch viel lernen.« Bollag wusste, dass das ein schwacher Trost war. Denn Stellen auf dem

Medienmarkt gab es kaum. So mussten talentierte junge Journalistinnen wie Rebecca zum Teil jahrelang bei kleinen Blättern über Kaninchenausstellungen oder Wettpflügen schreiben.

Vor dem Maronihäuschen blieben sie stehen und nahmen die beiden letzten Nussfrüchte aus der Tüte. »Also, was machen wir jetzt mit diesen Autogaragen?« Mit rehbraunen Augen schaute sie ihn an.

Er konnte ihr Parfum riechen. »Tut mir leid, aber ein *Wir* gibt es nicht. Ich arbeite alleine.«

Sie schaute kurz auf ihre Füße und dann wieder hoch. »Vermutlich willst du bei meiner früheren Schulkollegin ansetzen.«

Ja, das wäre ein vernünftiger Schritt. »Wie heißt sie?«

Rebecca holte ihr Smartphone aus der Manteltasche und hielt es hoch. »Ist hier gespeichert. Ich rufe sie gerne für dich an.« Sie lächelte unschuldig. »Aber nur, wenn wir zusammenarbeiten.«

Das kleine Biest. Klar, den Namen würde er bestimmt irgendwie herausfinden. Doch ihre Hartnäckigkeit war bewundernswert. Bollag grinste. »Also gut, ruf an.«

Rebecca strahlte, tippte ein paarmal auf das Display, drückte das Telefon an ihr Ohr und wandte sich ab.

Bollag knüllte die Papiertüte mit den Maronischalen zusammen und stopfte sie in einen Abfalleimer. Der Mann mit der Baseballmütze nahm das Mädchen an der Hand und wankte an Bollag vorbei. Sein rechtes Bein knickte bei jedem Schritt ein, er bewegte sich mit einem starken Hinken. Als sie an Bollag vorbeigingen, sah das Kind hoch und strahlte ihn an.

Ein süßer Fratz, Bollag schmunzelte. Ob er einen guten Vater abgäbe?

Drüben bei der Coop nahm die Frau mit dem Minirock

einen letzten Zug, zertrat die angerauchte Zigarette und hastete dem Mann und Kind nach. Als sie die beiden eingeholt hatte, steckte sie eine Hand durch seine Armbeuge und stützte seinen Gang. Es war eine zärtliche Geste, die enge Verbundenheit ausstrahlte. Das Leben, so schien es, hielt viele Enttäuschungen für die kleine Familie bereit. Doch in dem Moment hätte Bollag gerne getauscht mit diesem Mann.

Rebecca beendete ihr Gespräch und trat auf ihn zu. »Meine Freundin hätte heute Nachmittag Zeit. Danach fährt sie für ein paar Tage weg.« Sie steckte das Telefon in ihre Manteltasche. »Tanja war tatsächlich letzte Woche bei ihr.«

Sie waren auf der richtigen Spur. »Also gut, besuchen wir sie.« Vielleicht brachte sie das dem Mörder einen Schritt näher.

10

»Du hast mir wehgetan, Franz.« Bohne beugte sich vornüber auf der Bettkante und schlang die Arme um den nackten Körper.

Heusser zog seine Hand zurück. Mein Gott, wieso zierte sie sich jetzt plötzlich?

»Wenn du so fest zudrückst, kriege ich keine Luft mehr. Willst du, dass ich ersticke?«

So schlimm war das doch nicht gewesen. »Tut mir leid.«

Mit einer Hand fuhr sie über die roten Striemen am Hals. »Das hast du das letzte Mal auch gesagt.«

»Es ist bloß …« Er setzte sich auf, lehnte seinen Rücken gegen das Kopfende des Bettes.

»Du weißt, ich mag Experimente. Aber du musst dich besser im Griff haben.«

»Manchmal geht es einfach mit mir durch.« Vor allem, wenn die Wut ihn übermannte.

Sie drehte sich zu ihm um. »Was ist denn bloß los mit dir? Hast du Probleme?«

Er musste raus hier, sonst würde jetzt ein »ernsthaftes« Gespräch folgen. Heusser stand auf, nahm die Unterhosen vom Stuhl neben dem Bett und stieg hinein. »Gleich 13 Uhr. Ich muss zurück ins Büro.«

Langsam erhob sich Bohne, trat nackt vor den Spiegel, betrachtete ihren Hals. »Wieder blaue Flecken. Weißt du, wie unangenehm das ist? Immer muss ich mir Ausreden einfallen lassen.«

Die knochigen Hüften, die kleinen Brüste – er könnte sich schönere Frauen leisten. Doch im Bett war sie eine Wucht, der Sex ließ nichts zu wünschen übrig. Und sie beschaffte ihm wichtige Informationen. Das war die 2.500 Franken Miete wert, die er für das Penthaus an der Liestaler Oristalstrasse zahlte. Im Hochhaus fielen ihre Treffen niemandem auf, zumal er mit dem Lift direkt von der Tiefgarage in die Wohnung fahren konnte. Sonst stünden die Geier von der Boulevardpresse augenblicklich auf der Türschwelle, und seine Chancen auf einen Sitz im Bundesrat würden den Bach runtergehen. Wenn nur diese Mangold … »Verfluchtes Miststück.«

Sie schaute ihn im Spiegel an. »Beschimpfen musst du mich jetzt nicht auch noch.«

Heusser winkte ab. »Nicht du. Sie.«

»Ach, Franz, nicht schon wieder die Mangold.«

»Die meint, sie sei fein raus. Doch diese Schlampe wird mich noch kennenlernen.« Er hatte die Wahl in den Bundesrat bereits im Sack gehabt, die Kollegen im Parlament hatten ihm schon auf die Schulter geklopft und gratuliert. Und dann hatte ihn diese miese kleine Regierungsrätin irgendwie ausgetrickst.

Bohne stellte sich seitlich hin, strich sich über Bauch und Busen. »Ich verstehe, dass das schwer für dich gewesen sein muss. Aber wenn du immer darüber grübelst, macht es dich krank. Deswegen rastest du auch aus.«

Heusser wandte den Blick ab, er konnte diese Leier nicht mehr hören. »Ich komme schon zurecht.«

»Vielleicht solltest du mal mit einem Psychologen reden. Ein Gespräch täte dir bestimmt ...«

Heusser ballte die Fäuste. »Ich bin nicht verrückt.«

Sie erstarrte, schüttelte langsam den Kopf. »Du musst deine Gefühle in den Griff bekommen.«

Er atmete durch, biss sich auf die Zunge. Vergraulen durfte er sie nicht. »Entschuldige, aber die Wut brennt einfach ein Loch in meinen Bauch.«

Sie musterte ihn eine Weile. »Das meine ich ja.« Dann griff sie nach ihrer Unterwäsche auf dem Stuhl, streifte sich die Träger des BHs über die Arme. »Vielleicht sollten wir uns für eine Weile nicht mehr sehen.« Sie hielt inne, sah ihn prüfend an.

Nein, er brauchte die Informationen. Und den Sex. Zumindest noch ein paar Wochen lang. Heusser setzte eine betretene Miene auf. »Es tut mir wirklich leid, Bohne. Ich werde mich bessern, versprochen. Und das nächste Mal bringe ich dir ein Geschenk mit.«

Sie verzog den Mund. »Und du denkst, dass das alles wieder einrenkt?«

Er streckte die Hand aus und berührte ihre Wange, dann nahm er sie sanft in den Arm. Ihr Körper blieb steif. »Was wäre ich denn ohne dich? Ein Nichts.« Nach und nach entspannte sie sich. »Gib mir noch eine Chance. Bitte«, flüsterte er in ihr Ohr. Endlich lehnte sie ihren Kopf gegen seinen und Heusser wusste, dass er gewonnen hatte. Einmal mehr.

Welche Macht Worte ihm verliehen. Wie damals, 1968, in Zürich. Franz Heusser aus Rheinfelden im Kanton Aargau war immer nur der Außenseiter gewesen. Der Junge, der bei Partys kein Mädchen zum Tanzen fand. Der beim lokalen FC auf der Ersatzbank saß. 1968 hatte er seine Lehre als Automechaniker beendet. In diesem Sommer nahm er oft den Zug nach Zürich, wo er die Nähe der Studenten suchte. Dann, an einem heißen Tag im Juli, stand da eine improvisierte Bühne am Zürichsee. Ein paar Studenten hatten die Idee gehabt, den Alltag der Spießer zu entlarven. Und der Arbeitersohn Franz aus Rheinfelden sollte in der Podiumsdiskussion einen verwöhnten Jungen von der Goldküste spielen.

Franz lieh sich ein Hemd sowie eine Krawatte aus und schlüpfte in seine Rolle. Er griff die Studenten an, verurteilte die Krawalle, verteidigte den Staat. Das Lustigste an der Sache war, dass die Zuschauer ihm jedes Wort abkauften. Franz wurde ausgebuht, niedergeschrien. Einzelne versuchten gar, die Bühne zu stürmen. Die Menschen pöbelten ihn an, und mittendrin fühlte sich Franz zum ersten Mal richtig lebendig. Ein großartiges Gefühl. An diesem Tag entdeckte er, was er mit Worten bewirken konnte.

Gleich nach der Aufführung sprach ihn ein Mann an. Er lud Franz zum Essen ein, erzählte ihm von der Schweizer Konservativen Partei, von den Möglichkeiten einer politischen Karriere. Franz war geschmeichelt und überlegte nicht lange. Er wäre auch den Kommunisten beigetreten, wenn sie ihn so umworben hätten. So kam er in die Politik. Und er hatte es noch keinen Tag bereut.

Er hakte die Träger ihres BHs zu, löste sich von Bohne. »Schritt für Schritt werde ich Mangold fertigmachen. Mit Bollag fange ich an.«

»Es überrascht mich sowieso, dass der noch beim Tagblatt arbeitet. Du hättest ihn schon lange entlassen können.« Sie stieg in ihren Slip.

Heusser streifte das Hemd über, knöpfte es zu. »Das wäre dumm, die Medien würden mir das als Rache auslegen. Ich muss viel subtiler vorgehen.«

Sie zog eine Augenbraue hoch. »Und wie willst du das anstellen?«

Er grinste und legte eine Hand in seinen Schritt. »Den werde ich aufs Kreuz legen.«

11

Vor dem Café Kern in der Laufner Altstadt stellte Bollag den Tagblatt-Polo ab. Die Uhr am Stadttor stand auf 14.55. Rebecca schritt voran in die Wassertorgasse und steuerte auf ein Haus mit hellbrauner Fassade zu, in dessen Wand ein quadratisches Schaufenster eingelassen war. Zwischen Postern von Paris, New York und Peking saß darin ein riesiger Teddybär. *Teddytravel* stand in einem Bogen aus gelben Buchstaben auf der blank polierten Glasscheibe.

Als sie durch die Tür traten, kam eine junge Frau hinter einem Schreibtisch hervor und umarmte Rebecca. Dann reichte sie Bollag die Hand. Evi Felber hatte ihr schwarzes Haar zu einem großen Knoten geschlungen, der gebräunte Teint deutete auf einen Menschen, der viel Zeit draußen verbrachte.

Plüschtiere in allen Formen und Farben zierten die Regale: Kaninchen, Affen, Hunde, Tiger. In einer Sitzecke nahmen Rebecca und Bollag auf einem Sofa Platz, Felber setzte sich ihnen gegenüber in einen Sessel. Bollag fühlte sich wie ein Ehegatte bei der Urlaubsberatung.

»Wie ich dir am Telefon gesagt habe, gibt es noch ein paar Fragen zu dieser Autowerkstatt.« Rebecca kam gleich zur Sache. »Wann hat Tanja Schneider mit dir Kontakt aufgenommen?«

»Es tut mir sehr leid für eure Kollegin. Sie hat mir vergangene Woche ein paar Fragen gestellt.« Sie hob ein Paket vom Boden neben dem Sessel und schnitt eine darumgebundene Schnur mit einer Schere auf.

»Worüber habt ihr gesprochen?«

»Über meine Reparatur.«

Bollag holte seinen Notizblock und einen Kugelschreiber aus seiner Umhängetasche. »Könnten Sie das für mich etwas ausführen?«

Felber schielte kurz auf die Uhr. »Vor vier Monaten gab ich meinen Mini in eine Werkstatt in den Service. Am gleichen Tag rief mich der Chef an. Die Pneus und die Bremsscheiben müssten ersetzt werden, zudem seien die Achsmanschetten porös – ich weiß bis heute nicht, was das sein soll. Der Inhaber warnte mich, dass er ohne Reparatur für nichts garantieren könne.« Sie stieß Luft durch die Nase aus. »Also stimmte ich zu. Eine Woche später hatte ich die Rechnung im Briefkasten: 1.830 Franken. Ich kippte fast aus meinen Schuhen.« Sie holte eine Karte oben aus dem Paket und wühlte sich durch zerknüllte Zeitungen darunter. Dann fischte sie einen blauen Plüschdrachen heraus.

»Was geschah dann?« Bollag notierte sich die wichtigsten Fakten.

»Ein Cousin von mir arbeitet als Mechaniker in einer Basler Garage. Ich bat ihn um Rat. Er sah sich die Rechnung an und lachte mich aus. Ich sei auf den ältesten Trick der Welt hereingefallen, fand er. Da ich meine Zustimmung für die Reparaturen gegeben habe, lasse sich nichts mehr machen. Pech gehabt.« Sie bohrte ein Loch durch die Karte, führte eine Schnur hindurch und band sie um einen Fuß des Drachen.

Rebecca drehte sich zu Bollag hin, der leuchtend rote Schal um ihren Hals passte gut zu den schwarzen Haaren. »Damit wollte sich Evi aber nicht abfinden. Sie rief mich an und erzählte mir davon. Daraufhin nahm ich Kontakt mit einem Automobilclub und dem Verband der Garagisten auf. Die kannten die Masche mit den unnötigen Reparaturen, einige Werkstätten sind berüchtigt dafür. Den Chef der betroffenen Werkstatt befragte ich ebenfalls, der gab sich entrüstet.« Sie legte eine Hand auf Bollags Arm. »Am Ende schrieb ich einen ziemlich lahmen Artikel. Ich konnte der Garage ja nichts nachweisen.« Sie sah ihn an, dann zog sie ihre Hand zurück.

Die ganze Geschichte klang ziemlich öde. Bollag fischte ein Papiertaschentuch aus der Hosentasche und putzte sich die Nase. »Wissen Sie, Frau Felber, weshalb Tanja daran interessiert war? Hat sie Ihnen mehr erzählt?«

Felber legte den Drachen auf den Schreibtisch, griff nach dem nächsten Paket und zuckte mit den Schultern. »Nicht viel. Sie hat bloß angedeutet, dass es um mehrere Garagen in der Region gehe. Und dass die nicht bloß Kunden, sondern auch Versicherungen über den Tisch zögen. Da konnte ich ihr aber nicht weiterhelfen. Sie fragte mich dann, ob sie mit meinem Cousin sprechen könne. Ich rief ihn noch am selben Tag an, doch er wollte nicht mit einer Journalistin reden. Mein Cousin … ist etwas stur. Ich teilte das Tanja mit, damit hatte es sich.«

Mit dem Nein hatte sich Tanja bestimmt nicht zufriedengegeben, Bollag kannte sie besser. »Haben Sie Ihren Cousin gefragt, ob er etwas über diesen Versicherungsbetrug weiß?«

Felber zögerte. »Nein.« Eingehend studierte sie das Holz des Parketts.

Das nahm ihr Bollag nicht ab. »Tanja war eine sehr gute Freundin. Wir wären Ihnen dankbar, wenn Sie uns weiterhelfen könnten.«

Rebecca lehnte sich vor. »Es ist wirklich wichtig, Evi.«

Felber stieß einen Seufzer aus. »Mein Cousin hat mir eingebläut, die Finger von der Sache zu lassen. Er meinte, diese Garagen würden mir ihre Anwälte auf den Hals hetzen. So etwas kann ich mir nicht leisten.«

Sie mussten mit diesem Cousin sprechen. »Würde der mit uns reden? Sein Name wird nirgends auftauchen, das garantiere ich Ihnen.« Er hob drei Finger wie die Eidgenossen beim Rütlischwur.

Felber schüttelte den Kopf. »Das brächte nichts.« Sie verstummte und schaute durch das Schaufenster auf die Gasse.

Bollag musste es auf einem anderen Weg versuchen. »Wie läuft denn Ihr Reisebüro?«

Felbers Gesicht hellte sich auf. »Ziemlich gut.«

»Wirklich? Ich dachte, heute buchen die Leute nur noch über das Internet.«

Felber sah Rebecca mit hochgezogenen Augenbrauen an. »Hast du ihm nicht erzählt, was ich mache?«

Rebecca schüttelte den Kopf.

Felber lächelte. »Kennen Sie Felix, Herr Bollag?«

»Sollte ich?«

»Hängt davon ab, ob Sie Kinder haben. Felix ist ein Stoffhase aus einem Kinderbuch. Er geht seiner Besitzerin verloren, die ist todunglücklich. Bald darauf bekommt sie Briefe und Postkarten von Felix aus aller Welt. Ich bin mit diesem Buch aufgewachsen und habe daraus ein Geschäft gemacht.«

»Ich verstehe nicht.«

»Ich biete Ferien für Stofftiere an. Die meisten meiner Kunden kommen aus Japan und China. Sie sind vielleicht zu krank oder zu alt, um zu reisen. Oder sie haben nicht das Geld dafür. Also schicken sie mir ihre Plüschtiere. Mit denen besuche ich Sehenswürdigkeiten in der Schweiz: Bern, Genf, den Pilatus, das Jungfraujoch. Dort mache ich Fotos mit ihnen, je nach Auftrag bekommen die Besitzer dann E-Mails, ein Video oder ganze Fotobücher über die Reise.« Mit dem Zeigefinger deutete sie auf den Drachen auf dem Schreibtisch. »Der kommt von einem Heimwehbasler aus Kyoto. Er wünscht Bilder von der Fasnacht.«

Verrückte Welt. Jetzt ergab auch der Name *Teddytravel* Sinn. »Und davon können Sie leben?«

»Nicht fürstlich, aber es reicht. Heute fahre ich nach Basel, dann über Luzern ins Engadin. Und morgen werde ich in Lugano sein.«

Interessant war das allemal. »Es gibt da eine Serie in unserem Wirtschaftsteil über neue Geschäftsideen. Vielleicht könnten wir *Teddytravel* dort vorstellen.«

Sie nagte auf der Unterlippe. »Das wäre toll, Geld für Werbung habe ich kaum. Und mein Angebot gilt auch für Schweizer, die ihre Stofftiere in die USA oder nach Asien schicken wollen. Ich arbeite mit Kolleginnen in mehreren Ländern zusammen.«

Bollags Handy piepste, eine SMS war eingegangen.

»Bestimmt könnten wir bei der Wirtschaftsredaktion ein gutes Wort für Sie einlegen, wenn ...«

»... ich meinen Cousin anrufe, verstehe.« Sie lächelte verschmitzt. »Also gut. Ich werde sehen, was ich machen kann.«

Bollag erhob sich und streckte die Hand aus, sie griff zu. »Dann haben wir einen Deal.«

Kurz darauf schritten Bollag und Rebecca über das Kopfsteinpflaster auf den Tagblatt-Polo zu. Er fischte den Zündschlüssel und das Handy aus der Jackentasche, schloss den Wagen auf und rief die Nachricht ab, sie stammte von Lokalchefin Corinne Moser.

Pressekonferenz der Staatsanwaltschaft, Justizzentrum Muttenz, 16 Uhr.

Mit dem Türgriff in der Hand hielt Bollag inne.

»Was ist?«, fragte Rebecca.

»Eine Pressekonferenz im Justizzentrum. In 40 Minuten.«

Rebecca öffnete die Beifahrertür. »So kurzfristig? Was bedeutet das?«

»Es muss wichtig sein. Vielleicht haben sie Tanjas Mörder geschnappt.«

12

»Wir haben doch nichts. Was zur Hölle soll ich denn sagen?« Jonas schlug mit der Faust gegen die Armlehne in der Beifahrertür.

Neuenschwander spürte ein Brennen im Magen. »Nur die Ruhe, du schaffst das.« Das hoffte er zumindest. »Komm, bringen wir diesen Mumpitz hinter uns.« Sie stiegen aus dem VW Passat und gingen auf das Strafjustizzentrum in Muttenz zu, einen mattschwarzen, vierstöckigen Bau gleich neben dem Bahnhof. Staatsanwalt Baumann, dieser Schwachkopf, musste den Justizdirektor zu dieser Pressekonferenz überredet haben. Anders konnte er sich das nicht erklären. Nur ein Idiot lud die Medien ein, wenn er nichts zu vermelden hatte.

Hinter der gläsernen Schiebetür standen Männer und Frauen Schlange vor dem Kontrollposten. Erstaunlich, wie viele Journalisten der Einladung so kurzfristig gefolgt waren. Ein paar von ihnen erkannte Neuenschwander: den Lockenkopf von Tele Basel, den Stänkerer vom Blick, den Flegel von 20 Minuten.

»Geht das nicht schneller? Wir sind zum Arbeiten hier«, sagte der Blick-Mann, als zwei Kollegen in Uniform seinen Ausweis und die Aktentasche kontrollierten.

Neuenschwander blieb stehen. »Neben Büros und Gerichtssälen befindet sich auch ein Zellentrakt im Gebäude. Deswegen sind die Sicherheitsmaßnahmen notwendig. Wenn es Ihnen nicht passt, können Sie wieder gehen.« Ohne eine Antwort abzuwarten, schritt er durch die zweite Schiebetür.

Der Konferenzraum im Erdgeschoss war bereits zur Hälfte gefüllt.

»Die werden mich bei lebendigem Leib auffressen«, raunte Jonas. Er biss sich auf die Unterlippe. »Will Jauslin mich fertigmachen?«

Schwarze Stühle an weißen Tischen reihten sich aneinander, Neuenschwander und Jonas setzten sich ganz nach vorn.

»Der Justizdirektor wünschte halt ein junges, frisches Gesicht. Er will zeigen, wie ...«, mit den Fingern malte Neuenschwander Anführungszeichen in die Luft, »... dynamisch die Polizei ist.« Bestimmt steckte Baumann auch dahinter. »Du musst das positiv sehen. Vielleicht bekommen wir dadurch ein paar Hinweise aus der Bevölkerung.«

»Danke, da fühle ich mich schon viel besser.« Jonas öffnete seine Aktentasche, holte seine Notizen heraus und legte sie vor sich auf den Tisch. »Das ist Schwachsinn. Unsere Ermittlungen stecken noch ganz in den Anfängen.«

»Schhht, nicht so laut. Mogle dich irgendwie durch. Ich weiß aus Erfahrung, dass du das kannst.« Neuenschwander lächelte Jonas an. Endlich hellte sich dessen Gesicht etwas auf.

Vor den Fenstern brauste ein ICE vorbei, ein Mann mit schwarzer Winterjacke und Dreitagebart betrat das Konferenzzimmer: Bollag. Neuenschwander nickte ihm einen Gruß zu.

In Bollags Schlepptau folgte eine hochgewachsene, schlanke Frau mit kurzen schwarzen Haaren. Die beiden setzten sich nebeneinander ans Ende der Tischreihe.

Neuenschwander stupste Jonas mit dem Ellenbogen an. »Kennst du die?«

Er schüttelte den Kopf. »Noch nie gesehen. Wo hat der bloß immer diese hübschen Schnallen her?«

Neuenschwander kontrollierte, ob jemand in Hörweite saß. »Wir müssen Bollag auf die Liste der Verdächtigen nehmen.«

»Das ist nicht dein Ernst.«

»Meiner nicht. Aber Baumann will erfahren haben, dass Bollag hinter seiner Kollegin her war. Schneider habe ihn abblitzen lassen.«

»Das ist doch Un...« Jonas verstummte, als der geschniegelte Baumann mit raschen Schritten in den Saal marschierte, gefolgt von einer ganzen Armada von Mitarbeitern.

Beinahe hätte Neuenschwander laut gelacht. Ob die den Auftritt vorher geprobt hatten? Der Erste Staatsanwalt trat hinter das Rednerpult am Kopfende der Tischreihen, flankiert von Flaggen der Schweiz und des Baselbiets. Fotoapparate blitzten, Kameras zoomten, die Journalisten zückten Notizblöcke oder klappten Laptops auf.

Langsam ließ Baumann seinen Blick durch den Saal schweifen. Ein Mundwinkel hob sich leicht, er schien zufrieden mit der Präsenz. Baumann drückte auf einen Knopf auf dem Pult, der Beamer an der Decke warf ein Bild von Tanja Schneider auf die weiße Wand. Kurz ratterte Baumann die bekannten Informationen über das Auto im Allschwiler Weiher herunter. »Feldweibel Jonas Schaub von der Polizei Basel-Landschaft wird Ihnen Details zum Fall schildern.« Mit einer Handbewegung lud er Jonas zu sich nach vorn ein.

Mit zögerlichen Schritten trat Jonas hinter das Rednerpult. Er packte es mit beiden Händen, schaute in die Runde, schluckte schwer. Mit der schmalen Gestalt und der dünnen Metallbrille sah er aus wie ein verschrecktes Computergenie. »Frau Schneider wurde das Opfer eines Morddelikts. Die Experten am Institut für Rechtsmedizin der Universität Basel haben festgestellt, dass sie mit sogenannten K.-o.-Tropfen betäubt wurde.«

Jetzt hingen die Journalisten an seinen Lippen.

Jonas räusperte sich und berichtete in den folgenden Minuten über die Bildung der Sonderkommission, von »Ermittlungen in alle Richtungen« und von »guten Fortschritten«. Damit die Journalisten auch etwas zu schreiben hatten, lieferte er ihnen ein paar Details über die technischen Untersuchungen am Auto. Er hielt sich jetzt aufrechter, seine Stimme gewann zusehends an Kraft. Er schlug sich gut.

Sogar Baumann schien beeindruckt. Er nickte fortwährend, wippte auf seinen Füßen vor und zurück, richtete sich mehrfach den Krawattenknoten. »Besten Dank, Feldweibel Schaub«, sagte er unvermittelt und schob Jonas zur Seite. »Heute wenden wir uns an die Bevölkerung mit der Bitte um Unterstützung. Wer Frau Schneider oder ihren Wagen in der Nacht zum Sonntag gesehen hat, soll sich an die nächste Polizeistelle wenden. Für Hinweise ist eine Belohnung von 10.000 Franken ausgesetzt.«

Eine Belohnung? Wer hatte das entschieden? Und wieso wusste Neuenschwander nichts davon? So eine Sauerei.

Baumann blickte in die Runde. »Ich beantworte jetzt ein paar Fragen.« Er deutete auf eine Frau in einem roten Kleid.

»Flurina Weibel, 10vor10. Hat der Mord möglicherweise etwas mit dem Beruf des Opfers zu tun, Herr Baumann?«

»*Doktor* Baumann, bitte. Diese Möglichkeit ziehen wir in Betracht. Aus ermittlungstaktischen Gründen kann ich dazu aber keine weiteren Angaben machen.«

»Könnte es sich um ein Beziehungsdelikt handeln?«

»Darauf kann ich nicht antworten.«

»Aber Sie vermuten es?«

»Es ist eine unserer Hypothesen, ja.«

Der Flegel von 20 Minuten erhob sich. »Ich habe eine Frage an Herrn Schaub. Verfolgen Sie eine konkrete Spur?«

Jonas trat einen Schritt vor. »Wir verfolgen eine ganze Menge Spuren. Einige davon sind sehr konkret.«

»Sind Sie also zuversichtlich, dass Sie den Täter erwischen werden?«

»Ja, das sind wir. Die Spuren, die wir gefunden haben, werden uns zum Täter führen. Daran arbeiten unsere Spezialisten mit Hochdruck.«

»Können wir bald mit einer Verhaftung rechnen?«

»Möglicherweise. Dem Täter würde ich jedenfalls raten, sich nicht zu sicher zu fühlen. Vielleicht klopfen wir schon bald an seine Tür.«

Jetzt übertrieb es Jonas, das tönte wie aus einem amerikanischen Krimi. Natürlich liebten die Journalisten solche Sätze, sie schrieben eifrig mit.

»Weitere Fragen.« Baumann zeigte auf den Lockenkopf von Tele Basel.

Sie erhob sich, wurde aber von einer dröhnenden Stimme unterbrochen.

»Was soll dieser ganze Zirkus? Wieso bestellen Sie uns hierher, wenn Sie nichts zu berichten haben?« Bollag stand hinten im Saal auf.

Erstaunlich, dass der so lange still geblieben war.

Baumann stieß den Atem aus und lächelte, als ob er darauf gewartet hätte. »Im Gegenteil, wir machen gute Fortschritte.«

»Sie haben doch nichts Konkretes in der Hand, *Doktor* Baumann.«

»Dazu gebe ich keinen Kommentar ab.«

»Lassen Sie mich raten: aus ermittlungstaktischen Gründen.« Der Spott in Bollags Stimme war nicht zu überhören. Gelächter erhob sich im Saal.

Eine leichte Röte überzog Baumanns Gesicht. »Sie mögen das lustig finden, wir nicht. Es geht hier um einen brutalen Mord.« Er machte eine kurze Pause. »Und wir werden den

Täter überführen, auch wenn Sie und Ihre Berufskollegen uns Steine in den Weg legen.«

»Was meinst du damit?« Bollag stemmte die Hände in die Hüften.

»Das weißt du ganz genau.«

Ein paar Journalisten sahen sich an, auch Neuenschwander horchte auf. Kannten die sich etwa?

»Keine Ahnung, wovon du sprichst.« Bollag schüttelte den Kopf.

»Dann will ich es für die Begriffsstutzigen erklären. Leider gibt es gewisse Elemente unter den Journalisten, die sich regelmäßig hinter anonymen Quellen verstecken. Ich denke da zum Beispiel an Artikel, die sich auf Interna aus der Kantonsverwaltung oder Parlamentskommissionen berufen.«

»Anonyme Quellen gehören zu unserem Job«, rief einer dazwischen.

Baumann machte ein spöttisches Gesicht. »Offenbar kennen Sie Ihre Rechte und Pflichten nicht.« Er zeigte mit dem Finger auf Bollag. »Journalisten haben den Justizbehörden illegale Machenschaften zu melden. Dazu gehört auch die Weitergabe von geheimen Unterlagen. Die Verbreitung von Informationen aus solchen Unterlagen ist illegal. Und laut Gesetz müssen du und deine Kollegen die Quellen offenlegen.«

Im Saal wurde es unruhig, Bollag hob die Stimme. »Das wäre ja noch schöner. Wir haben das Recht, unsere Informanten zu schützen.«

»Eben nicht. Bei Angriffen auf die Sicherheit des Staates gibt es keinen Quellenschutz. So steht es im Gesetz. Und ich werde mit Nachdruck dafür sorgen, dass dieses Gesetz im Kanton Baselland eingehalten wird. Wenn nötig, werde ich Journalisten auch in Haft setzen. Hier im Haus sind immer ein paar Zellen frei.« Er lächelte süffisant. »Haben wir uns verstanden?«

Verschiedene Journalisten schossen in die Höhe. »Das wäre ja noch schöner!« – »Verfluchte Sauerei!« – »Was glauben Sie eigentlich, wen Sie hier vor sich haben?« – »Bis vors Bundesgericht ...«

Baumann hatte sich bereits abgewandt und verließ mit seiner Entourage den Saal. Neuenschwander starrte ihnen nach. Deswegen hatte Baumann diese Pressekonferenz also einberufen, er hatte den Journalisten den Tarif durchgeben wollen. Und seiner Karriere würde die kompromisslose Haltung auch nicht schaden, im Gegenteil. »Eine beachtliche Leistung, stärnesiech.«

»Wie bitte?« Jonas stand neben ihm.

»Innerhalb weniger Minuten hat Baumann sämtliche Medien gegen uns aufgehetzt.«

13

Bollag knöpfte seine Jeans auf, stellte sich breitbeinig vor das Urinal und starrte einen Fleck an der blauen Wand an. Das Handy in seiner Jacketttasche klingelte, er klaubte es mit der rechten Hand heraus. »Hallo?«

»Ich bin in Rom, wir fliegen gleich zurück. Können wir uns um sieben im Flügelrad in Olten treffen?« Petra klang gestresst.

»Im Restaurant? Seit Tagen haben wir uns nicht gesehen.« Konnte sie nicht über Nacht zu ihm nach Liestal kommen? Oder wollte sie nicht? »Meinetwegen.«

»Si, arrivo subito«, sagte Petra zu irgendjemandem. »Also um sieben dann.«

Verärgert stopfte Bollag das Handy in die Jacketttasche, ein paar Spritzer gingen daneben. Mist. Für ein vernünftiges Gespräch hatte die Frau Bundesrätin offenbar keine Zeit. Sie musste ja den Regierungsjet besteigen. Ihre Prioritäten hatte Petra immer …

»Ist lange her, Bollag.«

Plötzlich stand Baumann am nächsten Urinal, den Blick starr geradeaus gerichtet. Bollag hatte ihn gar nicht kommen hören. Ja, es war verdammt lange her. »30 Jahre.«

»Hast du unseren Freund Oli kürzlich gesehen?« Baumanns Stimme hallte dumpf in der kleinen Toilette.

»Schon lange nicht mehr. Der lebt jetzt in Kanada. Als Farmer.«

»Oli ist Bauer geworden? Na, das überrascht mich nicht. Und auch nicht, dass du jetzt Schreiberling bist. Du hast dich schon immer gerne in Szene gesetzt.« Zum ersten Mal drehte Baumann den Kopf und lächelte.

Der hagere Junge hatte sich zu einem gut aussehenden Mann entwickelt. Doch bei genauerer Betrachtung stimmte einiges nicht: das Gesicht zu gebräunt, die Zähne zu weiß, das Haar zu schwarz. Und dann dieser Anzug, der wohl mehr gekostet hatte als Bollags gesamte Garderobe. Alles sah zu perfekt aus. »Und wer hat sich soeben vor der versammelten Presse zum Gespött gemacht, Herr Doktor?«

Baumann schloss den Reißverschluss seiner Hose, machte eine Vierteldrehung. »Ist mir doch egal, was ihr Journalisten über mich denkt.«

»Schön für dich. Kannst du mich jetzt in Ruhe pinkeln lassen?«

»Dauert ziemlich lange. Probleme mit der Prostata? Oder Lampenfieber? Meinen Gegnern schlottern die Knie normalerweise im Gerichtssaal. Aber nicht im Klo.« Er lachte wie eine Hyäne, ein durchdringend heiseres Kichern. Es erinnerte Bollag fatal an den Tag, an dem er Baumann zum ersten Mal getroffen hatte. 13 Jahre alt war er gewesen, ein dünner Junge in der zweiten Klasse der Sekundarschule.

Die ganzen Sommerferien hatte er damals zusammen mit seinem besten Freund Oli Erzberger eine Baumhütte im Bloond gezimmert. Zwei Wochen nach Schulbeginn erzählte Oli von dem coolen Typen, der in seine Nachbarschaft gezogen sei. »Der hat sogar einen Pool im Garten.«

Oli brachte seinen neuen Freund Anfang September mit zur Hütte. Matthias Baumann war zwei Jahre älter, einen halben Kopf größer und kräftiger als die beiden. »Was, fünf Wochen habt ihr an dieser Bruchbude geschuftet?«, fragte Matthias zur Begrüßung. Dabei kicherte er wie eine Hyäne.

Bollag scherte sich nicht darum, ihm gefiel das Baumhaus trotz des schiefen Blechdachs und der klapprigen Sitzbank. Doch sein Freund Oli fand den Spruch lustig und lachte mit. Von dem Moment an hasste Bollag Matthias.

Dass Baumann aus der Stadt Basel ins beschauliche Bubendorf gezogen war, rieb er ihnen bei jeder Gelegenheit unter die Nase. Sein Vater arbeitete im Labor bei Hoffmann-La Roche, und Matthias tat so, als ob der die Chemiefirma leite. Das Gehabe nervte Bollag, Oli hingegen ließ ihm alles durchgehen. Er verehrte Matthias. Das machte Bollag nur noch wütender. Doch Oli zuliebe schluckte er seinen Ärger herunter.

Mitte Oktober waren sie zu dritt unterwegs auf »Spionagemission«. Matthias interessierte sich nicht für Kinderkram wie eine Baumhütte. Viel lieber spähte er Frauen aus. An einem sonnigen Herbstnachmitttag traf es ein Pärchen, das Hand in Hand und mit Rucksäcken zum Murenberg hochspazierte. Bollag erkannte Sonja Plattner mit den langen blonden Haaren am lustigen Lachen, sie hatte vor Jahren ab und zu als Babysitter auf ihn aufgepasst.

Die drei Jungs verfolgten Sonja und ihren Freund bis hinauf zu einer Lichtung. Dort packten die beiden ihre Rucksäcke aus und machten es sich auf einer Decke gemütlich. Matthias schlich zu einem Hochsitz am Rand der Lichtung und kletterte hinauf, die anderen folgten. Es roch nach feuchter Erde, Ameisen krabbelten über das Holz.

Oben lugten sie über die Bretter und beobachteten, wie der junge Mann Sonja die Hand unter das T-Shirt schob.

Matthias grinste, Bollag stieg die Röte ins Gesicht, der Schweiß rann ihm den Rücken hinunter. »Lasst uns gehen«, flüsterte er.

Entschieden schüttelte Matthias den Kopf, Oli legte einen Finger auf seine Lippen.

Unten auf der Decke zog der junge Mann Sonja das T-Shirt über den Kopf, hakte ihren BH auf.

Zum ersten Mal in seinem Leben sah Bollag echte Brüste. Die Brüste von Sonja, die mit ihm Legohäuser gebaut hatte. Er drehte sich um, stieg hastig die Leiter hinunter.

Sonja auf der Decke kreischte auf.

»Verfluchte Dreckskerle, euch werde ich windelweich schlagen!«, brüllte ihr Freund.

Sie hauten ab, preschten durch den Wald hinab und verlangsamten ihre Schritte erst, als sie sich in Sicherheit wähnten.

Auf einem schmalen Pfad kurz vor Bubendorf legte Matthias Bollag von hinten eine Hand auf die Schulter. »Du

Arschloch«, fluchte er atemlos. Darauf schlug er Bollag in den Nacken.

Bollag stieg die Hitze in den Kopf, dann entlud sich seine Wut. Geduckt drehte er sich um und hieb Matthias eine Faust in den Magen. Es folgten ein linker Haken an die Wange und eine Gerade auf das Kinn – so, wie es Bollag von seinem Vater im Boxclub Sissach gelernt hatte.

Matthias brach zusammen, mit blutender Nase lag er auf dem Waldboden.

Oli kniete sich nieder, schaute zu Bollag hoch. »Spinnst du? Was bist du doch für ein mieser Freund«, schrie er ihm ins Gesicht. »Hau ab, du verdammter Feigling.« Dann zog er Matthias' Kopf in seinen Schoß.

Die automatische Spülung des Urinals setzte ein, Baumanns Lachen verklang in der Toilette. Mit dem Daumen pulte er Dreck unter den Fingernägeln hervor. »Du warst schon immer ein Feigling, Bollag.«

»Willst du dich mit mir anlegen?« Bollag knöpfte seine Jeans zu, baute sich vor Baumann auf.

Baumann zog eine Augenbraue hoch. »Löst du deine Probleme immer noch mit Prügeleien? Aus dem Alter bin ich raus.« Er brachte sein Gesicht dicht an Bollags heran. »Aber du wirst feststellen, dass ich mittlerweile ein paar bessere Tricks auf Lager habe. Ich werde dich fertigmachen«, zischte er zwischen den Zähnen hervor.

»Oh ja, der harte Staatsanwalt mit den manikürten Fingernägeln.« Bollag zuckte mit den Schultern, schritt zum Waschbecken und benetzte die Hände mit Wasser. »Die Angst wird mir schlaflose Nächte bereiten.«

Baumann schnaubte verächtlich. »Du bist immer noch der gleiche arrogante Arsch wie früher. Glaubst du tatsächlich, dass du mit Mord so einfach davonkommst?«

Bollag seifte die Hände ein. »Lächerlich.«

»Auf der Liste der Verdächtigen stehst du ganz oben. Alle Welt weiß, dass du scharf auf deine Kollegin warst.«

Dummes Gelaber, der wollte ihn bloß anmachen. Bollag spülte die Hände ab.

»Aber sie hat dich abblitzen lassen.« Baumann kam zwei Schritte näher. »Mit einem alten Sack wie dir wollte sie nichts zu tun haben.«

Bollag atmete mehrmals tief durch. »Ist die Märchenstunde jetzt zu Ende?«

»Ich fange erst an.« Baumann legte die Fingerkuppen aufeinander und sah zur Decke. »Wir hatten vor zwei Jahren in Olten einen interessanten Fall. Ein Mord in einer Bar, ein junger Mann, zwei Schüsse in den Kopf. Die Bar war voll an diesem Abend, bestimmt 60 Zeugen. Alle schworen, dass sie auf dem Klo oder draußen beim Rauchen gewesen seien.«

»Was hat das mit mir zu tun?« Bollag nahm ein Papierhandtuch aus dem Spender und trocknete die Hände ab.

»Wir hatten einen Verdächtigen, aber niemand wollte gegen ihn aussagen. Zum Glück lagen in der Staatsanwaltschaft ein paar alte Indizien zu einem Drogenfall herum. Die haben wir ein wenig ... hm ... bearbeitet, sodass sie zu einem der stummen Zeugen passten. Und plötzlich verbesserte sich dessen Gedächtnis. Der Täter sitzt jetzt in Haft.« Baumann gluckste, nur um des Geräusches willen.

Jetzt reichte es. Bollag dreht sich zu Baumann um und brachte seinen Zeigefinger dicht vor dessen Gesicht. »Da draußen läuft ein Arschloch herum, das meine Kollegin umgebracht hat. Und du erzählst hier irgendeinen Stuss. Spar dir die blöden Sprüche und such endlich nach dem Mörder. Sonst werde ich ihn mir holen.«

Baumanns Miene blieb unbewegt. »Du warst schon in der Schule ein Großmaul. Daran hat sich nichts geändert.«

Bollag warf das Papierhandtuch in den Abfalleimer und schaute auf Baumanns Finger hinab. »Entschuldige, wenn ich dir nicht die Hand schüttle. Die ist mir zu dreckig«, sagte er auf dem Weg hinaus.

Hinter ihm hallte das Hyänenlachen, doch Bollag ließ sich davon nicht täuschen. Baumann durfte er nicht unterschätzen.

14

Halb acht. Mit den Fingernägeln fuhr Bollag über die rote Tischplatte. Wo steckte sie bloß? Petra kam sonst nie zu spät. Er war zum Bahnhof Liestal gerannt, um den Zug zu erwischen und rechtzeitig im Restaurant Flügelrad in Olten zu sein. Und *er* hatte es geschafft.

Über seinem Tisch hing eine gemalte Reklame mit einem alten Zug, dem Roten Pfeil, und einem Bahnbillett aus dem Jahr 1936. Bollag brach ein Stück Brot entzwei, bestrich es mit Butter, steckte es in den Mund. Dann winkte er der Kellnerin, einer Dame mit kurzen blonden Haaren, und bestellte einen Halben Pinot Noir.

Durch die breite Fensterscheibe sah er hell erleuchtete Züge in den Bahnhof Olten einfahren. Die Lichter verschwammen und wurden zu den Scheinwerfern am Allschwiler Weiher. Da kamen sie wieder, die Bilder von Tanja. Bollag kämpfte dagegen an, verdrängte sie. Er durfte sich nicht wieder in dieses Loch reißen lassen.

Die Kellnerin brachte den Wein, füllte sein Glas. Er aß ein zweites Stück Brot. Plötzlich trat Petra an seinen Tisch. »Entschuldige die Verspätung.« Sie hatte den Mantel bereits ausgezogen und setzte sich ihm gegenüber. »Wir standen eine halbe Stunde in Rom, bevor wir abheben konnten.«

Kein Kuss, keine Umarmung. Petra trug die gelockten schwarzen Haare offen, sie umrahmten das Gesicht und die blauen Augen. Das schwarze Kostüm schmiegte sich eng an ihren Körper. Trotz der dunklen Ringe unter den Augen sah sie wunderschön aus. »Wie geht es dir?«, fragte er.

Sie stöhnte. »Mein Terminplan bringt mich um.«

Die Kellnerin legte zwei Menükarten vor sie auf den Tisch. »Darf ich Ihnen unsere Hauptspeisen vorstellen? Heute haben wir ...«

Petra lächelte sie an und winkte ab. »Leider kann ich nichts essen.« Sie klappte ihr Menü zu und gab es zurück. »Bitte bringen Sie mir einen Espresso, einen doppelten.«

Bollag hielt die Luft an. Nicht einmal zum Essen hatte sie sich Zeit genommen. Er blickte hoch zur Kellnerin. »Ich brauche noch ein paar Minuten.«

Sie nickte und verschwand.

Petra warf einen Blick auf ihre Uhr. »Schon zwanzig vor acht. Um acht sollte ich in Aarau sein. Ich werde zu spät kommen.«

»Warum bist du dann überhaupt hier?« Bollag starrte auf den Tisch. »So ein Gespräch zwischen Tür und Angel bringt doch nichts.«

Sie streckte ihre Hand aus, legte sie auf seine. »Max, so kann das nicht weitergehen. Wir müssen reden.«

Er zog seine Hand zurück und schnaubte. »Und offenbar schnell.«

»Tut mir leid. Aber du kannst mich an einem vollgepackten Tag nicht einfach in der Früh anrufen und erwarten, dass ich alles stehen und liegen lasse.«

Doch, genau das hatte Bollag gehofft. Immer hatte er in den vergangenen Monaten Rücksicht auf ihren Terminkalender genommen. Und er hatte geduldig zugehört, wenn ihr die Arbeit über den Kopf gewachsen war. Jetzt ging es einmal ihm mies, jetzt sollte sie für ihn da sein. »Offenbar nicht.« Draußen vor dem Fenster zeichneten sich die Silhouetten von zwei Gestalten ab. Petras Personenschützer. Ein Wunder, dass die nicht mit am Tisch saßen.

Sie faltete die Hände wie zum Gebet. »Versetz dich mal in meine Lage, ich stehe zurzeit unter großem Druck. Verkehrsverlagerung, Benzinpreise, Ausstieg aus der Atomenergie, Ausbau von Schienen und Straßen, Fluglärm, CO_2 und so weiter. Politiker vieler Parteien warten nur darauf, dass ich etwas vermassle. Die bringen sich bereits in Position für meinen Sitz.«

»Das weiß ich doch. Ich habe lange genug im Bundeshaus gearbeitet.« Doch je länger er weg von Bern war, desto kritischer sah er diese Versammlung von Egozentrikern, die Heucheleien, den Filz. »Trotzdem muss Zeit für ein Privatleben bleiben. Irgendwie schaffen das die anderen Bundesräte ja auch.«

»Eher schlecht als recht. Im privaten Rahmen klagen einige Kollegen über Stress und Probleme mit der Familie. Ist auch kein Wunder, wenn man sieben Tage pro Woche unterwegs ist.« Ihr Gesichtsausdruck wurde wehmütig. »Ich bin sehr gerne mit dir zusammen, Max. Aber es ist nicht leicht, meinen Beruf und unsere Beziehung unter einen Hut zu bringen.«

Die Kellnerin stellte den Espresso vor Petra, sie steckte den Löffel hinein und rührte. »Unsere Beziehung ist mir wichtig. Aber mein Job ebenfalls. Und in Zeiten wie diesen muss die Beziehung eben ein wenig zurückstehen. Ich hoffe, du verstehst das.«

Natürlich verstand er das. Im Prinzip. Aber nicht heute. Seine liebste Kollegin war ermordet worden, sein Arbeitsplatz stand auf dem Spiel. In so einer Situation müsste die Arbeit zurückstehen, das erwartete er von seiner Partnerin. Doch kein einziges Mal hatte sie gefragt, wie es ihm ging.

»Kannst du deinen Termin in Aarau nicht absagen?«

Sie knetete ihre Hände. »Das geht nicht. Ein Saal voller Architekten und Ingenieure erwartet mich.«

»Die sind dir also wichtiger als ich.« Ihre Prioritäten waren klar gesetzt. Eine Welle aus Eifersucht durchströmte Bollag. Er verschränkte die Arme und kniff die Lippen zusammen.

»Sei nicht kindisch. Wenn du mich früher informiert hättest, dann hätten wir etwas organisieren können. Aber so ...«

»Richtig, bestimmt hättest du eine freie halbe Stunde in deiner Agenda gefunden. Nächste Woche vielleicht. In Zukunft werde ich deine Sekretärin anrufen, wenn ich dich sehen will.«

»Max, hör auf!« Petra hob die Stimme. Einige Köpfe an den Nachbartischen drehten sich in ihre Richtung. Sie beugte sich vor. »Du wusstest von Anfang an, worauf du dich einlässt.«

»Meine Vorstellungen von einer Partnerschaft waren wohl zu romantisch.« Und die konnte Petra nicht erfüllen.

Sie öffnete den Mund, schloss ihn wieder. Petra schien nach den passenden Worten zu suchen, doch sie fand keine.

Bollag winkte der Kellnerin. »Ich nehme die Spareribs mit Country Fries und Gemüse, davor einen gemischten Salat.« Er neigte den Kopf in Richtung Petra. »Die Dame geht gleich wieder.« Demonstrativ schaute er auf die Wanduhr. »Ich will dich nicht länger aufhalten. Wichtige Leute warten mit wichtigen Sachen auf die wichtige Bundesrätin.«

»Max, bitte. Wenn ich den Auftritt in Aarau so kurzfristig absage, steht das morgen in den Zeitungen. Damit würde ich mir keine Freunde machen. Und Freunde kann ich zurzeit brauchen. So viele wie möglich.«

Er zerknüllte die Serviette in seiner Hand. »Schon klar. Was würden denn die Medien denken, wenn du den Abend lieber mit mir verbringen würdest.« Mit der Serviette in der Faust wies er zur Tür. »Bitte, ich will dich nicht aufhalten.«

Petra antwortete mit einem stummen Nicken. Sie blieb ein paar Sekunden sitzen, ihre Augen glänzten. Dann stand sie auf. Sie holte ihren Mantel vom Haken an der Wand und verließ das Restaurant ohne ein weiteres Wort.

Bollag saß da. Er wusste nicht, wie lange er in sein Weinglas starrte, bevor er es in einem Zug leerte. Waren seine Gefühle denn unwichtig? Er füllte das Glas erneut, als die Kellnerin den Salat vor ihn hinstellte. Oder war er zu egoistisch? Petra hatte riesigen Stress in Bern.

Die Kellnerin brachte die Spareribs, den Salat hatte er nicht angerührt.

Eine Frau wie Petra war ihm nie zuvor begegnet. So selbstbewusst und energiegeladen. Bollag schnitt ein Stück Fleisch ab, kaute darauf herum und spülte den Bissen herunter. Seine Kehle fühlte sich eng und trocken an. Alles drehte sich um ihre Karriere, die Beziehung rangierte an zweiter Stelle. Mechanisch aß er weiter, starrte durch das Fenster auf die erleuchteten Gleise, füllte das Glas erneut. So eine Beziehung wollte er nicht, brauchte er nicht.

Sein Teller war noch halb voll, als er um die Rechnung bat.

Auf dem Weg zum Bahnhof klingelte sein Handy. Er nahm es aus der Jackentasche, *Petra* stand auf dem Display.

Bollag betrachtete den Namen für ein paar Sekunden, dann schaltete er das Telefon aus.

15

Am Dienstagmorgen kurz nach 8 Uhr war der Newsroom noch spärlich besetzt. Doch Leo Schmidt saß bereits an seinem Platz, den Telefonhörer in der Hand. Bollag steuerte quer durch den Raum auf den Chef der Wirtschaftsredaktion zu und blieb vor dessen Schreibtisch stehen. *Danke*, formte er mit den Lippen.

Doch Schmidt sah durch Bollag hindurch. Seine Schultern hingen herunter, die Krawatte hatte er gelockert, den Hörer hielt er ein paar Millimeter vom Ohr entfernt, die Knöchel traten weiß hervor. Kein gutes Zeichen.

Bollag versuchte es noch einmal. »Danke«, sagte er mit leiser Stimme.

Schmidt hielt einen Finger hoch. »Was? Heute noch?« Seine Stimme klang ungläubig. Er ließ den Drehstuhl herumfahren und starrte quer durch den Newsroom ins sogenannte Aquarium, ihr gläsernes Konferenzzimmer.

Dort drin saßen Tagblatt-Besitzer Heusser und Chefredaktor Rieder übers Eck an einem Ende des großen Tisches. Bollag richtete sich auf. Was machten die denn so früh hier? Rieder hielt einen Telefonhörer am Ohr und gestikulierte. Dann legte er auf.

Schmidt starrte den Hörer in seiner Hand an, bevor er ihn zurück aufs Telefon legte. »Arschloch.« Er stieß einen Seufzer aus.

»Schlechte Nachrichten?«

»Beschissene Nachrichten.« Mit dem Daumen deutete er über seine Schulter. »Die beiden Komiker dort drin wollen heute noch eine Liste mit Vorschlägen für den Stellenabbau.« Er strich sich über die Glatze und grunzte. »Eine *Shortlist* nannte es Rieder, dieser Speichellecker. Als ob es einen Oscar zu gewinnen gäbe.«

»Gestern hieß es doch, dass ihr vier Wochen Zeit dafür habt.«

»Das war gestern. Jetzt muss alles schneller gehen. Ich muss vier Leute in meinem Ressort melden, zwei von ihnen werden am Ende der *Evaluation* einen blauen Brief bekommen. Verfluchte Scheiße.« Er fuhr sich mit beiden Händen über das Gesicht. »Zinggs Frau ist schwanger. Wusstest du das?«

»Nein.« Stefan Zingg, das jüngste Mitglied der Wirtschaftsredaktion, hatte in seiner bisherigen Karriere nichts Großes geleistet. Aber wie konnte man jemanden feuern, dessen Frau schwanger war? In Schmidts Schuhen wollte Bollag nicht stecken. Und für ihn selbst sah es bestimmt auch nicht rosig aus. »Bei uns wird es wohl noch mehr Leute treffen.«

»Nicht unbedingt. Heusser findet, dass die Zukunft im Lokalen liegt. Vielleicht habt ihr Glück.« Er räusperte sich und leckte die Lippen. Dann senkte er die Stimme. »Aber einen Rat gebe ich dir. Wenn du eine Gelegenheit zum Absprung hast, nutze sie.«

Etwas in Schmidts Stimme ließ Bollag aufhorchen. Hatte die Chefredaktion bereits den Daumen über ihm gesenkt? Erstaunlich wäre das nicht nach all den Kämpfen, die er sich mit Rieder geliefert hatte. »Werde ich mir merken.« Er wandte sich zum Gehen, hielt inne. »Übrigens. Danke, dass du *Teddytravel* übernimmst. Ich schulde dir was.«

Schmidt winkte ab. »Ein Reisebüro für Kuscheltiere, darauf muss man erst mal kommen. Das ist so schräg, das machen wir sogar gerne.«

Bollag nickte ihm zu, schritt über den dunkelblauen Teppich an den aufgereihten weißen Schreibtischen vorbei, die hell strahlten unter der indirekten Beleuchtung. Nun begriff er, weshalb Corinne gestern Druck gemacht hatte. Wieso er die Story über die illegale Hundezucht liefern und nicht nach Tanjas Mörder suchen sollte. Mit sicheren Exklusivgeschichten wollte die Lokalchefin Stellen retten.

Am anderen Ende des Newsrooms betrat er den Pausenraum, zog seine Chipkarte durch den Schlitz am Automaten und drückte auf den Knopf *Heiße Schokolade*. Die Maschine surrte, ein Becher sprang heraus und braune Flüssigkeit rann hinein. Bollag nahm das Handy aus seiner Jackentasche und schaltete es ein. Eine Meldung teilte ihm mit, dass er eine Nachricht auf der Combox hatte. Das musste Petra sein! Er rief die Nachricht ab.

»*Du Arschloch! Dich werde ich fertigmachen, verlass dich darauf! Genieß den Tag, vielleicht ist es dein letzter*!« Klick.

Was zum Teufel sollte das denn? Bollag starrte das Handy an, rief die Nachricht noch einmal ab. Die tiefe Stimme schäumte vor Wut. Der Mann verschluckte Konsonanten und Vokale, das war kein Uniprofessor. Woher kam der Kerl? Basel-Stadt? Das R rollte auf der Zunge, die Konsonanten klangen weich. Eher nicht. Vielleicht Baselland, möglicherweise Solothurn. Er hörte sich die Nachricht noch einmal an und achtete sorgfältig auf Hintergrundgeräusche, andere Stimmen oder sonst etwas, das die Identität des Anrufers verraten könnte.

Nichts. Aber die Drohung klang ernst gemeint.

Immer mal wieder hatte ein Idiot Bollag nach der Veröffentlichung eines kritischen Artikels einschüchtern wollen oder beschimpft. Zumeist hatte er die wütende Reaktion kommen sehen. Heute nicht. Und woher hatte der Kerl seine Handynummer?

Er holte den vollen Becher aus dem Automaten, führte ihn zum Mund, nahm einen kleinen Schluck. Über den Rand sah er Rebecca durch den Newsroom schreiten. Sie hatte einen Mantel über dem Arm, trug schwarze Jeans, einen engen blauen Pullover ein schwarzes Seidenhalstuch. Ihr Gang glich einer Parade auf dem Laufsteg.

Kurz blieb sie vor Michael Lipp von der Lokalredaktion stehen. »Morgen, Michael, gratuliere, toller Artikel.« Im Vorbeigehen winkte sie Leo Schmidt zu. »Schönes Hemd, ist das neu?«

Die beiden Männer lächelten blöd und sahen ihr nach. Die langen Beine und der straffe Po waren tatsächlich einen Blick wert.

Rebecca entdeckte Bollag im Pausenraum, ihr Strahlen entblößte schöne Zähne. »Kommst du oder gehst du gerade?«

Bollag hielt den Becher in die Höhe. »Frühstück.«

»Gut. Was machen wir heute?«

Das »Wir« mochte er nicht, doch er schmunzelte bloß. Einen weiteren Tag mit ihr würde er aushalten.

Sie legte ihren Mantel auf einen Stuhl, hielt eine Hand an den Hinterkopf und verzog das Gesicht.

»Was hast du?«

»Leichte Migräne.« Rebecca hob die Schultern. »Man gewöhnt sich daran.«

»Hast du das oft?«

»Alle paar Wochen. Es liegt in der Familie.« Sie holte

ihre Chipkarte aus dem Portemonnaie. »Meine Mutter kam manchmal nicht aus dem Bett vor lauter Schmerzen. Da ist meine Migräne vergleichsweise harmlos.« Rebecca sprach in der Vergangenheit.

»Lebt deine Mutter nicht mehr?«

Sie ließ einen Tee aus dem Automaten laufen. »Meine Eltern sind gestorben, als ich zwölf war. Autounfall.« Ihre Stimme klang neutral, distanziert. »Sie wollten eines Abends ins Kino gehen und kamen nie mehr heim. Ein Betrunkener ist auf der H18 frontal in sie hineingekracht.«

»Das tut mir leid. Hast du Geschwister?«

»Leider nicht. Aber meine Eltern waren toll. Papi hatte ein Architekturbüro. Und Mami war einfach Mami. Sie hat mir jeden Abend vorgelesen, ich bin Expertin für Kinderbücher. Papi wollte eine Profitennisspielerin aus mir machen.« Rebecca lachte auf. »Dabei habe ich zwei linke Hände. Es hat eine Weile gedauert, bis er ein Einsehen hatte.«

»Das sind schöne Erinnerungen.«

»Die besten.« Sie pustete in ihren Tee. »Also, was machen wir heute?«

»Hast du mit deiner Evi vom Reisebüro gesprochen?«

Sie lehnte ihre Hüfte gegen den Automaten. »Sie hat mir gestern noch eine Mail geschickt. Jemand aus der Wirtschaftsredaktion hat offenbar bereits Kontakt mit ihr aufgenommen. Evi hat sich bedankt und wollte ihren Cousin gleich anrufen.«

»Gut, dann warten wir mal ab.« Gemeinsam schlenderten sie aus dem Pausenraum hinüber zu Rebeccas Pult. Ob er ihr von Tanjas Hinweis auf Proust erzählen sollte?

Sie stellte ihren Becher ab, drückte den Startknopf des Computers und schaute zum Aquarium. »Was besprechen Heusser und Rieder denn um diese Zeit?«

Schlechte Nachrichten wollte Bollag so früh nicht verbreiten. »Keine Ahnung.« Er nahm einen Schluck seiner Schokolade, die Hundezucht spukte in seinem Kopf herum. Mit ein paar Anrufen hätte er die Story im Sack. Ob sich Heusser davon beeindrucken ließe? Kaum. Wenn er jedoch einen Mörder präsentieren könnte, würde das im ganzen Land für Schlagzeilen sorgen. »Wir sollten die Sache noch aus einer anderen Richtung betrachten. Deine Freundin hat etwas von Versicherungsbetrug gesagt. Vielleicht kann uns jemand aus der Branche ein paar Antworten geben.«

»Versicherungen?« Rebecca schob ihren Po halb auf die Tischplatte und stellte einen Fuß auf den Stuhl. »Ich kenne da jemanden von einer früheren Recherche.«

Bollag lachte auf. »Warum überrascht mich das jetzt nicht?« Vielleicht würde er es auch etwas länger mit ihr aushalten.

16

Draußen vor dem Fenster schaufelte ein Mann in einer blauen Daunenjacke Schnee vom Polizeiparkplatz. Auch Neuenschwander hatte in der Früh den Fußweg vor seinem Haus räumen müssen. Bestimmt zehn Zentimeter waren letzte Nacht gefallen.

Mit einer Flasche Cola in der Hand schlurfte Jonas in den Rapportraum. »Morgen, Heinz.«

Die Uhr an der hinteren Wand des Raums zeigte zwei Minuten nach neun, um neun hätte die Besprechung beginnen sollen. »Verdori, Jonas. Mach den Kollegen Beine.« Neuenschwander pochte mit dem Knöchel auf den weißen Tisch. Sie waren hier doch nicht in einer Hippiekommune, verflucht noch mal.

Der Tag hatte schon schlecht genug begonnen. Er hätte den roten Skipulli, den ihm Brigitte zu Weihnachten geschenkt hatte, nicht mit den weißen Unterhosen in die Waschmaschine stecken dürfen. Nun waren sie rosarot. Gopfridstutz. Über Mittag würde er ins Stedtli gehen und neue Unterwäsche kaufen müssen.

Hastige Schritte näherten sich vom Flur her, nacheinander betraten die Mitglieder der Soko den Raum: Flückiger, Wagner, Kovacs, Hess.

Als Letzter folgte Jonas, der gleich die Tür schloss. »Entschuldigung, Chef, aber alle hingen am Telefon. Wir konnten die Anrufer nicht einfach aus der Leitung werfen. Es kommen Berge von Hinweisen rein.«

Jonas hatte das Donnerwetter kommen sehen. Typisch. Und nahm ihm auch gleich noch den Wind aus den Segeln. Am Telefon musste seine Truppe natürlich höflich auftreten, da hatte sein Assistent recht. Ob das auch stimmte mit den Anrufen? Egal. »Sind brauchbare Hinweise dabei?«

Hauptmann Roger Wagner, das alte Schlachtross mit den mächtigen Oberarmen, knurrte. »Absolut. Wir wissen jetzt, dass der Bundesrat unsere Gedanken mit Mobilfunkantennen steuert.« Er schüttelte den Kopf, wies mit dem Daumen auf Jonas. »Warum musste der Kleine gestern auch so eine Show abziehen?«

Neuenschwander konnte sich ein Schmunzeln nicht verkneifen. Tatsächlich hatte der Auftritt von Jonas hohe Wellen geworfen, kaum ein Medium hatte ihn nicht zitiert und mit Bild gezeigt. Sein Assistent hatte die Menschen beeindruckt, keine Frage. Bis 22 Uhr hatte die Soko Anrufe erhalten, seit dem frühen Morgen gingen offenbar weitere Hinweise ein. »Gar nichts Brauchbares?«

»Ich habe die Meldungen gesammelt und sortiert.« Jonas hob einen dicken Stapel Papier in die Höhe. »Diese Anrufer hier sind total durchgeknallt.« In der anderen Hand hielt er einen mittelgroßen Stapel. »Diese hier haben eine oder zwei Schrauben locker.« Er legte beide Stapel zurück auf den Tisch, griff nach ein paar Blättern und wedelte damit in der Luft. »Bei denen hier müssen wir nachhaken. Eine heiße Spur sehe ich aber noch nicht so richtig.«

Zwar hatte Neuenschwander nicht viel erwartet, aber man konnte ja nie wissen. Dieser verfluchte Baumann mit seiner Pressekonferenz. Statt die Ermittlungen voranzutreiben, musste seine Truppe nun Telefonseelsorger für Verrückte, Einsame und Hobbydetektive spielen. Es kam nicht infrage, dass er Baumann auch noch zu ihren Besprechungen einlud. Da konnte der Justizdirektor Purzelbäume schlagen. Neuenschwander setzte seine Lesebrille auf, auf einem Notizblock vor ihm auf dem Tisch stand *Anwohner*. »Habt ihr alle Leute rund um den Allschwiler Weiher befragt, Roger?«

Wagner, ein ehemaliger Scharfschütze der Eliteeinheit Barrakuda, schnaubte wie nach einem Fehlschuss. »Haben wir. Herausgeschaut hat rein gar nichts. Man sollte doch meinen, dass der Aufprall auf dem Eis ziemlich viel Lärm gemacht hat. Doch niemand will etwas gesehen oder gehört haben.«

»Wer hat denn die Einsatzleitzentrale informiert?«

»Das wissen wir eben nicht. Der Anruf kam von einem nicht registrierten Handy, eine männliche Stimme.«

»Eigenartig. Wieso sollte der Täter uns informieren?«

»Ich werde mit der Swisscom reden, vielleicht können die uns weiterhelfen. Und zwei Anwohner fehlen noch. Die werde ich in den nächsten Tagen befragen«, sagte Wagner.

»Nein, nimm sie dir heute vor.« Wagner öffnete den Mund zum Protest, doch Neuenschwander ließ ihn nicht zu Wort kommen. Er wandte sich an Korporal Barbara Hess. »Haben die Techniker etwas im Auto gefunden?«

Hess schob die Brille auf ihrer Nase hoch. »Es gibt ziemlich viele Spuren, obwohl der Wagen und die Leiche im Wasser lagen. Wir haben Haare, Speichel, Hautpartikel, etwas Blut. Akim und seine Leute haben die DNA von verschiedenen Personen sichergestellt. Ob die uns etwas nützen, ist eine andere Frage.«

Das war besser als nichts. Aber nicht viel besser. Sie traten mit ihren Ermittlungen auf der Stelle. Neuenschwander strich *Anwohner* und *Auto* auf seinem Block durch. Nächster Punkt: *Nachbarn*. »Hat schon jemand Schneiders Nachbarn befragt?« Alle im Team schüttelten die Köpfe. »Mladen, willkommen zurück. Ich hoffe, du hattest schöne Ferien. Du übernimmst den Job.«

Korporal Kovacs strich sich mit einer Hand über die braun gebrannte Glatze. »Zwei Wochen Sonne und 30 Grad am Strand, ich kann nicht klagen.«

»30 Grad! Du Drecksack.« Wagner stöhnte und schaute zum Fenster hinaus.

Kovacs grinste breit. »Ich werde die Nachbarn abklappern.«

Neuenschwander strich das Wort *Nachbarn* durch. »Astrid, wie lief die Befragung in der Redaktion?«

»Ich bin beinahe durch.« Mit den Fingern strich Wachtmeisterin Flückiger die langen schwarzen Haare hinter die

Ohren. Ihr dicker Wollpullover verhüllte ihren kleinen Bauch. Sie war im vierten Monat, doch nur Neuenschwander wusste Bescheid. »Das Opfer war bei den Kollegen sehr beliebt. Alle beschreiben Tanja Schneider als kompetent, umgänglich, engagiert. Allerdings hat sie sich mit ihren Artikeln einige mächtige Feinde gemacht. Sie schreckte auch vor großen Namen aus Politik und Wirtschaft nicht zurück.«

Astrid hatte einen rosaroten Lippenstift aufgetragen. Unwillkürlich musste er an seine Unterhosen denken. Was, wenn er heute in eine Schießerei geriete und sich eine Kugel einfinge? Die Sanitäter würden seine Kleidung aufschneiden, vor allen Kolleginnen und Kollegen. Bei seinem Pech würde er die Schussverletzungen überleben. *Ob Neuenschwander einen passenden BH trägt?* Jahrelang würden hinter seinem Rücken derartige Sprüche die Runde machen. »Hast du dir diese Artikel ausdrucken lassen?«

»Eine Frau in der Tagblatt-Dokumentation stellt sie für mich zusammen. Alle Texte aus den letzten beiden Jahren. Ich soll sie heute Abend bekommen.« Astrid sah hoch.

Ihre Augen waren blutunterlaufen. Ob das gut gehen konnte mit einem dritten Kind? Neuenschwander wusste, dass sich ihr Ehemann oft beschwerte über die unregelmäßigen Arbeitszeiten. »Gut. Robert, wie sieht es …?«

»Moment, da ist noch etwas.« Astrid hob einen Finger. »Chefredaktor Rieder hat erzählt, dass gestern jemand an Schneiders Computer war. Derjenige habe auch ihr Pult durchsucht.«

»Heilandsack. Wir hatten denen doch klare Anweisungen gegeben. Wer?«

»Bollag.«

Na klar doch. Kaum gab es irgendwo eine Leiche, steckte der seine Nase in den Fall. Und Anordnungen der Polizei ignorierte er einfach, wie er in der Vergangenheit des Öftern bewiesen hatte. »Was bildet sich dieser Löli eigentlich ein?« Neuenschwander warf die Lesebrille auf den Tisch, sie rutschte über die Kante und fiel zu Boden. »Bei der nächstbesten Gelegenheit werde ich mir den Kerl vorknöpfen.«

17

Bollag schlug sich mit der flachen Hand gegen die Stirn. »Natürlich, Elvis Presley.«

Die etwa 20 Mitglieder der Gugge marschierten in drei Reihen vor ihnen, sie trugen rote Latzhosen und gelbe Pullover, rot-gelb geringelte Socken und Holzschuhe in den gleichen Farben. Die Melodie, die sie spielten, war ihm bekannt vorgekommen, doch er hatte sie zunächst nicht einordnen können. Kein Wunder bei den schrägen Tönen.

»*Return to Sender*«, sagte Rebecca neben ihm.

Die Larven zeigten verzerrte Gesichter, abstehende Ohren und wilde Mähnen. Bollag vermutete, dass es Rotzlöffel sein sollten. Aber wer wusste das schon so genau.

Seit zehn Minuten folgte er mit Rebecca den *Cosanostra-Ruggern* durch Allschwil, inmitten von Freunden, Fans und Angehörigen der Guggenmitglieder. Und das in einer Scheißkälte, für die Bollag schon wieder völlig unpassend gekleidet war. Aber wer zog schon lange Unterhosen drunter, wenn er ins Büro ging? Leider spielte Rebeccas Bekannter von der Mobiliar-Versicherung in der Guggenmusik mit.

»Wie lange noch?«, fragte Bollag laut über *Stir it up* von Bob Marley hinweg.

Rebecca zuckte mit den Schultern und bedachte ihn mit ihrem schönsten Lächeln. Ihr machte es offensichtlich Spaß. Fror die denn gar nicht?

Der eisige Wind setzte noch einen drauf. Durch jede kleine Öffnung der Kleidung pfiff er und ließ Bollag schlottern. Als ob die Fasnacht nicht schon Strafe genug wäre. Mit der aufgesetzten Fröhlichkeit und den nervigen Plakettenverkäufern hatte Bollag sich nie anfreunden können. Dabei war die Herrenfasnacht vor Aschermittwoch erst der Anfang. Nächste Woche würde es auch in Liestal und Basel losgehen, zu Tausenden würden die Menschen in die Region pilgern und Chaos ins Stedtli bringen. Wie gerne würde sich Bollag auf eine Skipiste oder ans Meer verdrücken. Wie früher, bevor er Petra begegnet war. Doch nun hatte er seine Ferienplanung mit ihr abgestimmt. Ob sie nach ihrem Streit jemals wieder zusammen in den Urlaub fahren würden?

Die Metzgerei Birbaum pries *Hausgemachte Fleischtöpfli* an, der Tross schritt über den Dorfplatz um die Wendeschlaufe des 6er-Trams. Vor der Bäckerei Kübler brachte der Major die Gugge zum Stehen, die Musik schwoll an und endete in einem lauten Getöse. Jubel und Applaus des Publikums brachen über sie herein. Die Musiker hoben ihre Larven von den Köpfen, spazierten hinüber zum Dorfbrunnen. Atemwolken bildeten sich vor ihren Mündern.

Rebecca zwängte sich zwischen kostümierten Leibern durch und reckte ihren Kopf – Bollag versuchte, mit ihr Schritt zu halten. Schließlich steuerte sie auf einen Mann zu, der eine schwarz-gelb bemalte Tuba über den Kopf zog und

sie neben seine Larve in einen leeren Brunnentrog stellte.
»Georg.«

Das musste Aschwanden sein, Rebeccas Bekannter. Was genau darunter zu verstehen war, hatte sie nicht erläutert. Aschwanden sah sich um und sein kantiges Gesicht hellte sich auf, als er Rebecca entdeckte.

Mit zwei großen Schritten ging er auf sie zu und nahm sie in den Arm. Die wenigen Haare auf seinem mächtigen Schädel waren komplett abrasiert. Wenn er den Kopf bewegte, zeichneten sich die Muskeln in seinem Nacken ab wie verknotete Taue. Ein Buchhalter mit der Statur eines Ringers.

Die beiden wechselten ein paar Belanglosigkeiten, bevor sie Bollag vorstellte. »Das ist mein Kollege. Würdest du uns ein paar Fragen beantworten?«

»Klar, aber ich habe bloß fünf Minuten. Dann ist Abmarsch. Worum geht es denn?« Ein goldener Schneidezahn funkelte zwischen seinen Lippen.

Rebecca sah zu Bollag herüber, als wollte sie seine Zustimmung. »Wir arbeiten an einer Story, bei der Autogaragen Versicherungen übers Ohr hauen. Hattest du schon einmal mit so einem Fall zu tun?«

»Aber sicher doch.« Aschwanden ließ sich auf dem Brunnenrand nieder.

»Kannst du uns erklären, wie das abläuft?«

Aschwanden verzog den Mund. »Kommt darauf an, um welche Art von Betrug es geht.«

Bollag trat von einem Fuß auf den anderen, bald würden ihm die Zehen abfallen. »Das wissen wir eben nicht genau. Welche Möglichkeiten gäbe es denn?«

Aschwanden blies die Wangen auf. »Einige. Zum Beispiel Garagisten, die Unfälle einfach erfinden. Denen kommen wir in der Regel schnell auf die Schliche. Andere sind schlauer und können beschädigte Autos vorweisen. Wir hatten da mal einen ziemlich aufwendigen Fall. Zwei Werkstattbesitzer kauften Luxusautos mit hohem Kilometerstand. Den reduzierten sie um die Hälfte, dann fuhren sie die Autos in Leitplanken oder täuschten Wildunfälle vor. Und dafür kassierten sie Geld von uns.«

Rebecca machte große Augen. »Ziemlich clever.«

Aschwanden wiegte den Kopf hin und her. »Aber nicht clever genug. Die beiden haben es übertrieben und acht Unfälle vorgetäuscht.«

»He, du.« Bollag schaute hinab, vor ihm stand ein kleiner Junge in roten Latzhosen und einem gelben Pullover. Der Knirps holte aus und warf ihm eine Handvoll Räppli ins Gesicht. Bollag schnellte mit dem Kopf zurück, doch sein Mund stand offen. Noch so etwas, das er an der Fasnacht nicht leiden konnte.

Rebecca und Aschwanden lachten.

Bollag spuckte ein paar Räppli aus. »Was, wenn verschiedene Versicherungen betroffen sind? Macht es das schwieriger für Sie?«

»Eindeutig. Deswegen haben die Versicherungen eine gemeinsame Datenbank eröffnet. Auf diese Weise können wir auch den Autobumsern auf die Spur kommen.«

»Den was?«, fragten Rebecca und Bollag gleichzeitig.

»Den Autobumsern. Noch nie davon gehört? Was seid ihr für Journalisten? Das sind Leute, die Unfälle absichtlich herbeiführen. Und die Opfer wissen nichts davon.«

Davon hatte Bollag schon gelesen. »Ist das ein großes Problem für die Versicherungen?«

»Bei uns nicht. Noch nicht. In Deutschland grassiert das wie eine Seuche. Die Branche schätzt, dass sie jedes Jahr um mehrere Milliarden Euro betrogen wird.«

Mehrere Milliarden Euro? Das wäre ja Wahnsinn. Die Summe würde Bollag nachprüfen müssen. »Wie funktioniert das?«

»Die beliebteste Masche ist der überraschende Vollstopp im rollenden Verkehr oder vor einer Ampel. Der nachfolgende Fahrer hat keine Chance, rechtzeitig zu bremsen, und knallt dem Vordermann ins Heck. Oder es gibt den Winketrick. An einer Kreuzung lässt einer dem anderen scheinbar den Vortritt, gibt dann aber doch Gas und behauptet, er habe nie gewinkt.«

Musik schallte quer über den Platz, eine weitere Gugge bog auf den Dorfplatz ein und verschwand in der nächsten Seitenstraße.

Mit einem Holzschuh nahm Aschwanden den Takt auf. »Eine weitere Variante ist das Wegabschneiden auf der Autobahn. Der Autobumser lässt sich überholen, fährt auf der rechten Spur schräg hinter seinem Opfer und tritt aufs Gas, sobald dieses die Spur wechseln will.«

»Das tönt ziemlich gefährlich«, sagte Rebecca. »Wieso kommen die Betrüger damit durch?«

»Weil die Opfer meist gar nicht wissen, dass sie hereingelegt wurden. Die Polizei wird in der Regel nicht gerufen. Und selbst wenn – auch Polizisten erkennen die getürkten Unfälle nicht unbedingt.«

Ein lauter Pfiff aus einer Trillerpfeife scholl von der Haltestelle des 6ers her. Der Guggemajor versammelte seine Musiker zum Abmarsch.

»Ich muss los.« Aschwanden gab Rebecca einen Kuss auf die Wange. »Ruf mich an, wenn du noch etwas wissen willst. Aber erst nach der Fasnacht.« Er zog die Tuba über, setzte die Larve auf und verwandelte sich wieder in einen Rotzlöffel.

Die Mitglieder der Gugge stellten sich in drei Reihen vor der Buchhandlung am Dorfplatz auf. Auf das Zeichen des Obmanns hin legte der Schlagzeuger einen schnellen Takt vor, dann stimmten die anderen Guggenmusiker ein. Nach wenigen Sekunden erkannte Bollag das Stück: *Eye of the Tiger*.

Als er Räppli aus seinem Kragen klaubte, grinste ihn Rebecca von der Seite an. »Heute Abend gibt es in Allschwil einen Guggenmusik-Sternmarsch. Gehen wir zusammen hin?«

»Eher lasse ich mir ein Bein brechen.«

18

Diese Luft! Klar wie ein Bergkristall. Mangold stellte ihre Tasche auf das Perron, schloss die Augen und nahm einen tiefen Zug. Sie fühlte sich wie eine Nikotinsüchtige, die zum ersten Mal seit Monaten den Qualm einer Zigarette einsog. Die Mischung aus Kälte, Schnee und dem metallischen Abrieb der Gleise – Mangold hätte geschworen, dass sie diesen Geruch unter Tausenden erkennen würde. Den Geruch von Zweisimmen. Von zu Hause.

Sie hob die Tasche auf und schritt das Perron entlang in Richtung Bahnhofsgebäude. Alles war Mangold zu viel geworden: die Forderungen aus dem Parlament, die Ansprüche der Verwaltung, die Kritik in den Medien. Und vor allem die Enttäuschung über Max machte sie fertig. Wieso hatte er kein Verständnis für ihre schwierige Lage aufbringen können?

Kurz vor Mittag hatte Mangold ihrer Sekretärin mitgeteilt, dass sie sich gar nicht gut fühle. Monika hatte keine Fragen gestellt, alle Termine für den Rest des Tages abgesagt. Mangold hatte in ihrer Berner Wohnung eine Tasche gepackt, das Tram zum Bahnhof genommen und den *Lötschberger* bestiegen. Vorbei am Thunersee und dann das Simmental hoch hatte sie der Zug in eineinhalb Stunden nach Zweisimmen gebracht.

»Kommst du auch wieder mal zu uns rauf, Petle?«

Vor der Treppe zur Unterführung drehte sich Mangold um, hinter ihr stand Geri Imobersteg in einem orangefarbenen Übergewand. Wie schön.

Mit dem behandschuhten Finger zeigte er auf ihre zerschlissene Jeans und schnalzte mit der Zunge. »Dass du dich so unter die Menschen traust. Ich habe gedacht, im Bundeshaus laufen alle schick herum.«

Mangold schaute an sich herunter und lächelte. Sie trug sogar abgetragene Winterstiefel und eine blaue Daunenjacke mit gerissenen Nähten. Sie zuckte mit den Schultern. »Was soll ich sagen? Ich bin eben ein Landei.«

Der untersetzte Geri schmunzelte. »Siehst trotzdem gut aus.«

Sie umarmte ihren alten Freund, der neun Jahre lang in dieselbe Klasse wie sie gegangen war. »Arbeitest du immer noch bei der Bahn?«

»Klar. Bin jetzt Verkehrswegbauer.«

Sie hielt ihn auf Armeslänge entfernt. »Wie viele Kinder habt ihr mittlerweile?«

»Immer noch zwei, die sind schon in der Schule. Aber

Silvia ist wieder schwanger.« Er strahlte. »Platz haben wir genug. Es dürfen ruhig noch ein paar mehr sein.«

»Ich gratuliere.« Mangold umarmte ihn gleich ein zweites Mal. In der achten Klasse waren Geri Imobersteg und Silvia Koller zu einem Paar geworden, seit über 20 Jahren hielt ihre Ehe.

»Soll ich dich nach Hause fahren? Ein paar Minuten kann ich mir freinehmen.« Geri deutete auf den Parkplatz neben den Gleisen.

Mangold schüttelte den Kopf. »Das ist nett, aber ich gehe gerne ein Stück zu Fuß. Ist ja bloß eine Viertelstunde.«

»Wie du willst. Vreni gibt heute Abend ein Konzert im Gemeindesaal zugunsten des Spitals. Silvia und ich gehen hin. Kommst du auch? Viele Freunde werden da sein.«

»Vreni? Vreni Sager? Spielt sie immer noch in der Band?«

»*Vreni and the Sick Nurses*.« Geri schnalzte mit der Zunge. »Machen die beste Musik im Dorf.«

Ein Abend mit Freunden wäre schön. Doch früher oder später würden die Fragen zum Politikerleben in Bern folgen. Dem war sie nicht gewachsen. »Ich weiß noch nicht, ich bin ziemlich erledigt.«

»Ach, komm, sei kein Frosch. Wir könnten über alte Zeiten quatschen.«

Vielleicht wäre es doch ganz nett. »Mal sehen.«

»Also, bis später dann.« Er hob die Hand zum Gruß und verschwand zwischen zwei Güterwagen.

Mangold holte eine Strickmütze aus ihrer Jackentasche und zog sie tief ins Gesicht. Zum Glück hatte sie bloß Geri getroffen, der war keine Tratschtante. Andere würden im ganzen Dorf herumerzählen, dass sie hier war. Und sich wundern. Und dann würden die Gerüchte folgen.

Sie hob die Tasche vom Boden, schritt die Stufen hinab

und durch die Unterführung. Auf der anderen Seite des Bahnhofs stapfte sie am alten Schulhaus vorbei, einem langgezogenen Gebäude im Stil eines Chalets. Dort drin hatte sie schöne Jahre verbracht, Mangold war immer eine neugierige Schülerin gewesen.

Zwischen verwitterten Bauernhäusern und Scheunen hindurch steuerte sie zügig das Oberried auf der anderen Talseite an. In einiger Entfernung kurvten Skifahrer den Rinderberg herunter, Gondeln brachten sie wieder in die Höhe. Der Schnee knirschte unter ihren Schuhen, als Mangold am Flugplatz vorbeischritt – im Winter war er stillgelegt. Nur der rote Helikopter der Rettungsflugwacht stand startbereit vor der Halle.

Bald drei Kinder. Sie spürte einen Hauch von Neid auf Geri und Silvia.

Im letzten Herbst hatte Mangold mit ihrer Nachbarin Delia und deren beiden Mädchen einen Ausflug in den Berner Tierpark Dählhölzli gemacht. Sie war mit Sarah und Lia auf ein Klettergerüst gestiegen, hatte mit ihnen die Tiere bestaunt und eine Geschichte über Robben erzählt.

»Du kannst toll mit Kindern umgehen«, hatte Delia auf dem Rückweg gesagt. »Wirklich schade, dass ...« Beschämt hatte sie den Blick abgewandt.

Den Satz hatte Mangold in ihrem Kopf ergänzt. Ob sich an ihrer Kinderlosigkeit noch etwas ändern würde?

Mangold überquerte die Simme, dann ging sie die steile Oberriedstrasse hoch. Fünf Minuten später hatte sie das Chalet erreicht, das leer stand, seit sie Paps nach Bern geholt hatte. Nach Mutters Tod. Die Schübe seiner Multiplen Sklerose traten im Alter häufiger auf. Mangold kam nur noch selten nach Zweisimmen, ihr Nachbar Peter Vonlanthen schaute nach dem Rechten.

Der Schnee glitzerte in der tief stehenden Sonne, bestimmt einen halben Meter hoch lag er auf dem Dach und im Garten. Der Fußweg zur Tür war freigeschaufelt. Der gute Peter. Sie müsste ihm gleich dafür danken.

Mangold spürte, wie sie sich entspannte. Heimkommen war ein wunderbares Gefühl. Obwohl ihr Arbeit bevorstand. Aber Arbeit mit der Hand. Seit einer Ewigkeit hatte niemand das Haus geputzt. Die Heizung lief im Sparmodus und sorgte bloß dafür, dass die Leitungen nicht einfroren. Ob der Strom funktionierte? Notfalls würde sie Kerzen aufstellen müssen.

Im Nachbarhaus war alles still, als sich Mangold vor dem Gartentor umschaute. Normalerweise saß Claudia Vonlanthen auf ihrem Wachposten am Fenster. Nichts im Oberried entging ihren aufmerksamen Augen.

Sie öffnete das Tor, kramte den Schlüssel aus der Jacke, schritt den Fußweg hoch und steckte den Schlüssel ins Schloss, wollte ihn herumdrehen. Doch die Tür war nicht abgeschlossen. Peter musste das vergessen haben.

Mangold drückte die Klinke herunter und stupste die Haustür an. Sie quietschte in den Angeln. Sie stellte die Tasche auf den Boden im Flur und schritt vorbei am leeren Schuhständer und der Kommode, die mit Krimskrams vollgestellt war – Ferienerinnerungen aus Spanien und Italien. Das Parkett knarrte, als sie einen Blick um die Ecke in die Küche warf.

In dem Augenblick verschwand das wohlige Gefühl des Heimkommens.

In der Spüle stapelte sich Geschirr, Pizzaschachteln bedeckten den Tisch, der Geruch von verrotteten Lebensmitteln hing in der Luft. Möglicherweise hatte sich ein Obdachloser eingeschlichen. Oder Jugendliche. Wieso in aller Welt hatten Claudia und Peter das nicht bemerkt?

In einem ersten Impuls griff Mangold nach dem Handy. Doch dann sann sie über die Konsequenzen nach. Wenn sie die Polizei rief, stünde das am nächsten Tag im *Blick*. Auch in Zweisimmen hatte das Boulevardblatt seine Informanten. Dann wüsste die ganze Welt, dass sie mitten in der Arbeitswoche ins Oberland gefahren war. Und alle würden sich fragen, wieso sie sich das herausnahm.

Mangold hielt die Luft an, es war kein Laut zu vernehmen. Sie lauschte nur dem Pochen ihres Herzens. Sie zog sich zurück zur Haustür und zog einen vergessenen Schirm aus dem Ständer. Keine richtige Waffe zwar, aber besser als nichts.

Mit kleinen Schritten bewegte sich Mangold durch den schummrigen Flur, warf Blicke nach links und rechts. Das Bett im Gästezimmer war bezogen und zerwühlt, im Bad hingen Handtücher über dem Rand der Wanne. Schließlich stieß sie die Tür zum Wohnzimmer mit der Schuhspitze auf. Leere Bierflaschen lagen auf dem Perserteppich, daneben ein paar Halbschuhe, Unterhosen und T-Shirts; der Fernseher lief ohne Ton. Die Vorhänge waren halb zugezogen, ein heller Streifen zog sich vom Fenster über Großmutters Esstisch zum schwarzen Ledersofa. Darauf lag ein ausgestreckter Körper, halb zugedeckt von einer Wolldecke, den Rücken ihr zugewandt.

Mangold kontrollierte links und rechts, niemand sonst war in Sicht. Zentimeter für Zentimeter bewegte sie sich vorwärts, bis sie auf den Körper blicken konnte. Oben aus der Decke lugten zerzauste blonde Haare und ein kräftiger Oberkörper in einem weißen T-Shirt.

Mit vielem hatte sie gerechnet. Doch damit nicht.

19

Bollag klappte den Umschlag der Biografie zu und nahm das nächste Buch vom Stapel: *Marcel Proust in Bildern & Dokumenten*. Er gähnte, streckte die Arme aus und stieß mit den Händen an die gelbgrünen Wände der Lesezelle in der Kantonsbibliothek. Proust hatte von 1871 bis 1922 gelebt und galt als Mitbegründer der literarischen Moderne. Als Sohn reicher Eltern hatte er sich dem Schreiben widmen können. Schon als Junge war der Schriftsteller oft krank gewesen, mit 30 Jahren hatte er das Haus kaum mehr verlassen. An *À la recherche du temps perdu* hatte er über 20 Jahre gearbeitet, die drei letzten Bände waren erst nach seinem Tod erschienen.

Alles schön und gut.

Doch nirgends hatte Bollag eine Verbindung zu Tanja oder ihren Recherchen erkennen können. Obwohl er Prousts Lebenslauf studiert, sogar nach Zetteln oder handschriftlichen Bemerkungen in den Büchern der Bibliothek gesucht hatte.

Mit beiden Händen fuhr sich Bollag durch die Haare und starrte aus dem Fenster auf die Fassade der Polizeizentrale Gutsmatte gegenüber. In den beiden obersten Stockwerken leuchteten die vergitterten Milchglasscheiben einiger Zellen. Mit einem Seufzer öffnete er einen Bildband, der auf dem schmalen Tisch vor ihm lag, und blätterte ihn durch. Lange bestaunte Bollag die Faksimile von Druckfahnen, die Proust nicht einfach korrigiert hatte. Große Textabschnitte waren vom Autor gestrichen oder handschriftlich ergänzt worden, manches hatte er ausgeschnitten und neu zusammengeklebt. Für den Verleger musste das ein Albtraum …

»Wir schließen in fünf Minuten.«

Die Stimme ließ Bollag zusammenfahren. Hinter seiner Nische stand die junge Frau vom Informationsschalter, die ihn auf der Suche nach Proust zum richtigen Regal geführt hatte.

»In Ordnung, bin gleich fertig.«

»Sie können die Bücher gerne ausleihen. Aber höchstens fünf Stück aufs Mal.«

»Danke.«

Sie nickte und verschwand.

Bollag holte das Handy aus seiner Tasche und schaltete den Bildschirm ein. Fast halb sieben. Beinahe drei Stunden hatte er in Prousts Universum verbracht. Er schloss den Bildband, legte ihn auf die anderen Bücher und brachte den ganzen Stapel zurück zum Gestell.

Die Bibliothekarin sammelte ein paar Fetzen Papier vom Boden auf. »Haben Sie gefunden, was Sie gesucht haben?«

Bollag streifte die Jacke und die Umhängetasche über. »Leider nein. Aber ich komme wieder.« Er nickte ihr zum Abschied zu.

Er stieg die zwei Treppen ins Parterre hinunter und verließ die Bibliothek. Kleine Schneeflocken rieselten vom Himmel. Auf dem Bahnhof Liestal fuhr ein Regionalzug ein, Bollag marschierte daran vorbei und auf die Altstadt zu.

Saukälte.

Vielleicht brauchte er einen Experten, jemanden, der sich mit Proust auskannte. Möglicherweise konnte der das Rätsel lösen. Bollag schritt am alten Gerichtsgebäude vorüber und hinab zum Orisbach, überquerte die Allee und stieg langsam die Treppe zur Stadtmühle hoch. Bestimmt gab es Lesezirkel, die sich intensiv mit Proust befassten. Er musste das googeln.

Im Durchgang des Elefantentors holte Bollag den Hausschlüssel aus seiner Jackentasche. In dem Moment krachte ein Körper von hinten gegen ihn. Arme legten sich um seine

Brust wie ein Schraubstock. Bollag wand sich, doch er konnte sich nicht befreien. Der Angreifer knurrte in sein rechtes Ohr.

Was zur Hölle …?

Bollag spürte, wie der Angreifer ihn vom Boden hob, er verlor den Stand. Er drückte seine Arme nach außen, doch sie schienen wie festgeklebt. Der Kerl nahm ihn noch stärker in den Schwitzkasten, Bollag ging die Luft aus. Vor seinen Augen bildeten sich kleine schwarzgelbe Punkte.

Der Fremde schnaubte, bewegte sich vorwärts und wollte Bollag in die Betonwand des Elefantentors rammen. Instinktiv spannte Bollag die Bauchmuskeln an, zog die Beine mit einer raschen Bewegung hoch, stemmte die Füße gegen die Mauer und stieß sich mit aller Kraft ab.

Ihre beiden Körper schnellten rückwärts, der Angreifer verlor das Gleichgewicht, stolperte und lockerte deshalb den Griff. Darauf hatte Bollag nur gewartet. Er stieß seinen linken Ellenbogen nach hinten und spürte im Nacken, wie der Fremde einen Schwall heißen Atems ausstieß. Treffer.

Trotzdem ließ der Kerl nicht los. Bollag senkte das Kinn auf die Brust und warf den Kopf mit einer raschen Bewegung zurück. Es knackte, tat höllisch am Schädel weh, aber der Angreifer schrie auf. Er ließ Bollag los.

Endlich stand Bollag wieder auf beiden Beinen. Behände drehte er sich um, vor ihm taumelte ein Kerl mit schwarzer Lederjacke und Haartolle nach hinten.

Der Halbstarke hielt eine Hand über dem Gesicht. Blut rann. »Hast mir die Nase gebrochen, du Arsch.«

Sein Pech. Bollag machte zwei Schritte vorwärts, holte aus, gab dem Idioten eine rechte Gerade in den Magen.

»Uff«, stieß der Kerl die Luft laut aus. Er klappte zusammen wie ein Schweizer Taschenmesser und kippte seitwärts auf den Boden, wo er wimmernd liegen blieb.

Bollag keuchte, beugte sich vornüber und stützte beide Hände auf die Knie. Verdammt, er sollte mehr trainieren. Nach ein paar Sekunden streckte er sich, machte eine kurze Inventur seiner Glieder. Alles in Ordnung.

Der Halbstarke stöhnte und spuckte. Bollag stellte sich hinter ihn, griff ihm unter die Arme, zog ihn hoch und lehnte ihn mit dem Rücken gegen die Wand des Elefantentors. Er starrte in sein Gesicht und versuchte, etwas zu erkennen in der schwachen Beleuchtung: höchstens 30, Dreitagebart, südländischer Typ. Den Kerl hatte er noch nie gesehen. »Was bildest du dir eigentlich ein, du Schwachkopf?«

Blut bedeckte die linke Wange und das Kinn des Halbstarken, er hielt die Augen geschlossen und keuchte.

Bollag packte ihn am Kragen seiner Lederjacke und zog das Gesicht zu sich. »Wer bist du?«

Mit einer Hand griff der Mann in die Tasche seiner Jacke. Bollag packte das Handgelenk und verdrehte es. »Finger von der Waffe.« Hastig tastete er mit der zweiten Hand den Körper des Angreifers ab.

Der Halbstarke wimmerte und schüttelte den Kopf. »Will bloß mein Nastuch.«

Jetzt erkannte Bollag die Stimme wieder. Er hatte sie auf seiner Combox gehört. »Du hast mich am Telefon bedroht!« Das machte ihn noch wütender. »Was hast du für ein Problem, du Idiot? Warum bist du hinter mir her?« Er ließ das Handgelenk los.

Der Halbstarke holte ein Papiertaschentuch heraus und drückte es unter die Nase. »Ich wollte dir die Fresse polieren.«

Bollag richtete sich auf, plötzlich fühlte er sich beleidigt. »Du verfluchter Blödmann. Kommst hierher und willst mich einfach verprügeln. Für was hältst du mich eigentlich?«

»Einen Scheiß-Journi halt.« Der Halbstarke zuckte mit

den Schultern. »Ich hätte nicht gedacht, dass …« Er sah aus wie ein nasser Welpe.

So eine Heulsuse hatte ihn verdreschen wollen? Bollag konnte nicht anders, er musste lachen. Die ganze Situation war einfach zu absurd. Er blickte auf den Mann hinab, der sich vorsichtig den Magen massierte. »Macht es dir einfach Spaß, Journalisten zu verprügeln? Oder geht es um einen Artikel?«

Der Halbstarke schob das Kinn vor wie ein Barsch. »Ihr sollt mich in Ruhe lassen, verdammt noch mal. Du und diese Tussi.«

Es dauerte einen Moment, bis Bollag die Fäden verknüpfen konnte. »Herrgott, du bist der Automechaniker! Der Cousin von Evi Felber.«

Der Halbstarke zog die Beine an und drückte sich langsam an der Wand hoch. »Warum geht ihr mir so auf den Wecker? Ständig ruft Evi an. Ich will aber nicht mit euch reden.«

Bollag kratzte sich am Hinterkopf. »Wie hast du mich überhaupt gefunden?«

Schließlich stand der Mechaniker wacklig auf den Füßen. »Dein Foto im Internet. Tagblatt-Online. Ich habe vor der Redaktion gewartet, bin dir gefolgt.«

Dieser Trampel hätte ihm eigentlich auffallen sollen. Bollag hob seinen Hausschlüssel vom Boden auf und steckte ihn in die Tasche. »Komm, hier entlang.« Er neigte seinen Kopf in Richtung Fischmarkt.

Der Mechaniker riss die Augen auf. »Wohin?«

»Zu mir nach Hause. Du wirst mir ein paar Fragen beantworten.«

»Spinnst du? Eher springe ich vom Basler Münster.«

Bollag richtete seinen Zeigefinger auf ihn. »Entweder redest du mit mir – oder mit der Polizei.«

20

Ihr Exmann Dani schob eine Karotte auf das Schneidebrett. Er hatte sich rasiert, geduscht, sogar ein frisches Hemd angezogen. Gut sah er aus mit seinen blonden Haaren und dem kantigen Kinn.

Doch davon ließ sich Mangold nicht ablenken. »Du hast mir immer noch nicht erklärt, was du hier tust.«

Das regelmäßige Rat-tat-tat des Messers tönte wie eine Maschine. »Ich musste ein paar Tage weg von allem. Und ich wusste, dass das Haus leer stand. Also ...« Er zuckte mit den Schultern.

»... bist du einfach hier eingebrochen.«

Er hob das Schneidebrett hoch und schob die Karotten in eine Schüssel voll mit grünem Salat. »Ich bin nicht eingebrochen. Ich hatte einen Schlüssel.«

Natürlich. Wie hatte sie nur so blöd sein können? Den Ersatzschlüssel im Gartenzwerg hätte sie schon lange entfernen sollen. Mangold rührte im schäumenden Kochtopf mit Nudeln, nahm den Holzlöffel heraus und legte ihn auf den Tresen. »Trotzdem hättest du mich fragen müssen.«

»Stimmt. Tut mir leid.« Er sah sie von der Seite an, lächelte spitzbübisch. Beinahe so wie damals. Noch gut konnte sich Mangold an den Tag erinnern. Großvater war gestorben, als sie fünf Jahre alt gewesen war, Großmutter hatte nicht allein in dem großen Chalet leben wollen. Also war Mangolds Familie hierher gezogen und Großmutter in eine Wohnung im Dorf. Draußen auf der Schaukel hatte Klein-Petra hin und her geschwungen, als Dani aus dem Haus gegenüber getreten war. Der schlaksige Junge hatte einfach ihr Gartentor geöffnet, sich ins Gras gesetzt und gegrinst. Sie hatten sich beäugt und kein Wort gesprochen, bis Petra von der Schaukel gestiegen war und sich vor dem Fremden aufgebaut hatte. »Du bist blöd«, hatte sie gesagt.

Dani war aufgestanden, hatte sie um einen guten Kopf überragt. »Dumme Kuh«, hatte er geantwortet.

Es war der Beginn einer wunderbaren Freundschaft gewesen. Über ihre ganze Schulzeit hinweg hatte Mangold den drei Jahre älteren Daniel Hehlen angebetet und betrübt mitansehen müssen, wie er mit anderen Mädchen ausgegangen war. Dann hatte er das Gymnasium in Bern besucht und war aus ihrem Blickfeld verschwunden. Erst an der Universität waren sie sich wieder über den Weg gelaufen, sich näher gekommen und zu einem Paar geworden. Drei Jahre später hatten der aufstrebende Anwalt und die ambitionierte Jungpolitikerin geheiratet: das Traumpaar aus Zweisimmen.

Sie hob ihr Weinglas vom Tresen und nahm einen Schluck. Der *Luins* schmeckte frisch und kitzelte in der Kehle. »Wie geht es deinen Eltern?«

»Munter wie eh und je. Sie genießen die Sonne an der Costa Brava.«

»Werden sie dort unten bleiben?«

»Wieso nicht? Hier besitzen sie nichts mehr.«

Richtig, das Chalet vis-à-vis gehörte jetzt einem Zürcher Arzt. Der nutzte es bloß in den Ferien. »Und wieso bist du hier?«

Er vollführte etwas, das zwischen Achselzucken und Kopfnicken lag. »Wie ich gesagt habe, ich brauchte ein paar Tage …«

»Spar dir diesen Mist, Dani. Ich kenne dich besser.« Mangold wandte sich wieder dem Topf zu, der überzukochen drohte. »Weiß deine Frau, wo du bist?«

Er senkte den Blick auf das Schneidebrett.

»Was ist los?«

»Carla hat mich verlassen.« Er sagte es so leise, dass sie es beinahe nicht verstand.

»Was?«

»Sie ist mit Luzia ins Auto gestiegen und losgefahren.« Er stützte sich mit beiden Händen auf dem Tresen ab, die Farbe war aus seinem Gesicht gewichen.

Mangold empfand ein wenig Genugtuung – und schämte sich sogleich dafür. »Wann?«

»Vor einer Woche.«

Sie spürte alte Wut in sich aufsteigen. »Bist du wieder fremdgegangen?«

Mit der Spitze des Messers zeigte er auf sie. »Hat das die Politik aus dir gemacht? Immer nur das Schlechteste von den Menschen denken, ja?«

Sie biss sich auf die Zunge. »Entschuldige, das war unangebracht.« Diese alten Geschichten musste sie endlich begraben. Wie er sie mit seinem Kinderwunsch bedrängt hatte. Dass ihre Freude an Beruf und Karriere so riesig gewesen war, dass sie das Kinderkriegen auf später hatte verschieben wollen. Wie sie sich deswegen gestritten hatten – und auch wegen ihres vollen Terminkalenders, wegen seiner Schwäche für teure Autos oder wegen Tomaten, die sie auf der Einkaufsliste übersehen hatte. Und schließlich wegen der Kollegin aus der Kanzlei, mit der Dani ins Bett gegangen war.

Heftig rührte Mangold im Topf, Spritzer des kochend heißen Wassers landeten auf ihrer Hand. »Autsch.«

»Komm.« Er griff nach ihrem Arm, führte sie zum Spülbecken, hielt die Hand unter das kalte Wasser.

Als die Medien dann Gerüchte über Mangolds Beziehung mit Bollag gestreut hatten, war dies nur der letzte Tropfen in ein randvolles Fass gewesen. Sie war aus der luxuriösen Wohnung in Muri ausgezogen, bald danach hatte die Kollegin aus der Kanzlei ihren Platz eingenommen: Carla. Acht Monate später hatte ein Richter ihre Ehe einvernehmlich geschieden und Mangold bei der Anhörung erfahren, dass Carla ein Kind erwartete. Das Kind, das sich Dani von ihr gewünscht hatte.

Ein gutes Jahr war das nun her.

Sie zog ihre Hand zurück. »Es geht schon.« Mangold schüttete die Teigwaren in ein Sieb, gab sie in eine Schüssel, fügte etwas Olivenöl, Rahm, Muskat und Paprika hinzu. Dann stellte sie die Schüssel auf den Tisch, setzte sich hin und schaufelte Nudeln auf zwei Teller. »Wieso hat Carla dich verlassen?«

Dani goss Sauce über den Salat und setzte sich ihr gegenüber. »Es tönt mies, aber ich war nie wirklich in sie verliebt. Carla wusste von Anfang an, weshalb ich sie geheiratet habe. Ich konnte Luzia nicht ohne Vater aufwachsen lassen.« Er stocherte in seinen Nudeln herum. »Eine Weile war das ganz okay. Bis vor einigen Monaten. Carla wollte ... mehr als ich geben konnte. Und als sie begriff, dass ich ihre Gefühle nicht erwidere, begann sie über eine Rückkehr nach Italien zu reden.«

»Wo ist sie jetzt?« Mangold schob eine Gabel Nudeln in den Mund.

»Bei ihren Eltern in Bologna. Zweimal haben wir am Telefon geredet. Ich habe mir freigenommen und lasse ihr noch etwas Zeit. Aber wenn sie nicht zurückkommt, werde ich runterfahren. Zu viel habe ich vermasselt in meinem Leben, meine Tochter will ich nicht verlieren.« Er hatte diesen entschlossenen Blick, den sie immer an ihm gemocht hatte.

Mangold öffnete den Mund, doch er ließ sie nicht zu Wort kommen.

»Carla war immer neidisch auf dich, Petra. Auf die enge Beziehung, die wir miteinander hatten. Du warst das Beste, das mir in meinem Leben passiert ist. Und ich habe es versaut.«

Sie goss Wein nach. »Nicht du hast es versaut. Dazu haben wir beide einiges beigetragen. Ich hatte immer nur meine Arbeit im Kopf, bin früh morgens ins Büro gefahren und spät am Abend heimgekehrt. Es gab Tage, an denen wir kein einziges Wort geredet haben. Früher oder später musste das schiefgehen.« Mangold seufzte. Wiederholte sie nicht gerade den gleichen Fehler? Ihre ganze Welt kreiste um politische Geschäfte und Termine, dabei hatte Max offensichtlich …

Die Türglocke riss sie aus ihren Gedanken.

Dani legte die Gabel auf den Tisch. »Erwartest du jemanden?«

Mangold erhob sich. »Nein.« Sie ging durch den Flur und öffnete die Haustür.

Draußen stand Geri Imobersteg. »Wir dachten, wir holen dich ab. Sonst drückst du dich bloß.« Mit dem Daumen deutete er über die Schulter. »Silvia wartet im Auto.«

»Hei, Geri.« Dani streckte seinen Kopf aus der Küche.

»Mensch, Dani, hoi. Lange nicht mehr gesehen.« Geri schaute zuerst Dani, dann Mangold mit hochgezogenen Augenbrauen an. »Oha. Störe ich etwa?« Seine Gedanken standen ihm ins Gesicht geschrieben.

Sie kicherte. »Nein, Geri, du irrst dich. Wir sind nicht wieder zusammen.« Ihre alte Clique war fast vollständig versammelt, plötzlich hatte Mangold Lust auf einen unbeschwerten Abend. Sie drehte sich zu Dani um. »Hast du Lust auf Rock 'n' Roll?«

21

»Raser fährt Schulkind an. Das stand im Titel.« Claudio Frattini spie die Worte geradezu aus an Bollags Küchentisch. Er ballte die Faust. »Verdammte Scheiß-Journalisten.«

Bollag hatte ihn sich das Gesicht im Badezimmer notdürftig reinigen lassen und ihm ein breites Heftpflaster gegeben, das über der Nase klebte. Er nahm den Ausbruch gleichmütig hin. Die Wut des Mechanikers konnte er nachvollziehen. Die Kollegen hatten ihm übel mitgespielt. Vor zwei Jahren hatte Frattini in Basel ein Mädchen verletzt, Passanten hatten Fotos seines Autos gemacht. Diese waren am nächsten Tag in diversen Zeitungen unter reißerischen Überschriften erschienen. Natürlich hatten der Chef, Familie und Freunde das getunte Auto an der neongrünen Lackierung erkannt.

Bollag öffnete den Kühlschrank. »Willst du ein Bier?« Er griff nach einer Büchse Ziegelhof und hielt sie in die Höhe.

»Okay.«

Bollag stellte zwei Dosen auf den Tisch und setzte sich Frattini gegenüber. Nach den Medienberichten hatte Frattini seine Freundin und seine Stelle verloren. Erst sieben Monate später hatte ein Gericht festgestellt, dass das Mädchen unvermittelt zwischen zwei Autos auf die Straße gerannt und Frattini mit korrektem Tempo unterwegs gewesen war. Der Freispruch war den Zeitungen keine Zeile wert gewesen.

Bollag riss die Lasche von der Büchse, das Bier zischte. Er musste endlich mehr über Tanja erfahren. »Du hast gesagt, dass meine Kollegin letzte Woche bei dir war. Und dann?«

»Nichts.« Frattini öffnete seine Dose und nahm einen Schluck. »Die Tür hab ich der Tussi vor der Nase zugeschlagen. Ende. Bis Evi mich gestern wieder genervt hat. Da hat es mir den Hut gelupft.«

»Du hast meiner Kollegin also keine Namen genannt, keine Details?«

»Hörst du mir nicht zu?« Frattini schob die Ärmel seines Sweatshirts hoch und enthüllte einen tätowierten Totenkopf über dem Schriftzug *Born to be bad*. »Gar nichts habe ich der gesagt.«

Beinahe hätte Bollag laut gelacht. Später einmal im Altersheim würde das Tattoo bestimmt für Heiterkeit sorgen. »Beantworte *mir* ein paar Fragen. Dann hörst du nie wieder etwas von mir.«

»Du Hirni hast ja keine Ahnung. Ich lege mich doch nicht mit diesen Typen an. Die kommen aus Kalabrien, Mann. Wenn ich die verarsche, schneiden sie mir die Eier ab.« Sein Adamsapfel hüpfte auf und ab. »Die stopfen sie mir dann ins Maul und versenken mich im Rhein.«

Die Mafia im Baselbiet? Das würde Frattinis Angst erklären. Ob er auch die Wahrheit sagte? Hier herrschten sonst mildere Sitten: Wer gegen ungeschriebene Gesetze verstieß, den bestraften die Baselbieter nur mit Schweigen. Im schlimmsten Fall verweigerten sie ihm den Handschlag.

»Was sind das für Typen?«

Frattini strich sich eine Haartolle aus der Stirn. »Vergiss es.«

Bollag griff nach der Umhängetasche auf dem Boden und holte das Handy heraus. »Für einen Angriff mit Körperverletzung wanderst du zwei Jahre in den Bau.« Er hatte keine Ahnung, ob das stimmte. Aber dieser Halbstarke bestimmt auch nicht.

Frattini hob das Kinn und zeigte auf seine blutverkrustete Nase. »Wer hat denn hier wen verdroschen?«

»Wie du willst. Dann rufe ich jetzt meine guten Freunde bei der Polizei an.« Wenn Neuenschwander ihn hören könnte, bekäme der einen Lachanfall. Bollag wählte ein paar Zahlen, hielt sich das Handy ans Ohr. »Und die Details stehen morgen in der Zeitung.«

Frattinis Augen schnellten hin und her. »Was seid ihr Journalisten doch für Schweine! Aber mich hältst du aus der Sache raus, verstanden?«

Bollag wischte über das Handy. »Einverstanden.« Ob er das Gespräch aufzeichnen sollte? Nein, das würde Frattini abschrecken. Also zog er einen Notizblock und einen Stift aus seiner Tasche. »Woher weißt du überhaupt Bescheid über die Betrügereien? Machst du dabei mit?«

Frattini hob beide Hände. »Willst du mir was anhängen? Dann bin ich raus hier.«

Bollag hielt einen Finger hoch. »An mein Versprechen halte ich mich.«

Frattini senkte den Blick und fuhr mit dem Fingernagel über die Tischplatte. »Ich habe einen guten Kumpel. Der fährt ab und zu so eine Karre.«

»Die einen Unfall baut?«

Frattini nickte und nahm einen Schluck aus der Dose.

Informationen aus zweiter Hand mochte Bollag nicht. Aber besser als nichts waren sie allemal. »Ist das lukrativ? Ich meine, lässt sich damit viel Geld verdienen?«

»Mehr als mit Herumschrauben in der Werkstatt. Mein Kumpel bekommt einen Tausender pro Fahrt.«

Nicht schlecht. Doch bloß Peanuts für Hintermänner in einem Millionengeschäft. »Wie oft fährt er?«

»Alle paar Monate. Sie dürfen einen Fahrer nicht zu häufig einsetzen, sonst fällt der auf.«

Bollag wollte mehr über die Hintermänner wissen, doch

er biss sich auf die Zunge. »Das Fahren muss ziemlich knifflig sein.«

»Da kannste deinen Arsch drauf verwetten. Die Fahrer müssen die Karre voll im Griff haben, das Tempo und den Abstand richtig einschätzen. Deswegen machen sie so viel Kohle.«

»Wo findet man die?«

»Nur über Bekannte.« Frattini räusperte sich und rutschte auf dem Stuhl hin und her. »Deswegen weiß ich ja davon. Mein Kumpel wollte mich dabeihaben. Aber meine Alte würde mir den Kopf abreißen.«

»Das kenne ich.« Bollag setzte ein Lächeln auf, der Ehering an Frattinis Finger war ihm bis jetzt nicht aufgefallen. »Und wie läuft so ein Unfall ab?«

»Die Fahrer treffen sich an einem Sammelplatz. Dort werden die Passagiere auf die Fahrzeuge verteilt. Dann …«

»Da fahren welche mit?«

»Klar, was dachtest du denn? Bringt mehr Kies von der Versicherung, wenn jemand im Auto sitzt.«

»Was sind das für Leute?«

»Arbeitslose, Asylbewerber. Leute, die schnell Kohle machen wollen. Schweizer kriegen mehr als Ausländer. Die Passagiere haben den einfachsten Job, sitzen bloß auf ihrem Hintern und warten ab. Dafür kriegen sie ein paar Hunderter.«

»Aber sie könnten sich verletzen.«

Frattini zuckte mit den Schultern. »Kommt vor, ja. Dann gibt es einen Bonus.«

»Wer bestimmt den Ort und die Art?«

»Mein Kumpel hat mir erzählt, dass es Drehbücher gibt. Darin sind die Unfälle beschrieben. Gute Fahrer machen genau, was drin steht.«

Verdammt, wenn er so eines in die Finger bekäme. »Könntest du mir eins besorgen?«

»No way.« Frattini setzte die Büchse wieder an den Mund.

»Und wie wählen die Fahrer ihre Opfer aus?«

Frattini zuckte mit den Schultern. »Weiß ich nicht. Muss ich auch nicht wissen. Will ja nicht mitmachen.« Er leerte die Dose in einem Zug.

»Was geschieht nach den Unfällen?«

»Ist alles bestens organisiert. Die haben sogar Ärzte und Anwälte.«

Das klang tatsächlich nach der Mafia. »Wegen der Krankenkassen?«

»Klar. Ein Weißkittel erfindet irgendeine Verletzung. Dafür blecht die Krankenkasse. Echte Verletzungen sind natürlich noch besser. Und die Anwälte greifen bei den Versicherungen so viel Kohle ab wie möglich.«

Bollag spürte, wie sein Herz pochte. Wenn das stimmte, war das eine Riesengeschichte. »Hast du einen Namen, eine Adresse, irgendetwas?«

Frattini rülpste und stand auf. »Bist du blöd? Keine Namen. Eine kaputte Nase reicht mir schon.«

Ob er von Tanjas Tod erzählen sollte? Nein, das würde Frattini noch mehr einschüchtern. »Komm schon. Gib mir irgendwas, das mich weiterbringt.«

»Ich habe schon viel zu viel gesagt.« Der Mechaniker nahm seine Lederjacke von der Stuhllehne, zog sie über, zuckte bei der Bewegung leicht zusammen und strich sich vorsichtig mit der Hand über die Rippen. Dann machte er kehrt, marschierte in den Flur und streckte die Hand nach der Klinke der Wohnungstür aus.

Mit schnellen Schritten überholte ihn Bollag und blockierte mit einem Fuß die Tür. »Du solltest mir einen kleinen Tipp geben. Sonst kann ich nicht garantieren, dass ich deinen Angriff vergessen werde. Unsere Leser lieben solche Geschichten.«

Frattini hielt inne. »Du verfluchter ...! Ihr Dreckskerle seid doch alle gleich.« Er nagte an seiner Unterlippe, starrte auf die Tür. »Guido in der *Grün 80*«, murmelte er schließlich.

Bollag zog seinen Fuß zurück.

Frattini riss die Tür auf und nahm auf dem Weg das Treppenhaus hinunter immer zwei Stufen auf einmal.

Bollag lauschte den Schritten, bis unten die Haustür ins Schloss fiel. Die *Grün 80* kannte er. Doch wer war Guido?

22

Mangold leerte ihren Tequila Sunrise in einem Zug und schloss die Augen. In ihrem Kopf drehte sich alles. Gott, sie hatte einen Schwips.

Nachdem der Gemeindepräsident und die Spitaldirektorin in Referaten vor der Schließung des Regionalspitals Zweisimmen gewarnt hatten, waren *Vreni and the Sick Nurses* aufgetreten. Die Musiker – allesamt Ärztinnen oder Pfleger aus dem Spital – hatten Oldies zum Besten gegeben. Jetzt kam die Musik aus der Konserve und die Menschen drängten sich auf der Tanzfläche. Diese war in der Mitte des Gemeindesaals eingerichtet worden, entlang der Wände standen Tische und Bänke. Hier drin hatte Mangold

Schultheater aufgeführt und Zeugnisse erhalten, in der Turnhalle im unteren Stock Reckstangen erklommen und Medizinbälle gestemmt.

Dani, Geri, dessen Frau Silvia und Vreni Sager kamen mit verschwitzten Gesichtern vom Tanzen und setzten sich wieder an ihren Tisch. »Amüsierst du dich?«, gluckste Dani und beäugte das leere Glas.

»Und wie.« Sie beugte sich vor und legte eine Hand auf Vrenis Arm. »Toller Auftritt, Bob Marley und Supertramp mochte ich besonders. Ich freue mich auf den zweiten Teil des Auftritts von den *Sick Nurses*.« Es fiel Mangold schwer, die Worte richtig auszusprechen.

Vreni grinste breit. »Im zweiten Set brauche ich Verstärkung. Wie wärs?«

Beinahe hätte sich Mangold verschluckt. »Du glaubst doch nicht, dass ich mit dir auf die Bühne steige. So betrunken bin ich nicht.« Bei der Abschlussfeier der Sekundarschule war Vreni zum ersten Mal mit einer Schülerband aufgetreten, damals hatte Mangold noch als Sängerin im Hintergrund mitgemacht. Dort vorn, auf dieser Bühne.

»Ach, die Frau Bundesrätin gibt sich wieder mal die Ehre.«

Mangold schaute hoch, zunächst etwas verschwommen nahm sie eine rote Bluse wahr, dann kurze, dunkelblonde Haare und eine blaue Designerbrille. »Hallo, Thea.«

»Ein paar freie Tage mitten in der Woche, so schön möchte ich es auch mal haben.« Thea Minder stemmte die Hände in die Hüften. »Aber unsereins muss halt arbeiten für sein Geld.« Ohne ein weiteres Wort drehte sie sich um und verschwand in der Menge.

Mangold verdrehte die Augen. Typisch Thea, ihre Erzfeindin seit dem Kindergarten. Und irgendwie immer noch.

Thea glaubte sich im Zentrum des Universums und wehe, jemand machte ihr den Platz streitig. Der Primarlehrerin hatte sie verraten, dass Mangold Würmer in der Garderobe der Jungs ausgesetzt hatte. Mit Kreide hatte Thea riesengroß *Petle liebt Dani* auf den Pausenplatz gemalt. Und in der neunten Klasse hatte Thea ihr das Foto eines nackten Mannes ins Biologieheft geklebt. Gemeinsam mit ihren Eltern hatte Mangold beim Rektor antraben müssen.

Vreni stupste Mangold in die Seite. »Also, wie ist das jetzt mit dem Auftritt? Hast du etwa Schiss?«, rief sie über die Musik aus den Boxen hinweg.

Ein mieser kleiner Schachzug. Vreni wusste, dass sie Herausforderungen nur schlecht widerstehen konnte. Zumindest war das früher so gewesen. »Keine Chance, Vreni. Ich werde dort oben keine Idiotin aus mir machen. Diese Zeiten sind vorbei.« Sie schaute sich nach Unterstützung von Dani, Geri und Silvia um, doch die beobachteten sie bloß über den Rand ihrer Gläser hinweg. Hatten die das etwa gemeinsam geplant?

»Wie du willst«, sagte Vreni leichthin. »Dann werde ich halt Thea fragen.«

Ein ganz mieser Schachzug. Thea wollte Mangold nicht zujubeln müssen neben Vreni auf der Bühne. Sie gab sich einen Ruck. »Wann treten wir auf?«

Vreni spreizte die Finger einer Hand. »Fünf Minuten.«

»Dann muss ich schnell mal auf die Toilette. Und Dani, du holst mir noch einen Tequila. Zur Strafe, weil du das bestimmt angezettelt hast.«

»Einverstanden.« Er stand auf und bahnte sich einen Weg durch die Menge.

Mangold erhob sich, auf einmal drehte sich der ganze Saal. Sie musste sich an der Tischplatte festhalten.

»Warte, ich komme mit.« Silvia schob sich aus der Bank und nahm Mangold am Arm. »Wenn ich schwanger bin, muss ich dauernd pinkeln.«

Gemeinsam zwängten sie sich durch die Leute, Mangold grüßte links und rechts, tätschelte hier einen Arm und da eine Schulter. Der Gemeindesaal war vollgepackt mit Einheimischen, das Spital lag vielen am Herzen. Genau wie das Feiern.

Nach dem Pinkeln schaute Silvia sie im Toilettenspiegel an. »Gut sieht er aus, der Dani. Trefft ihr euch ab und zu in Bern?«

Mangold seifte ihre Hände ein, noch immer war ihr etwas schwindlig. »Nein, gar nicht.«

Silvia spitzte die Lippen. »Da läuft nichts zwischen euch?«

Bestimmt hatten das alle gedacht, als Mangold mit ihrem Ex aufgetaucht war. »Mein Gott, nein. Wir sind uns nur zufällig begegnet.«

Silvia zwinkerte. »Soso, zufällig.«

Mangold trocknete ihre Hände ab. »Dani ist Geschichte. Ich bin sehr glücklich mit meinem Freund Max.« Zumindest war sie es bis vor ein paar Tagen gewesen.

»Ich habe Fotos von euch in der Zeitung gesehen. Der ist zum Anbeißen.« Silvia schnalzte mit der Zunge.

Mangold lachte. Silvia hatte immer ein Auge für schöne Männer gehabt. »Ja, Max ist toll. In jeder Beziehung.«

Silvia hob eine Augenbraue. »In jeder Beziehung?«

In Sachen Sex war Silvia früher die Ratgeberin ihrer Clique gewesen. Schließlich hatte sie als Erste mit einem Mann geschlafen. Doch diese Zeiten waren vorbei. Mangold legte Silvia eine Hand auf den Arm. »Absolut.« Mehr würde sie nicht preisgeben.

Silvia gab nach. »Schön für dich.« Sie musterte Mangold von oben bis unten. »So gehst du aber nicht auf die Bühne.«

Mangold schaute an sich herab, sie trug schwarze Jeans und einen bequemen Pullover. »Ist nicht gerade ein Rockstar-Outfit.«

»Eher Campingferien.« Silvia kramte in ihrer Tasche, holte Schminke und eine Bürste heraus. »Halt mal still.« Dann trug sie roten Lippenstift und schwarzen Eyeliner auf, mit der Bürste brachte sie die Haare in Form.

»Okay, jetzt zieh deinen Pulli aus.« Silvia fischte ein schwarzes T-Shirt aus ihrer Tasche.

»Was du alles dabeihast.« Mangold schlüpfte aus ihrem Pullover.

»Für den Notfall, falls ich mich wieder mal übergeben muss.« Silvia hob die Schultern. »Ist mir bei allen Schwangerschaften so gegangen.«

Mangold zog das T-Shirt über, es war eng und betonte ihren Busen. Sie betrachtete sich im Spiegel und musste kichern. Silvia hatte viel mehr Schminke aufgetragen, als sie es normalerweise selbst tun würde. Und dazu das enge Top und die wilde Mähne – es sah irgendwie verrucht aus. Und verdammt sexy. »Ist das nicht zu viel?«

»Genau richtig, Schätzchen.«

»Okay, let's do this.«

Als sie die Toilette verließen, kam ihnen Thea Minder entgegen und rümpfte die Nase. »Gott, du siehst aus wie ein Flittchen.«

Mangold stellte sich Thea in den Weg, doch Silvia zog sie am Arm weiter in den Saal hinein. »Hör nicht auf diese Zicke. Die ist bloß neidisch.«

Als sie sich einen Weg durch die Menge im Saal bahnten, hatten die Musiker bereits ihre Plätze eingenommen. Das Schlagzeug spielte einen Takt, dann setzte der Bass ein. Unten neben der Treppe zur Bühne wartete Dani und hielt ihr ein Glas hin, Mangold trank den Tequila mit zwei großen Schlucken. Ihre Beine fühlten sich an wie Wackelpudding.

Vreni stand bereits hinter dem Mikrofon, streckte die Hand aus und zog Mangold zu sich hoch. Nun setzten das Klavier und die Gitarre ein. Sie erkannte das Stück sofort: *It's My Life* von Bon Jovi.

»Wow, Petle, siehst scharf aus«, brüllte eine männliche Stimme.

Mangold beschirmte die Augen mit der Hand und entdeckte Benjamin Zwahlen auf der Tanzfläche, einen Jugendfreund aus dem Skiclub. Er winkte, die Leute um ihn herum standen dicht gedrängt und bewegten sich im Takt. Das Licht der Scheinwerfer brannte wie die Sonne am Mittelmeer.

Vreni sang die ersten Liedzeilen und nickte ihr zu.

Den Text kannte Mangold im Schlaf, sie übernahm. Es fühlte sich herrlich an hier oben. Mangold nahm den Rhythmus auf, machte Tanzschritte, drehte sich im Kreis, wackelte mit dem Po. Mach Platz, Bon Jovi!

Den Refrain schrien Mangold und Vreni gemeinsam in den Saal, alle sangen mit, tanzten, klatschten.

Als der letzte Ton verklang, lagen sich Vreni und Mangold in den Armen. Sie verbeugten sich, das Volk johlte. Der Gitarrist reckte den Daumen in die Höhe und rief etwas über den Lärm hinweg. Sie verstand bloß »... rattenscharf ...«.

Winkend schlenderte Mangold zum Rand der Bühne, der Schweiß lief ihr über das Gesicht und den Rücken. Unten standen ihre Freunde und johlten. Sie machte einen Schritt auf die Treppe, doch ihr Fuß trat ins Leere. Vergeblich suchte Mangold nach Halt, sie fiel vornüber und stürzte von der Bühne.

»Petle, alles in Ordnung?«
Braune Augen starrten auf Mangold herunter.
»Das gibt eine schöne Beule.« – »Vielleicht sollten wir sie ins Spital bringen.« – »Nein, lasst mich das machen.«
Die letzte Stimme erkannte sie, das war Dani. Er kniete neben ihr und hielt sogar ihren Kopf auf seinem Schoß.
»Kannst du dich aufsetzen?«
»Natürlich.« Sie hob den Kopf, ein stechender Schmerz fuhr durch ihr Hirn. »Was ist passiert?«
Mit gerunzelter Stirn schaute Dani sie an, strich ihr das Haar aus dem Gesicht. »Du bist von der Bühne gestürzt und mit dem Kopf aufgeschlagen. Für ein paar Sekunden warst du weggetreten.«
Mangold setzte sich vollends auf. »Es geht schon.« Freunde und Bekannte hatten einen Kreis um sie gebildet. Wie peinlich, vor allen hatte sie sich zum Trottel gemacht.
Mit sanften Händen tastete Dani ihren Kopf ab. Mangold wurde erneut schwindlig, sie schloss die Augen.
»Petra? Alles okay? Sieh mich an.« Er rüttelte sie an den Schultern.
Verflucht. Sie durfte nicht schlappmachen. »Es geht mir gut.« Sie streckte beide Hände aus, Dani griff danach und half ihr auf die Beine.
»Arme Petle. Wir haben uns Sorgen gemacht, als du wie ein nasser Sack von der Bühne geflogen bist.« Thea stand dicht vor ihr und verzog den Mund. »Aber wie heißt es so schön? Hochmut kommt vor dem Fall.« Sie grinste blöd,

drehte den Kopf in alle Richtungen und suchte Zustimmung bei den Umstehenden.

In Mangolds Kopf hämmerten Bauarbeiter, diese blöde Kuh hatte ihr gerade noch gefehlt. Sie musste raus hier. »Geh mir aus dem Weg.«

»Schön, dass du wieder ganz die Alte bist«, sagte Thea mit lauter Stimme. »Wo doch dein Freund eine schlimme Zeit durchmacht.«

»Lass bloß Max aus dem Spiel.« Die sollte gefälligst ihr dummes Maul halten. Mangold hob den Zeigefinger dicht vor Theas Gesicht. »Sonst kannst du etwas erleben.«

Thea hob einen Mundwinkel. »Ach ja? Du traust dich ja doch nicht.«

Hitze stieg Mangold zu Kopf, sie ballte die Fäuste.

Starke Arme umfingen sie von hinten und hielten sie zurück. »Komm, Petra«, raunte Dani in ihr Ohr. »Ich bringe dich jetzt besser nach Hause.«

23

Nach einer kristallklaren Nacht leuchteten die Sterne am Himmel nur noch schwach über der Sichtern ob Liestal.

Früh am Mittwochmorgen spazierte Neuenschwander mit Brigitte dick eingepackt in Wintermänteln durch den Wald. Bestimmt zehn Grad minus, schätzte er. Sie kamen an einem Fitnessparcours vorbei, dessen Geräte aus dem Schnee lugten. Die Kälte und der rutschige Boden hielten ihnen die Jogger in den grellbunten Anzügen vom Leib. Ein weiterer Grund, weshalb Neuenschwander den Winter mochte.

»Übrigens – ich habe gebucht.« Der Schnee dämpfte Brigittes Stimme.

»Wie bitte?«

»Ich habe unsere Frühlingsferien gebucht. Zwei Wochen Wellness am Schluchsee. Im Mai. Freust du dich?«

Verdelli, das hatte ihm gerade noch gefehlt. Wellness trieb ihn in den Wahnsinn. Neuenschwander spürte, wie Brigitte ihn von der Seite anschaute. Er mied ihren Blick. Vor einem Jahr hatte er ihr aus einem Schuldgefühl heraus eine Woche Erholung geschenkt: Massage, Sauna, wandern, lesen. Brigitte hatte es genossen, sich ausgiebig zu entspannen. »Wie ... schön«, stammelte Neuenschwander. Zwei Wochen, das würde er nicht überleben.

»Das klingt aber nicht begeistert.« Sie wirkte enttäuscht.

»Doch, doch.« Er würde sich irgendwie herausreden müssen. Vielleicht konnte er eine Krankheit vorschieben. »Es kommt einfach etwas ... unerwartet.«

Sie blieb stehen, verzog den Mund. Erst war es nur ein Beben der Schultern, bis sie sich nicht mehr halten konnte, die Hände an die Wangen schlug und laut herausplatzte. »Was bist du doch für ein schlechter Lügner, Heinz Neuenschwander«, sagte Brigitte, als sie sich etwas erholt hatte.

Es war dieses Lachen gewesen, das ihm so gefallen hatte an ihr. Im Café Mühleisen, wo sie seit ihrer Pensionierung als Aushilfe arbeitete, hatte er es zum ersten Mal gehört – und war gleich hin und weg gewesen. »Ein Lügner? Ich muss doch bitten ...« Er legte eine Hand auf seine Brust und versuchte, seiner Stimme einen empörten Klang zu verleihen.

Brigitte verdrehte die Augen. »Ich konnte ja nicht übersehen, wie du gelitten hast im letzten Sommer. Oft genug hast du geseufzt.«

»Aber das ist doch … Es ist ja nicht … So schlimm war es nicht.«

»Eine Woche lang hast du eine Leidensmiene aufgesetzt und den Märtyrer gespielt.« Brigitte kicherte und wischte sich Tränen aus den Augen. »Du hättest dein Gesicht vorhin sehen sollen. Einfach unbezahlbar.« Sie knuffte ihm gegen den Arm. »Bestimmt hast du schon überlegt, wie du dich herausreden kannst.«

Sapperlot, so gut kannte sie ihn bereits.

Sie hakte sich bei ihm ein, der Schnee knirschte unter ihren Füßen. »Eigentlich möchte ich mit meiner Schwester an den Schluchsee fahren. Hast du etwas dagegen?«

Innerlich atmete Neuenschwander auf. »Nein, natürlich nicht.« Aber dass sie sich so einen Spaß mit ihm erlaubte. Unglaublich. Niemand sonst würde das wagen. Ein Grund mehr, weshalb er sie so gern hatte.

»Das habe ich mir gedacht. Und Lisbeth würde …«

In seiner Brusttasche klingelte das Telefon. Neuenschwander schlüpfte aus seinem Handschuh und fischte es heraus. »Ja?«

»Morgen, Heinz.« Jonas klang angespannt. »Hast du das Mail gesehen, das ich dir geschickt habe?«

»Ich bin noch nicht im Büro.«

»Ich weiß. Aber du hast ein iPhone.«

Richtig, damit konnte er auch Mails empfangen. Theoretisch. Aber er ließ sich nicht zum Sklaven machen. »Nein, ich habe es nicht gesehen.«

»Drück auf den Briefumschlag unten auf dem Bildschirm.« Jonas klang wie ein Schulmeister. »Dann öffnet sich der Posteingang. In meinem Mail findest du ein Attachment, es ist ein JPEG. Das musst du dir anschauen.«

»Stärnesiech, Jonas, sprich Deutsch mit mir.« Neben ihm gluckste Brigitte. »Wieso bist du überhaupt so früh im Büro?«

»Baumann hat mich aus dem Bett geholt. Er hat das Mail um halb sechs an mich weitergeleitet.«

Der Herr Staatsanwalt Baumann schon wieder, dieser Hornochse. Der übernachtete wohl im Büro. »Offenbar hat der einen Narren an dir gefressen. Sag mir, was ich machen muss.«

Neuenschwander blieb stehen, Schritt für Schritt leitete ihn Jonas durch die Bedienung seines Telefons. Am Ende öffnete sich ein Foto auf dem Bildschirm. »Viel zu erkennen ist ja nicht gerade.«

»Du musst einzoomen ... das Bild vergrößern.«

»Ich weiß, was einzoomen heißt«, knurrte er. »Aber wie ...?« Er starrte auf den Bildschirm.

Brigitte schlüpfte aus dem Wollhandschuh, legte zwei Finger darauf und spreize sie auseinander.

Jetzt wusste Neuenschwander wieder, weshalb er dieses Ding hasste. Etwas verschwommen erkannte er nun ein älteres Mehrfamilienhaus mit bräunlichem Anstrich, einen Fußweg mit zwei schneebedeckten Sträuchern und eine Tür. Und davor stand jemand. »Geht es um diese Figur da?«

»Ja. Das Haus steht am Brückenweg in Binningen.«

»Aber da wohnte ja ...« Neuenschwander hielt das Telefon dicht vor die Nase.

»... Tanja Schneider, genau. Unten rechts auf dem Foto steht ein Datum. Akim prüft gerade, ob es manipuliert wurde. Falls es echt ist, stammt die Aufnahme von Sonntagabend um 22.44 Uhr. Wenige Stunden später war sie tot.«

»Moment.« Neuenschwander fischte seine Lesebrille aus der Manteltasche und setzte sie auf. Tatsächlich, in diesem Haus hatten sie vor zwei Tagen eine Spurensuche durchgeführt. »Ist das ein Kerl? Kennen wir den?«

»Die Auflösung ist ziemlich gut. Vergrößere mal den Kopf.«

Neuenschwander biss sich auf die Zunge und hantierte am Bildschirm herum. Nach zwei-, dreimal zeigte sich tatsächlich der Kopf groß in der Mitte seines Telefons. »Das glaub ich jetzt nicht.«

Brigitte beugte sich über das Smartphone. »Der?« Sie legte die Wollhandschuhe auf ihren Mund.

Neuenschwander hielt das Telefon ans Ohr. »Was zum Teufel wollte Bollag mitten in der Nacht bei Tanja Schneider?«

24

Bollag zog den Reißverschluss seiner Jacke zu, schlug den Kragen hoch. Der Hinweis von Frattini auf die *Grün 80* war mehr als dürftig gewesen. Wenigstens gab es keinen Zweifel, dass er das Gelände in der Brüglinger Ebene von Münchenstein gemeint hatte. Obwohl es offiziell *Park im Grünen* hieß, hatte sich in der Bevölkerung *Grün 80* festgesetzt. 1980 hatte hier die Schweizerische Ausstellung für Garten- und Landschaftsbau stattgefunden. Seither luden

Restaurants, Wiesen, Weiher und ein großer Spielplatz zum Verweilen ein.

Wenn es nicht gerade eisig kalt war, herrschte hier ein ständiges Kommen und Gehen. Kleinere oder größere Gruppen trafen sich für Picknicks, Sitzungen oder Mittagessen. Also war der Ort im Prinzip nicht schlecht gewählt. Falls Frattini keine Märchen erzählt hatte.

Er spazierte den halb zugefrorenen Weiher entlang, zwei Frauen schoben Kinderwagen, eine Großmutter fütterte Enten. Bollag bog nach rechts in den Rosengarten ab und gelangte nach 100 Metern zum Parkplatz. Er war menschenleer.

Bollag schritt über den als breite Einbahnstraße angelegten Parkplatz mit Abstellflächen links und rechts. In einer Schlaufe gelangten die Automobilisten zurück zur Einfahrt. Es fanden hier vielleicht 200 Fahrzeuge Platz, doch die meisten Parkbuchten standen leer. Bollag hatte seinen roten Tagblatt-Polo in einer Wohnstraße 200 Meter entfernt abgestellt. Den weißen Schriftzug *Tagblatt – für Sie unterwegs* musste ja nicht jeder sehen.

Bereits zum dritten Mal überprüfte Bollag die parkierten Autos, viel auffälliger hätte er sich kaum verhalten können.

Verflucht. Er hätte den Mechaniker stärker in die Mangel nehmen sollen. Wann traf sich diese Bande? Einmal pro Tag, Woche, Monat? Und wer zur Hölle sollte dieser Guido sein?

Bollag schob den Ärmel seiner Jacke zurück, es ging auf 10 Uhr zu. Er würde sich in der Redaktion blicken lassen und am Nachmittag wiederkommen. Bestimmt würden die Gauner am ehesten im Berufsverkehr zuschlagen. Dort sorgte ein Blechschaden für weniger Aufsehen. Also müssten die Vorbereitungen am frühen Morgen oder am späten Nachmittag ablaufen.

Als Bollag zurück zur Ausfahrt kam, hörte er einen Motor aufjaulen. Von der Baselstrasse her näherte sich ein schnelles, schwarzes Auto, stoppte kurz an der Schranke bei der Einfahrt zum Parkplatz, dann beschleunigte es wieder. Kurz danach folgte ein zweites, ebenfalls in hohem Tempo. Die beiden Wagen fuhren in den hinteren Teil des Parkplatzes, verschwanden aus Bollags Blickfeld. Er machte kehrt und folgte ihnen mit raschen Schritten.

Sobald er sich der Wendeschlaufe näherte, verlangsamte Bollag sein Tempo. Vorsichtig schlich er weiter. Durch kahle Büsche entdeckte er die Fahrzeuge, kurz vor der 180-Grad-Kurve. Leute stiegen aus. Bollag duckte sich hinter einen Strauch, holte einen kleinen Feldstecher aus der Manteltasche und beobachtete die fünf Männer aus etwa 50 Metern Entfernung. Ein schwarzer Ford und ein schwarzer Skoda standen nebeneinander, fünf Kerle schüttelten Hände, klopften auf Schultern. Sie waren jung, vermutlich Schweizer, trugen schwarze Mäntel oder Jacken, schwarze Jeans. Auf Farben schienen die nicht zu stehen.

Und jetzt? Mit den Fingern befühlte Bollag den kleinen Fotoapparat in seiner Tasche. Ein guter Plan hätte ein paar Bilder vorgesehen, doch dafür war er viel zu weit weg. Bollag musste näher ran. Er verstaute den Feldstecher in der Jackentasche und holte stattdessen den Autoschlüssel heraus.

Betont lässig schritt er über die leeren Parkflächen. Als er der Gruppe näherkam, drehten sich alle Köpfe in seine Richtung. Demonstrativ ließ Bollag den Schlüssel klimpern und sah sich nach seinem Auto um.

Aus der Nähe wirkten die Kerle noch jünger, höchstens 20, 25. Sie standen zu dicht beieinander, Hände verschwanden in Jackentaschen, die Gespräche verstummten.

Bollags Handy klingelte, eine SMS war eingegangen. Die

Kerle checkten ihn feindselig ab, als er langsam an ihnen vorbeispazierte. Das Foto konnte er vergessen. Bollag blieb stehen, kratzte sich am Kopf, drehte sich zu ihnen um. »Habt ihr Guido gesehen?« Er machte ein paar Schritte auf sie zu.

»Hast dein Hündchen verloren, Alter?«, grunzte einer der Jungs mit schwarzen Nikes. Er nahm einen langen Zug von seiner Zigarette, die Kollegen lachten.

»Guido ist ein Freund, den ich hier treffen soll. Kennt ihr ihn?« Bollag spürte seinen Puls schneller schlagen.

Der Junge mit den Nikes stieß Rauch aus. »Bist du schwul, Mann? Hier gibt es keinen Guido für dich. Hau ab.«

Der Rauch wehte zu Bollag herüber, ein süßlicher Geruch. Die Kerle rauchten Gras. Bollag schüttelte den Kopf, drehte sich um und marschierte davon. Verflucht, bloß ein Haufen Kiffer, der hier Geschäfte machte. Er war ein Idiot und gleichzeitig erleichtert.

Auf dem Weg über den Parkplatz zurück zur Ausfahrt holte er sein Handy aus der Innentasche seiner Jacke und rief die Textnachricht ab.

Wo steckst du? Rebecca

Bin unterwegs, antwortete er.

Ein paar Schritte weiter klingelte sein Telefon erneut.

Polizisten sind in Redaktion, durchsuchen dein Büro.

Mit einem Ruck blieb Bollag stehen. Hatten die den Verstand verloren? Er tippte eine Kurzwahl in sein Handy, Rebecca hob nach dem ersten Klingeln ab. »Was ist denn los bei euch?«

»Keine Ahnung.« Ihre Stimme war nicht viel mehr als ein Flüstern. »Drei Polizisten sind hier aufgetaucht mit einem Durchsuchungsbefehl, unterschrieben vom Staatsanwalt. Die durchwühlen deine Sachen. Ich habe aufgeschnappt, dass ein paar Leute auch in deiner Wohnung sein sollen.«

Baumann! Bestimmt steckte der dahinter. »Das lasse ich mir nicht bieten. Ich komme sofort nach Liestal.« Bollag stopfte sein Handy in die Jackentasche. Im Laufschritt eilte er zum Polo, startete den Motor und fuhr los. Mit hohem Tempo bog er auf die Bruderholzstrasse ein, folgte dem Zubringer zur Autobahn und bretterte in Richtung Liestal.

20 Minuten später erreichte er das Stedtli, fuhr am Kantonsspital und der Polizeizentrale Gutsmatte vorbei. Als er an der Ampel bei der Kantonalbank halten musste, sah er Polizeiautos vor der Tagblatt-Redaktion stehen. Er hörte einen weiteren Klingelton und nahm das Handy vom Nebensitz.

Die haben etwas in deinem Büro gefunden. Polizisten sind ganz aufgeregt. Komm nicht her!!

Was zur Hölle …? Bollag starrte auf die grüne Ampel, hinter ihm hupten ungeduldige Autofahrer. Langsam fuhr er an, steuerte auf das Redaktionsgebäude zu, ließ das Auto im Leerlauf rollen. Mit dem Daumen trommelte er auf das Lenkrad und suchte nach einem klaren Gedanken in seiner Hirnbrühe.

Bollag legte den Gang ein, drückte auf das Gaspedal. Er fuhr am Tagblatt vorbei. Nichts wie raus aus dem Stedtli. Was und wieso, wusste er nicht. Genau begriff er nur: Er steckte in der Scheiße.

25

Mangold wollte sich auf den Rücken drehen, doch sie konnte sich nicht richtig bewegen. Langsam öffnete sie die Augen. Die dunkelbraunen Schranktüren, der abgewetzte Holzstuhl, das Foto mit Grosi auf dem Nachttisch – sie lag im Bett ihrer Eltern. Ein Arm mit kurzen, goldblonden Haaren schlang sich von hinten um ihren Körper.

Dani!

Oh nein. Vorsichtig hob sie die Decke ein Stück an, guckte darunter: Sie trug das schwarze T-Shirt und die Jeans. Mangold atmete auf.

Die Uhr an ihrem Handgelenk zeigte 10.45. Mangold musste zwei Mal hinschauen, um sich zu vergewissern. Sie konnte sich nicht erinnern, wann sie zuletzt so spät aufgestanden war.

Danis Wärme fühlte sich wohlig an, vertraut. Sie weckte Erinnerungen an Sonntage, die sie gemeinsam im Bett verbracht hatten. An Frühstück, das er ihr serviert hatte. Doch mit den Jahren war diese Zweisamkeit verschwunden, und am Ende hatte Dani im Gästezimmer übernachtet. Plötzlich fühlte sich Mangold eingeengt. Also bewegte sie ihre Hüfte ein wenig vor und zurück, bis Dani grummelte und seinen Arm zurückzog. Mangold drehte sich zu ihm hin.

Mit dem Handrücken fuhr er über seine Augen und gähnte. »Guten Morgen«, sagte er sanft. Er setzte sich in den Kissen auf. »Du warst ziemlich fertig gestern, und ich habe dich ins Bett gebracht. Ich hoffe, das ist okay.«

Der Gemeindesaal, der Tequila, ihr Auftritt mit Vreni. »Wie peinlich war ich?«

»Etwas, aber nicht extrem.«

Und Thea, verflixt. Beinahe hätte sie sich mit ihr geprügelt. »Danke, dass du mich gerettet hast.« Die Situation war ihr unangenehm. »Ich muss mal.« Mangold kletterte aus dem Bett und eilte ins Bad. Mein Gott. Eine alte Frau mit verschrumpeltem Gesicht und zerzausten Haaren begrüßte sie im Spiegel. Auf der Stirn zeichnete sich eine Beule ab. Sie befühlte die Stelle, und ein Schmerz zuckte durch ihren Kopf.

Mangold stieg aus ihren Kleidern und sprang unter die warme Dusche. Sie sollte gleich im Büro anrufen, ihre Termine checken. Wenn sie sich beeilte, könnte sie am frühen Nachmittag in Bern sein. So sehr sie sich ein paar freie Tage in Zweisimmen wünschte, das war nicht drin. An diesem Mittwoch musste sie sich mit der Energiestrategie 2050 befassen und die Konferenz über die Biodiversität in New York vorbereiten. Und um 17 Uhr stand ein Interview mit der Neuen Zürcher Zeitung über den Vier-Meter-Korridor für Güterzüge auf dem Programm.

Sie trocknete sich ab und wickelte sich in ein Badetuch.

Im Schlafzimmer hatte Dani das Bett gemacht, sie hörte ihn unten in der Küche rumoren. Sie holte ihren Koffer aus dem Flur, zog frische Sachen an und stieg die Treppe hinunter.

Der Duft von Kaffee empfing sie. Brot, Butter, Honig und zwei Joghurts standen auf dem Küchentisch. Zum Glück hatte sie gestern im Berner Bahnhof noch ein paar Lebensmittel eingekauft.

Dani stellte zwei gefüllte Tassen auf den Tisch. »Wie geht es deinem Kopf?«

»Den Tequila vertrage ich überraschend gut. Nur die Beule tut weh.« Sie setzte sich und nahm einen Schluck Kaffee, schwarz. »Herrlich.«

Ihr gegenüber nahm er Platz. »Du hast den Laden gerockt gestern.« Er schmunzelte über die Tasse hinweg. »Eine echte Rampensau.«

Mangold stöhnte. »Verschon mich.« Sie pulte den Deckel von einem Erdbeerjoghurt und steckte den Löffel hinein. »Aber ja, eigentlich war es schön. Bis Thea aufgetaucht ist. Diese dumme Kuh ist immer noch dieselbe.«

»Du bist erfolgreich, berühmt. Thea verkauft Billetts für die Gondelbahn. Bestimmt ist sie neidisch.« Dani bestrich eine Scheibe Brot mit Butter.

Mangold zuckte mit den Schultern.

»Worum ging es da eigentlich, als Thea sagte, dass es deinem Partner Max schlecht gehe. Ist er krank?«

»Absolut nicht. Ich weiß nicht, was sie gemeint hat.« Vielleicht hatte jemand ihren Streit im Flügelrad mitbekommen. Im Internet machte so etwas schnell die Runde. »Alles bestens.« Die Lüge kam ihr locker über die Lippen.

»Schön, das freut mich für dich.« Er bestrich weiterhin das Brot. »Ich möchte, dass du glücklich bist.«

Mangold schob sich einen Löffel Joghurt in den Mund.

»In den letzten Monaten habe ich mir viele Gedanken gemacht über uns, damals. Ich war nahe dran, dich anzurufen.«

Hoffentlich wollte er jetzt nicht alte Geschichten aufwärmen. »Dani, ich …«

»Weißt du, was mir am meisten leidtut?« Er legte das Messer auf den Tisch und schaute ihr in die Augen. »Dass du nicht mehr meine Freundin bist.«

Nein, das Thema hatten sie doch abgehakt. Mangold öffnete den Mund, doch er hob eine Hand.

»Versteh mich nicht falsch, ich spreche nicht von Liebe. Es geht mir um … Erinnerst du dich an das Hotel Garlande?«

Und ob sie sich erinnerte. Nur das Hier und Jetzt hatte gezählt. »Das war ziemlich spontan.«

»An einem Donnerstagmorgen habe ich dich gefragt, ob du für ein paar Tage wegfahren willst. Wir haben das Nötigste gepackt, dann sind wir mit dem Auto meiner Mutter losgefahren.«

Bis Avignon, wo sie drei Tage in einem kleinen Hotel mitten in der Altstadt verbracht hatten. Keine Sekunde hatte sie sich Sorgen oder Gedanken über die Zukunft gemacht, die anstehenden Semesterprüfungen schienen weit weg. »Ja, das war schön.«

»Du hast kein einziges Mal nach dem Reiseziel gefragt. Oder nach der Route oder Geld. Hast mir einfach vertraut, dass ich alles richtig mache ... Diese Freundschaft vermisse ich.«

Sie hielt den Löffel über dem Joghurt in der Luft, und langsam sickerten seine Worte in ihr Bewusstsein. Vertrauen, das war der Kern der Sache. Sie las in Danis Gesicht. Er trauerte ihrer Beziehung nach, die zurück in ihre Kindheit reichte, die auf absolutem Vertrauen aufgebaut war. »So eine Freundschaft möchte ich auch.« Es fühlte sich gut an.

Ein breites Lächeln erschien auf seinem Gesicht. Dann ließen sie es beide zu, dass sich Schweigen in der Küche ausbreitete.

Bis es an der Tür klingelte.

Mangold erhob sich. »Bestimmt Geri, der sich über meinen Auftritt gestern lustig machen will.« Sie schritt durch den Flur und öffnete die Haustür.

Doch draußen stand niemand. Mangold schaute über den schneebedeckten Fußweg, hinüber zum Chalet von Peter und Claudia, erst dann bemerkte sie eine Zeitung auf der Türschwelle. Sie hob das *Tagblatt* vom Boden auf, ein Artikel war aufgeschlagen.

Bundesrätin feiert, ihr Partner trauert
Die Überschrift ging über drei Spalten. Darunter hatten die Zeitungsmacher zwei Fotos nebeneinandergestellt: Mangold bei ihrem Auftritt im Gemeindesaal und Bollag, der in der Tagblatt-Redaktion eine Kollegin umarmte. In der Bildlegende stand:
Während Bundesrätin Petra Mangold wilde Partynächte in Zweisimmen genießt, trauert ihr Partner, der Journalist Max Bollag, um seine tote Kollegin Tanja Schneider.
Mangold stockte der Atem. Tanja war tot? Um Himmels willen. Deshalb sein Anruf, den sie abgeblockt hatte, deswegen sein Wunsch nach einem Treffen. Und dann hatten sie gestritten im Flügelrad. Die ganze Zeit hatte sie nur ihre Arbeit im Kopf gehabt. »Mist, Mist, Mist.«
Mangold warf die Haustür zu, eilte die Treppe hoch und warf die Zeitung auf das Elternbett. Hektisch suchte sie nach ihrem Handy, durchwühlte den Koffer, warf Decken und Kissen auf den Boden. Ihr Mantel hing am Haken hinter der Tür, sie griff in die Tasche, da war es. Mangold wählte seine Nummer, bekam nur eine automatische Ansage.
Der Teilnehmer ist zurzeit nicht erreichbar.

26

Ein wenig Stolz schwang immer mit, wenn Neuenschwander Kollegen aus anderen Kantonen oder Ländern im Schloss Ebenrain in Sissach empfangen durfte. Er stieg die Treppe im Vestibül hoch und bewunderte einmal mehr das reich verzierte Holzgeländer, den Lüster und die Gemälde aus dem 18. Jahrhundert. Das Schloss, das dem Kanton Baselland gehörte, strahlte Würde aus und wirkte dennoch nicht protzig. »Erster Stock links«, hatte die Sekretärin von Justizdirektor Jauslin gesagt. »Im Musikzimmer.«

Als Neuenschwander die oberste Treppenstufe erreichte, sah er sich um. Nach einem seiner ersten Besuche hatte er sich ein wenig mit der Geschichte des Gebäudes befasst. Ein Basler Seidenfabrikant hatte es für Jagdausflüge gebaut. Drei Stunden hatte er vor 200 Jahren für die Reise nach Sissach auf sich genommen. Heute brauchte der Intercity für die gleiche Strecke gerade einmal 20 Minuten.

Neuenschwander klopfte zweimal an die Tür, bevor er einen großen, praktisch leeren Raum betrat. Nach einem Musikzimmer sah es nicht aus. Ein kleiner runder Tisch stand im Zentrum auf einem Perserteppich, darum herum waren vier stoffbezogene Stühle angeordnet. Er ließ die Tür offen stehen. Klassische Figuren mit einer Harfe, einer Flöte und weiteren Instrumenten waren auf die Tapeten gemalt. Wohl doch das Musikzimmer.

Eilige Schritte näherten sich vom Vestibül her, Jauslin betrat den Raum. »Neuenschwander, ich habe nicht viel Zeit. Konferenz der Justizdirektoren.« Er wedelte mit der Hand in eine unbestimmte Richtung.

Ihm auf dem Fuß folgten Staatsanwalt Baumann und ein Bürschchen mit Pickeln im Gesicht und frisch geföhntem Haar. Was war das wieder für ein Wunderkind?

»Meine Herren, setzen wir uns.« Jauslin wies auf die vier Stühle.

Neuenschwander nahm ihm gegenüber Platz, die beiden anderen links und rechts. Der Bursche trug einen Nadelstreifenanzug, der eine Nummer zu groß wirkte. Hoffentlich würde Jauslin ihn rausschicken zum Kaffeeholen.

Jauslin stützte die Ellenbogen auf die Knie und sprach zum Teppich. »Wir können uns in dieser Sache keine Fehler leisten. Wir haben es mit dem Partner einer Bundesrätin zu tun.« Er hob den Kopf. »Sind die Beweise gegen diesen Bollag wasserdicht?«

Das Wunderkind holte ein Smartphone aus seiner Jackentasche, tippte und wischte darauf herum und legte es in die Mitte des Tisches.

Neuenschwander runzelte die Stirn. »Was soll das?«

Der Kleine öffnete den Mund, doch Jauslin kam ihm zuvor. »Herr Kestenholz stellt bloß sicher, dass alles seine Richtigkeit hat.«

Kestenholz? Neuenschwander hatte aus einer Pressemitteilung vom neuen Mediensprecher der Justizdirektion erfahren, sich aber kein Jungchen vorgestellt. Mit der Aufnahme wollte er wohl Jauslin absichern.

Jauslin massierte sich die Nasenwurzel. »Ist das Foto echt, das den Journalisten vor dem Haus der Toten zeigt?«

Neuenschwander hob die Schultern. »Unsere Techniker haben keine Hinweise auf eine Manipulation gefunden.«

»Und es zeigt wirklich Bollag vor Schneiders Haus? Wenige Stunden vor ihrem Tod?«

Neuenschwander nickte.

Jauslin setzte sich auf, holte ein Taschentuch aus dem Jackett und schnäuzte sich. »Woher stammt dieses Foto?«

Baumann lehnte sich vor. »Ich habe es per Mail bekommen, verschickt von einem Gmail-Konto, unbekannter Absender. Ein Nachbar könnte es aufgenommen haben.«

Jauslin schaute Neuenschwander an. »Wieso verziehen Sie das Gesicht?«

»Wieso sollte das von einem Nachbarn stammen? Wieso meldet er sich nicht, sondern schickt anonyme Mails?«, fragte Neuenschwander. »Und wieso macht der nachts überhaupt so ein Foto?«

Baumann wedelte den Einwand weg. »Dafür kann es tausend Gründe geben. Fakt ist, dass Bollag in der Tatnacht dort war. Grund genug für die Hausdurchsuchung war das auf jeden Fall.«

»Da bin ich anderer Meinung. Die Sache stinkt zum Himmel.« Neuenschwander schüttelte den Kopf.

»Ach, ist der Kripo-Chef neuerdings unter die Juristen gegangen?« Baumann gab sich verblüfft. »Ich denke, dass Sie diese Einschätzung mir überlassen können.«

Jauslin schlug die Beine übereinander. »Was hat die Durchsuchung ergeben?«

Neuenschwander senkte den Blick. »In der Redaktion haben wir ein Fläschchen mit einem Deziliter GBL entdeckt, versteckt hinter Aktenordnern in Bollags Büro.« Und trotzdem viel zu einfach zu finden.

»GBL, was ist das?«, fragte Jauslin.

Neuenschwander holte einen Spickzettel aus seinem Jackett und setzte die Lesebrille auf. »Gamma-Butyrolacton. Eine sogenannte Partydroge, die in kleinen Mengen einen euphorischen Zustand auslöst. Mit einer größeren Dosis fällt man rasch in einen tiefen Schlaf.«

Jauslin kratzte sich am Kinn. »Bestimmt leicht zu besorgen, wenn man die richtigen Leute kennt.«

»Es ist sogar einfacher als das. GBL ist Ausgangsstoff für viele Chemikalien und wird außerdem als Lösungsmittel eingesetzt. Das lässt sich problemlos im Internet bestellen.« Neuenschwander steckte die Lesebrille zurück ins Jackett.

Jauslin schniefte. »Und die gleiche Droge hat der Gerichtsmediziner in Schneiders Körper nachgewiesen?«

Neuenschwander nickte stumm. Hatte er sich so sehr in Bollag täuschen können?

»Also hat Bollag dieses GBL seiner Kollegin irgendwie untergejubelt«, konstatierte Jauslin.

»Mit einem fruchtigen Drink lässt sich der Geschmack von GBL leicht überdecken. Ob Bollag dafür verantwortlich war, ist keineswegs geklärt.«

Baumann breitete die Arme aus. »Welche Beweise brauchen Sie denn noch?« Er griff in die Innentasche seines Jacketts, holte ein Couvert heraus und legte es auf den Tisch. »Mir jedenfalls genügen sie. Deshalb habe ich einen Haftbefehl ausgestellt.«

Neuenschwander starrte das offizielle Dokument an. Stärnesiech. Normalerweise kontrollierte die Staatsanwaltschaft bei Haftbefehlen alles doppelt und dreifach. Baumann konnte es jedoch nicht schnell genug gehen.

»Haben Sie ein Problem damit?« Die Muskeln in Baumanns linkem Augenlid zuckten. »Ich kann Sie jederzeit vom Fall abziehen.«

Sein Bauch sagte Neuenschwander, dass sie sich auf dem Holzweg befanden. Sein Kopf hielt dagegen, dass die Indizien tatsächlich gegen Bollag sprachen. »Meine Leute überwachen bereits die Redaktion und Bollags Wohnung.« Er griff nach dem Haftbefehl. »Damit bekommen wir auch seine Handydaten.«

»Dann wäre ja alles geklärt.« Jauslin rieb sich die Hände und stand auf, das Schloss-Parkett knarrte unter seinem Gewicht.

»Da wäre noch etwas.« Kestenholz hob einen Finger wie ein Schuljunge. »Medien aus dem ganzen Land werden uns bestürmen, Herr Justizdirektor. Machen Sie sich keine Sorgen, ich habe alles im Griff.«

Neuenschwander konnte ein Grinsen nicht verbergen. Der würde noch sein blaues Wunder erleben mit den bissigen Journalisten. Das war kein Wunderkind, sondern ein Trottel.

27

Der langgestreckte Bau stand mitten in einem schneebedeckten Park, den dezente Gartenleuchten erhellten. Von der Auffahrt führten mehrere Treppenstufen hoch zur Eingangstür zwischen Säulen; Licht fiel durch die vergitterten Fenster links und rechts davon.

Rebecca hatte nur wenig über sich erzählt. Doch Bollag hatte den Eindruck gewonnen, dass sie nicht mit einem goldenen Löffel im Mund aufgewachsen war. Ihr Wohnsitz an der Joachimsackerstrasse in Bottmingen sagte etwas anderes.

Da die Polizei vermutlich nach ihm suchte, hatte er das auffällige Tagblatt-Auto in Münchenstein stehen lassen und war mit Tram und Bus hergefahren.

Bollag sah auf die Uhr, ein paar Minuten vor Mitternacht. Hoffentlich war sie noch wach. Sein Klingeln hallte drinnen im Flur wider, aber nichts rührte sich. Er klingelte noch einmal.

Da raschelte es im Innern des Hauses, ein Schlüssel drehte sich im Schloss, die Tür öffnete sich einen Spalt weit. Ein junger Mann mit blondem Haarschopf und blauen Augen fragte: »Ja?«

»Es tut mir leid, dass ich so spät störe, aber ich muss unbedingt mit Rebecca sprechen.«

»Ich glaube, sie schläft schon.«

»Es ist sehr wichtig.«

»Wer sind Sie überhaupt?«

»Ein Kollege vom Tagblatt. Sagen Sie ihr bitte, Bollag von der Lokalredaktion ist da.«

Der junge Mann stieß einen Seufzer aus und schloss die Tür.

Ob der Blondschopf wohl Rebecca holte oder zu Bett ging? Bollag steckte seine Hände unter die Achselhöhlen und machte ein paar Schritte auf und ab.

Gerne hätte er sich zu Hause in sein Bett gelegt, doch das schien ihm keine gute Idee zu sein. Nach seiner Flucht weg von der Redaktion in Liestal war er zunächst ziellos umhergefahren. Dann hatte er das Auto beim Bahnhof Münchenstein stehen lassen und das Tram zur *Grün 80* genommen. Mehrere Stunden hatte er dort den Parkplatz beobachtet – allerdings vergebens.

Bollag hörte ein Klicken. Die Tür öffnete sich. Rebecca trug einen hellblauen Bademantel, die schwarzen Haare standen zerzaust vom Kopf ab. »Mensch, Bollag, ich habe mir Sorgen gemacht.« Müde sah sie aus, doch sie lächelte.

Das Mobiliar der großen Eingangshalle bestand lediglich aus einem Garderobenständer mit ein paar Mänteln dran. Durch eine Tür blickte Bollag in ein riesiges, fast leeres Wohnzimmer, wo vier junge Männer an einem runden Tisch Karten spielten. Auf einer Bierkiste stand ein Fernseher, in dem ein Film lief.

Der junge Blonde saß mit am Tisch. »Alles klar, Rebi?«

Sie winkte ihm zu. »Alles in Ordnung.« Rebecca fasste Bollag an den Oberarm und deutete auf eine geschlossene Tür. »Hast du Hunger?«

Er schüttelte den Kopf.

»Komm.« Sie ging voraus durch einen Gang, Risse durchzogen die Wände, an einigen Stellen blätterte Farbe ab.

Er folgte ihr eine Treppe hoch, ihre Flipflops klatschten auf die Fliesen.

»Wo warst du denn die ganze Zeit? Ich habe versucht, dich anzurufen«, sagte sie über ihre Schulter hinweg.

Ob auch Petra ihn hatte erreichen wollen? »Ich hatte das Handy ausgeschaltet und den Akku rausgenommen. Vorsichtshalber, wegen der Ortung.«

»Verstehe.« Im oberen Stock ging sie vorbei an einem Zimmer mit angelehnter Tür, in dem jemand Cello spielte.

»Was ist denn das hier? Eine Luxus-WG?«

»Eine WG ja, aber ohne Luxus. Einiges funktioniert nicht mehr.« Sie betrat ein Zimmer, in dem nur eine kleine Nachttischlampe auf dem Boden brannte. Daneben lag eine Matratze. An den Wänden stapelten sich Kartons, aus denen Kleidungsstücke lugten. Vor dem breiten Fenster stand ein Pult mit Bürostuhl, obenauf lag ein Laptop. »Das Haus gehörte einem Banker. Sein Sohn will es abreißen lassen und auf dem Gelände Eigentumswohnungen bauen. Doch Nachbarn haben Einsprache erhoben. Deswegen können wir es vorübergehend nutzen.«

»Gratis?«

»Wo denkst du hin, der Sohn ist auch Banker. Günstig ist es allemal.« Sie knipste die Lampe auf dem Schreibtisch an.

»Wie viele Leute wohnen hier?«

Sie zog einen Mundwinkel hoch. »Offiziell acht, meist sind es ein paar mehr.« Rebecca ließ sich auf die Matratze nieder.

Bollag zog den Bürostuhl heran. »Was zur Hölle war denn heute los im Büro?«

»Die Polizei hat uns alle befragt, einen nach dem anderen. Sie wollten wissen, welche Beziehung du zu Tanja hattest, wann wir euch zum letzten Mal zusammen gesehen haben, ob es Streit zwischen euch gab.«

»Die glauben tatsächlich, dass ich sie umgebracht habe?«

»Ich habe ein wenig mit dem jungen Polizisten geflirtet, der mir die Fragen gestellt hat. Offenbar haben sie ein Betäubungsmittel in deinem Büro gefunden. Den gleichen Stoff hat der Gerichtsmediziner in Tanjas Körper entdeckt.«

Verdammt, wie kam das in sein Büro? »Von mir stammt das bestimmt nicht. Irgendjemand will mich fertigmachen. Jemand aus der Redaktion.«

Rebecca rutschte über die Matratze, lehnte sich mit dem Rücken gegen die Wand und schlug die Beine übereinander. Dabei glitt der untere Teil des Bademantels zur Seite und gab den Blick auf ihre schlanken Beine frei. »Nach dem Abzug der Polizisten sind wir zusammengesessen und haben uns das auch überlegt. Corinne Moser war außer sich. Sie meinte, dass sich im Lauf des Tages viele Leute in der Redaktion tummeln – Post, Putzequipe, Techniker, manchmal sogar Leser. Es könnte also auch jemand von außen gewesen sein.«

Schön, dass er wenigstens auf die Lokalchefin zählen konnte. Bollag ließ sich alles durch den Kopf gehen und versuchte, Rebeccas Beine zu ignorieren. »War Staatsanwalt Baumann bei der Durchsuchung dabei?«

»Ja, der hat kurz vorbeigeschaut.«

Baumann hasste ihn, hatte Andeutungen gemacht. Aber Bollag konnte sich nicht vorstellen, dass der so dumm wäre, ihm etwas unterzuschieben.

»Da ist noch etwas.« Sie hielt einen Finger hoch. »Die Polizei hat uns ein Foto gezeigt. Du warst am Vorabend von Tanjas Tod vor ihrem Haus.«

Bollag merkte, wie sie seine Gesichtsregungen studierte. Er fühlte sich wie auf dem Seziertisch. »Stimmt, ich war dort. Tanja hatte mir an dem Abend eine SMS geschrieben. Ich solle zu ihr kommen, es sei dringend. Ich habe geklingelt, doch niemand hat aufgemacht.«

Sie zog die Stirn in Falten. »Kam die SMS von ihrem Handy?«

»Ja.«

Rebecca verschränkte die Hände in ihrem Nacken und lehnte den Hinterkopf gegen die Wand. Dabei klaffte das Oberteil ihres Morgenmantels auf und entblößte eine kleine, feste Brust. »Entweder hat dir Tanja die Nachricht geschickt, weil sie Hilfe brauchte. Oder …«

Bollag schlug ein Bein über das andere und umfasste seinen Fußknöchel mit beiden Händen. »Oder ihr Mörder hat mich in eine Falle gelockt. Ich tippe auf Letzteres.«

»Ich auch.« Sie nagte an ihrer Unterlippe. »Und was unternehmen wir jetzt?«

Rebecca glaubte ihm ohne Wenn und Aber. Vielleicht war sie seine letzte echte Freundin. Er erzählte ihr vom Mechaniker, der Mafia und seinen Beobachtungen in der *Grün 80*. »Dort werde ich morgen weitermachen. Zudem hat Frattini von Anwälten und Ärzten gesprochen. Ich will herausfinden, ob es Spezialisten für Verkehrsunfälle gibt. Darf ich deinen Computer benützen?«

»Klar.«

Mit dem Bürostuhl rollte Bollag bis zum Pult und schaltete den Laptop ein.

Laut gähnte Rebecca hinter ihm. »Wo willst du heute schlafen?«

Er drehte sich zu ihr um. »Äh, ja, das ist ein weiteres Problem ...«

Sie lächelte schelmisch und tätschelte mit der flachen Hand auf die Matratze. »Platz habe ich genug.«

Bollag schluckte leer.

28

Nicht Max, das glaubte sie einfach nicht.

Mangold war am Mittwochnachmittag im Bundeshaus Nord gewesen, hatte den Papierberg abgebaut, ein paar Sitzungen geleitet und die Nacht zu Hause verbracht. Max war auf seinem Handy einfach nicht zu erreichen gewesen. Nachdem sie beim Frühstück einen Blick in die Donnerstagszeitungen geworfen hatte, war sie in den erstbesten Zug nach Liestal gestiegen.

Draußen vor dem Zugfenster glitt der Bahnhof von Gelterkinden vorbei, Mangold las den Artikel auf der Frontseite des Tagblatts zum dritten Mal.

Spur führt in Tagblatt-Redaktion

Vier Tage nach der Ermordung der Tagblatt-Journalistin Tanja Schneider verfolgt die Kantonspolizei Baselland eine heiße Spur: Ein Kollege von Schneider wird verdächtigt, sie mit illegalen Drogen betäubt und ermordet zu haben. Bei einer Durchsuchung der Wohnung und der Büroräume von M. B. fand die Polizei Hinweise, die den Verdacht erhärteten.

Beim Verdächtigen handelt es sich um einen erfahrenen Journalisten aus Liestal, der lange Jahre im Bundeshaus und zuletzt in der Lokalredaktion tätig war. Der breiten Öffentlichkeit bekannt ist der 45-Jährige vor allem durch seine Beziehung zu Bundesrätin Petra Mangold.

Mangold riss die Seite ab, knüllte sie zusammen und stopfte sie in den Abfalleimer. Diese Mistkerle. Jeder, der das Tagesgeschehen auch nur am Rand verfolgte, wusste, für wen das Kürzel »M. B.« stand. Damit gab das Tagblatt Max zum Abschuss frei. Neben den Artikel hatte Chefredaktor Rieder einen Kommentar gestellt.

Treten Sie zurück, Frau Mangold

Unter diesem Titel schrieb er unter anderem, dass Mangold über ein mangelhaftes Urteilungsvermögen verfüge. Nur so sei zu erklären, dass sie eine Beziehung mit einer solch zweifelhaften Figur unterhalte. Dies sei einer Bundesrätin unwürdig … »Bla, bla, bla.« Sie hatte das gar nicht zu Ende lesen wollen. Rieder war ein Idiot.

Mangold verschränkte die Arme und lehnte sich zurück, der Zug fuhr durch Sissach. Keine Sekunde glaubte sie daran, dass Max etwas mit Tanjas Tod zu tun hatte. Wie war er bloß in diesen Albtraum hineingeraten? Die ganze Welt schien sich gegen ihn verschworen zu haben. Auch dieser Kerl in der Justizdirektion, wie hieß der noch gleich?

Sie klaubte die Zeitung aus dem Mülleimer und strich das Papier glatt. Genau, Sandro Kestenholz, Sprecher der Justizdirektion. »Wir stehen kurz vor der Lösung des Falles«, hatte er laut Tagblatt verkündet. »Noch ist der Verdächtige auf der Flucht, doch wir sind ihm dicht auf den Fersen.« Wer war dieser Dummkopf?

Mangold griff nach den anderen Blättern, die sie auf der Sitzbank gegenüber ausgebreitet hatte. Der Tages-Anzeiger, der Blick, die NZZ, die Basler Zeitung – alle berichteten an diesem Donnerstagmorgen mehr oder weniger ausführlich über die Ermittlungen der Polizei. Doch keine einzige Zeitung stellte Max so an den Pranger wie das Tagblatt.

Auch Verdächtige in einem Mordfall hatten gewisse Rechte. Ob sie einen Anwalt hinzuziehen sollte? Oder den Presserat? Zwar würde ein Verfahren in ein paar Wochen oder Monaten sehr wahrscheinlich zu einer Verurteilung oder Rüge führen, die das Tagblatt dann veröffentlichen musste. Doch mehr als eine kleine Notiz, die niemand zur Kenntnis nähme, käme dabei nicht zustande. Das brachte nichts.

Als der Zug in den Bahnhof Liestal einfuhr, raffte sie die Zeitungen zusammen und stopfte sie in ihre Aktentasche. Zeit auszusteigen und in Aktion zu treten. Sie konnte diese Anschuldigungen nicht einfach stehen lassen.

Die Uhr unter dem Perrondach zeigte zehn vor neun. Mangold fischte ihr Handy aus dem Mantel und wählte eine Nummer, die sie im Schlaf kannte und lange nicht mehr benutzt hatte.

Nach dem ersten Klingeln nahm Dani ab. »Gerade habe ich das Tagblatt gelesen. Schöne Scheiße.«

»Ich könnte einen Freund brauchen.«

»Sag mir, was ich tun kann.« Danis Stimme klang aufgeräumt. »Soll ich diesen Rieder für dich umbringen?«

»Dieser Kriecher folgt bloß Anweisungen. Bestimmt steckt Heusser dahinter.« Denn der Herr Ständerat durfte so etwas natürlich nicht selber schreiben, sonst stünde er als Heuchler da. »Jeder weiß, dass es ihm nur um meinen Sitz im Bundesrat geht. Also schickt er seinen Kettenhund vor.«

»Vermutlich hast du recht. Soll ich Heusser umbringen?«

Das entlockte ihr nun doch ein Lächeln. »Nein, danke. Zumindest noch nicht heute.« Ihr schoss der Gedanke durch den Kopf, dass möglicherweise ein Geheimdienst mithörte. »War bloß ein Witz ... Aber ich will mich gegen die Angriffe wehren. Du und Heusser, ihr seid doch beide im Gönnerverein für diesen Berner Fußballclub ...« Mangold stieg die Treppe einer Unterführung hoch und überquerte den Bahnhofplatz.

»Herrgott, Petra, die Young Boys.«

»Eben.« Oft genug hatte sie ihn aufgezogen, wenn er mit gelb-schwarzem Outfit zu den Spielen gegangen war. »Kennst du Heusser gut?«

»Wir treffen uns manchmal in der VIP-Lounge, aber ich gehe nicht mit ihm in die Sauna oder so. Ein erfolgreicher Unternehmer, sehr konservativ, angesehen, manchmal cholerisch. Ich habe erlebt, wie er einen Kellner zur Schnecke gemacht hat, weil der ihm den falschen Wein serviert hatte«, sprudelte es aus Dani heraus. Seit sie ihn auf dem Sofa in Zweisimmen geweckt hatte, schien er wie ausgewechselt, voller Energie. »Es wird gemunkelt, dass es ein paar Frauengeschichten geben soll. Aber das ist nichts Konkretes.«

Schade, sie hatte sich mehr erhofft. Sie musste etwas in die Hand kriegen, womit sie Heusser unter Druck setzen konnte. Ob ihre Parteikollegen etwas im Bundeshaus ...?

»Ich kann ein wenig herumfragen. Ein Mann in Heussers Position hat bestimmt irgendwo Leichen im Keller.«

Mangold schritt an der Kantonsbibliothek vorbei und nahm die Treppe hinunter zur Kantonsverwaltung. »Ich will dich nicht in Schwierigkeiten bringen.«

»Für dich würde ich mir den linken Arm abhacken lassen. Den rechten brauche ich.«

Sie schmunzelte. »Für etwas Unterstützung wäre ich zurzeit dankbar.«

»Lass mich nur machen. Der eine oder andere Anwaltskollege schuldet mir noch einen Gefallen.«

»Merci, ich weiß das wirklich zu schätzen … Wie geht es dir sonst?«

»Bin im Büro, die Mysterien des Verwaltungsrechts betören meine Sinne. Aber gestern habe ich mit Carla telefoniert. Am Wochenende kommt sie zurück aus Bologna.« Er lachte. »Mit Luzia. Ich vermisse die Kleine.«

»Ich hoffe, dass sich das wieder einrenkt.«

»Ich auch. Ich melde mich, wenn ich etwas erfahre.«

Mangold steckte das Handy in die Manteltasche, schritt zwischen Baudirektion und Bezirksgefängnis durch und ging geradeaus weiter bis zur Rheinstrasse.

Am Haupteingang der Gutsmatte drückte sie den Knopf der Sprechanlage. »Guten Morgen, ich bin Bundesrätin Petra Mangold. Ich möchte zu Kripo-Chef Neuenschwander.«

29

»Dieses Schwein.« Rebecca stampfte auf dem Asphalt auf. »Wie kann der Chefredaktor dir so in den Rücken fallen?«

»Rieder wartet schon lange auf eine Gelegenheit. Jetzt hat er sie bekommen.« Bollag versuchte, seiner Stimme einen gleichmütigen Klang zu geben, doch seinen Ärger konnte er kaum beherrschen. Vor allem wegen Rieders Kommentar. »Den werde ich mir vorknöpfen, sobald ich kann.«

Sie schritten um das Pantheon in Muttenz herum, einen grauen, kreisrunden Bau, der ein Museum für Oldtimer beherbergte. Die Schlagzeilen hatten an diesem Morgen andere Fragen in den Hintergrund gedrängt – etwa, was Rebecca über vergangene Nacht dachte. Bollag hatte sie im Gästezimmer der WG verbracht und nicht in ihrem Bett. Doch als er im ungeheizten Dachstock der Villa unter der löchrigen Wolldecke aufgewacht war, hätte er sich gerne an einen warmen Körper geschmiegt: an denjenigen von Petra.

Boxengasse stand mit weißen Buchstaben auf einem blauen Schild auf der Rückseite des Pantheons. Eine weiße Corvette mit aufgeklappter Motorhaube parkierte darunter. Bollag und Rebecca umkreisten das Cabrio, es musste aus den 50er- oder 60er-Jahren stammen. Autos ließen Bollag in der Regel kalt, doch dieses hier mit seinen eleganten, geschwungenen Linien hatte etwas Besonderes.

Er blätterte durch den Prospekt, den er im Museumsshop eingesteckt hatte, und las vor: »*Das Pantheon Basel ist Museum, Showbühne, Treffpunkt und Oldtimer-Verkaufsstätte in einem. Zu unseren Dienstleistungen gehören eine Werkstatt, eine Schlosserei und eine Sattlerei.*«

Rebecca deutete über seine Schulter. »Hinter dir, das muss die Werkstatt sein.«

Bodentiefe Fenster gaben den Blick frei auf einen blankpolierten, weiß gestrichenen Raum, in dem ein roter Jaguar auf einem Autolift stand. Ein Mann mit grauen Haaren schraubte am Unterboden herum.

»Ist das dieser König? Was tut er überhaupt hier?«

»Eher nicht. Warte.« Bollag las sich weiter durch die Broschüre. »*Selfmadedamen und -herren können Garagen mieten, um dort ihre Träume zu verwirklichen.*« Er steckte das Faltblatt in seine Jacke. »Das trifft wohl auf König zu. Seine Sekretärin hat am Telefon gesagt, dass er hier irgendwo an seinem Bentley werkelt. Das muss dann wohl hier sein.« Er deutete auf ein kastenförmiges Gebäude auf der anderen Seite der *Boxengasse,* in dem sich etwa zehn kleinere Garagen befanden. In zwei davon brannte Licht.

Rebecca klaubte ein Paket Papiertaschentücher aus ihrem Mantel. »Und weshalb suchen wir den Anwalt?«

»Weil er der *König des Verkehrsrechts* ist. Bestimmt kennst du seine Inserate: *Wir holen mehr für Sie heraus.* Die schaltet er überall. Wenn der nichts weiß …«

»Ach, der ist das.« Rebecca schnäuzte sich.

»Es muss ein einträgliches Geschäft sein. Laut der Webseite beschäftigt seine Kanzlei acht Anwälte. Und er als der Chef kann an einem Werktag am Auto herumbasteln.«

Bollag steuerte auf die erste erleuchtete Garage zu und warf einen Blick durch die Fenster im Garagentor: eine Werkbank, Kartonschachteln, Regale und zwei Rasenmäher. »Kein Bentley.« Er marschierte zum nächsten Tor.

»Vielleicht macht er eine Ausfahrt.«

In der zweiten Garage stand ein grauer Oldtimer mit

mächtigen Kotflügeln und zwei überdimensionierten Scheinwerfern, die Bollag wie silbrige Augen anstarrten. Zwei Füße lugten aus der geöffneten Beifahrertür. »Hier.«

Bollag klopfte an das Tor, öffnete eine Tür darin und ließ Rebecca den Vortritt. Im Innern des Autos ächzte eine Männerstimme. Der Kerl robbte langsam aus dem Wagen und kam auf die Beine. In Natura wirkte König älter und müder als in den Inseraten. Er musste um die 60 sein, und die quer gescheitelten Haarsträhnen kaschierten nur schlecht die Glatze darunter. Die Inserate hingegen zeigten einen vitalen Mann mit dichtem schwarzem Haar. Der Zauber von Photoshop.

Er hielt einen kleinen Schraubenzieher in der Hand. »Suchen Sie mich?«

»Herr König?« Bollag strecke die Hand aus. »Wir kommen vom Tagblatt und suchen einen Experten für Verkehrsrecht. Das ist meine Kollegin, Frau Tobler.«

König steckte den Schraubenzieher in die Gesäßtasche seines blauen Overalls. »Und Sie sind?«

Mist. Bestimmt las er Zeitung. »Äh ... Lipp.«

»Sie kommen mir bekannt vor.«

»Ein Journalist kommt viel herum.«

König gab ihnen die Hand – Rebecca ein paar Sekunden länger als nötig. »Wie haben Sie mich gefunden?«

»Ihre Sekretärin ...« Bollag hob die Schultern.

»Mit Iris muss ich mal ein ernstes Wörtchen reden.« Er sagte es mit einem Lächeln.

Offensichtlich hatte sie bloß Anweisungen befolgt. Ein Mann wie König ließ sich kein Gespräch mit Journalisten entgehen.

»Was kann ich für Sie tun?«

»Ein tolles Auto.« Mit dem Zeigefinger fuhr Rebecca

über die graue Motorhaube. »Was ist das für ein Modell?« Sie wickelte ihn professionell ein.

König ließ sich nicht zweimal bitten. »Ein Bentley Coupé, Jahrgang 1936. Rolls-Royce-Motor, 4,2 Liter, 6 Zylinder.«

»Darf ich?« Rebecca zeigte auf den Innenraum. Als er nickte, knöpfte sie ihren Mantel auf und präsentierte ihre Superfigur in engen schwarzen Jeans und einem roten Pullover. Sie legte den Mantel auf eine Werkbank an der Wand.

König hielt ihr die Fahrertür auf und studierte ihren Körper wie eine Speisekarte. Als Rebecca hinter dem Steuer saß, ging er um das Auto herum, öffnete die Beifahrertür und nahm neben ihr Platz.

Bollag setzte sich auf den Drehstuhl vor der Werkbank.

Rebecca betastete das Armaturenbrett aus Holz. »Wunderschön. Mit diesem Schmuckstück fahren Sie bestimmt nicht auf der Straße herum.«

»Da täuschen Sie sich, den fahre ich regelmäßig. Ich nehme an Rallyes teil.« Er drehte sich ihr zu. »Wenn Sie mal eine Reportage schreiben wollen, nehme ich Sie gerne mit.«

»Darauf komme ich vielleicht sogar einmal zurück.« Sie strich sich eine Haarsträhne hinter das Ohr. »Was kostet denn so ein Bentley?«

Er fuhr sich mit Daumen und Zeigefinger über die Mundecken. »Ein Gentleman spricht nicht über Geld. Aber sagen wir es so: Man muss sich so etwas schon leisten können.«

Sie nahm das Steuerrad in beide Hände. »Ihre Kanzlei hat einen guten Ruf. Bewundernswert, was Sie immer rausschlagen für Ihre Mandanten. Was sind denn so richtig spannende Fälle?« Zustimmung heischend schaute sie zu Bollag her.

Er nickte ihr zu. Rebecca hatte so gut vorgespurt, er überließ ihr die Führung des Gesprächs.

»Mein Beruf ist sehr vielfältig, unsere Fälle reichen von

Stürzen mit dem Velo bis zu Massenkarambolagen auf der Autobahn. Aber immer geht es darum, unseren Kunden zu ihrem Recht zu verhelfen.«

»Lohnt sich denn das für die? Bestimmt sind die Dienste einer so bekannten Kanzlei nicht günstig.« Tief atmete sie ein, ihr Busen hob und senkte sich.

Rebecca zog wirklich alle Register.

König verschlang sie fast mit seinen Blicken. »Und ob sich das lohnt. Versicherungen sind knausrig, wir holen höhere Entschädigungen heraus. Zudem zahlt die gegnerische Partei das Honorar, wenn unsere Mandanten unverschuldet in einen Unfall verwickelt wurden.«

Bollag bewegte den Drehstuhl hin und her. Er fühlte sich ziemlich überflüssig.

Rebecca klimperte mit den Wimpern. »Wie muss ich mir das in der Praxis vorstellen? Hätten Sie ein konkretes Beispiel?«

König bleckte die Zähne. »Letztes Jahr vertrat ich jemanden, der mit dem Velo in ein Auto gekracht war. Der Mann transportierte ein paar Skistöcke auf dem Gepäckträger, sie gerieten in die Speichen. Deswegen stürzte er seitlich gegen ein Auto, das an einer Ampel wartete. Dabei zog er sich Verletzungen zu.«

»Haben Sie ihm helfen können?«

»Ich habe dafür gesorgt, dass er nur einen Teil der Reparaturkosten am Auto übernehmen muss. Und er bekommt Schmerzensgeld von der Automobilistin.«

»Sie machen Witze.« Rebecca legte ihm eine Hand auf den Arm. »Es war doch seine Schuld.«

»Laut Gesetz ist jedes schwere Verkehrsmittel prinzipiell gefährlich, sogar bei Stillstand. Das war unser Ansatz.«

»Interessant. Und wie viel Geld bekam Ihr Mandant?« Sie zog ihre Hand zurück.

»Leider hatte er bloß eine Hirnerschütterung, die brachte ihm immerhin 3.000 Franken ein.« Er zwinkerte ihr zu. »Besser wäre er mit einem Schleudertrauma gefahren. Das hätte ihm auf Jahre hinaus hohe Summen oder sogar eine IV-Rente garantiert.«

»Haben Sie viele solche Fälle?«

Er blies die Wangen auf und stieß Luft aus. »Jede Menge. Die Schweiz ist ein Schleudertrauma-Paradies. Jedes Jahr stellen die Ärzte diese Diagnose 25.000-mal – das ist mehr als in jedem anderen Land der Welt.« Er klopfte mit den Knöcheln auf das Armaturenbrett. »Deswegen kann ich mir so etwas leisten.«

Rebecca drehte ihren Körper in seine Richtung. »Das scheint ein lukratives Geschäft zu sein. Gibt es da manchmal auch Betrug?«

Königs Lächeln verschwand. »Worum geht es noch mal in Ihrem Artikel?« Seine Stimme klang plötzlich hart.

Bollag stand auf, stellte sich neben die offene Beifahrertür und blickte auf König hinab. »Um Autounfälle, die mutwillig herbeigeführt werden. Das scheint weitverbreitet zu sein.«

»Davon weiß ich nichts.« König stieg aus und zwängte sich an Bollag vorbei.

»Aber Sie kennen sich doch aus in der Branche. Bestimmt gibt es Gauner unter Ihren Kollegen.«

König nahm eine Ahle aus einer Halterung über der Werkbank und richtete die Spitze auf Bollag. »Mit derartigen Anschuldigungen sollten Sie äußerst vorsichtig sein. Sonst haben Sie schnell eine Klage am Hals. Und wenn Sie meinen Namen in einem Artikel zu diesem Thema erwähnen, ziehe ich Sie gleich selber vor Gericht.«

Sie hatten einen Nerv getroffen. »Sie haben unsere Fragen freiwillig beantwortet. Wenn wir Sie korrekt zitieren, können wir Ihren Namen durchaus nennen.«

Er machte einen Schritt auf Bollag zu und hielt die Ahle dicht vor sein Gesicht. »Vielleicht könnten Sie das, ein Gericht gäbe Ihnen am Ende wohl recht.« König hob einen Mundwinkel. »Aber ich würde dafür sorgen, dass der Prozess Franz einen Haufen Geld kosten würde.«

Scheiße, er kannte den Tagblatt-Verleger persönlich.

Rebecca stieg aus dem Bentley, stellte sich neben Bollag und hob eine Hand. »Kein Grund zur Sorge, Herr König. Natürlich werden wir Ihren Namen nicht nennen.«

»Das würde ich Ihnen auch raten. Franz hat kürzlich die wichtigsten Inserenten des Tagblatts zu einem Abendessen eingeladen. Ich hatte ein ziemlich langes Gespräch mit ihm über die Zukunft der Zeitung. Wir waren uns einig, dass Sensationsjournalismus keinen Platz darin hat.« Er kramte sein Portemonnaie aus der Gesäßtasche, öffnete es, zückte ein Visitenkärtchen und hielt es Bollag unter die Nase. »Franz hat mir sogar seine Handynummer gegeben, ich kann ihn jederzeit anrufen und mich über Sie beschweren ...« Er machte eine Atempause. »... Herr Bollag.«

Verflucht. »Sie kennen mich?«

König schnaubte. »Wer Sie nicht kennt, muss dumm oder blind sein. Nach *den* Schlagzeilen.«

»Wieso dann dieses Theater?«

»Reine Neugier.« Er wandte sich an Rebecca. »Und Sie, junge Frau, können Ihren Mantel ruhig wieder überziehen. So einfach lasse ich mich nicht einseifen. Mein Angebot mit der Rallye war aber ernst gemeint. Sie dürfen mich gerne anrufen.«

Bollag zog innerlich den Hut. »Wir haben Sie unterschätzt.«

»Das passiert mir dauernd. Es ist ein unbezahlbarer Vorteil vor Gericht.« König zog ein Mobiltelefon aus seinem Overall und holte es aus dem Schlafmodus. »Genug geplaudert. Wollen Sie Ihren Kollegen vom Tagblatt gleich selber Auskunft geben?«

»Sie rufen nicht die Polizei?«

»Doch, doch, aber das eilt nicht.« König bleckte die Zähne. »Journalisten sind wichtiger, denn die schreiben Schlagzeilen. Als Geschäftsmann kann man davon nie genug kriegen.«

30

Neuenschwander öffnete die Klappe eines Schaukastens, nahm sich ein Schinkensandwich und legte es auf sein Tablett. Kurz vor 10 Uhr hatte sich die Cafeteria geleert, nur zwei Polizisten in Uniform saßen an einem Fenstertisch über ihrem Kaffee.

»Heinz.« Eilig kam Jonas auf ihn zu. »Es gibt eine Spur von Bollag. Ein Anwalt hat angerufen, dieser König aus der Werbung. Offenbar hat Bollag ihn heute in Muttenz befragt.«

Neuenschwander schnaubte. »Bollag hat Nerven, spaziert einfach in der Gegend herum. Hat König gesagt, worum es ging?« Er schob das Tablett weiter und nahm sich eine kleine Flasche Orangensaft.

»Versicherungsbetrug bei Autounfällen.«

Neuenschwander klaubte ein paar Münzen aus seinem Portemonnaie und bezahlte an der Kasse. »Hat das etwas mit Schneider zu tun?« Er legte das Tablett auf den Stapel und steuerte mit seinem Essen in der Hand auf den Ausgang der Cafeteria zu.

»Moment.« Jonas griff sich noch eine Cola aus der Kühlbox, bezahlte und schloss mit schnellen Schritten zu ihm auf. »Das weiß ich nicht. Interessant ist aber, dass Bollag in Begleitung einer Rebecca Tobler war. Ich habe den Namen bei Tagblatt-Online überprüft. Das ist die Hübsche, mit der Bollag bei der Pressekonferenz im Strafjustizzentrum war.«

Ob diese Frau Tobler wusste, mit wem sie da in der Gegend herumspazierte? Sie schritten durch den Flur, draußen schneite es wieder. Noch mehr Schneeschippen heute. Die Lifttür öffnete sich, Neuenschwander drückte den Knopf für den dritten Stock. »Nimm diese Tobler unter die Lupe, möglicherweise versteckt sich Bollag bei ihr.«

Die Colaflasche zischte, als Jonas den Verschluss öffnete. »Leiten wir eine Fahndung nach ihm ein?«

»Werden wir wohl müssen nach dem Haftbefehl.« Doch wieso sollte ein Mann wie Bollag eine Kollegin ermorden? Neuenschwander sah kein Motiv, keinen Anhaltspunkt. Nach über 30 Jahren im Dienst vertraute er auf sein Bauchgefühl.

Im dritten Stock gingen sie an Fahndungsplakaten vorbei durch die Abteilung Kriminalitätsbekämpfung. Bei Astrid Flückiger und Barbara Hess stand die Tür offen. Astrids langer schwarzer Zopf baumelte in ihrem Rücken.

»Hast du die Unterlagen vom Tagblatt erhalten?«, fragte Neuenschwander sie.

Sie drehte sich um. »Ja.«

»Ist da etwas über Versicherungsbetrug dabei? Es geht um Autounfälle.«

»Nicht, dass ich wüsste.« Sie streckte die Hand nach einem Stapel Papiere aus, schnippte dann aber mit den Fingern. »Moment mal ...« Astrid nahm die Computermaus in die Hand, klickte ein paarmal. »Schneider hatte einen Dateiordner mit Unterlagen über fingierte Unfälle angelegt.«

»Autobumser?« Barbara am Schreibtisch gegenüber schob ihre Brille hoch. »Vielleicht plante sie einen Artikel darüber.«

Autobumser – Neuenschwander mochte diesen ordinären Begriff nicht. Doch die Seuche mit den fingierten Unfällen griff mehr und mehr auf die Schweiz über. »Geh dem nach, möglicherweise ist Schneider den falschen Leuten auf die Füße getreten.«

»In Ordnung.« Astrid hob eine Hand. »Noch etwas.« Sie stand auf, winkte Neuenschwander und Jonas herein und schloss die Tür. »Schneider war an einer Geschichte über Staatsanwalt Baumann dran.« Sie zog den Zopf über die Schulter.

Barbara Hess hatte sich erhoben und zu ihnen gesellt. Wie die vier Ecken eines Quadrats standen sie im Büro.

Verschwörerisch senkte Astrid die Stimme. »Es gibt ein Dossier über Baumann mit Hintergrundmaterial. Vorhin habe ich mich bei der Lokalchefin des Tagblatts erkundigt. Schneider habe angedeutet, dass Baumann Dreck am Stecken haben soll. Sie habe von Drohungen gegen Angeklagte, Rechtsverstößen und dergleichen gesprochen. Der Artikel hätte nächste Woche erscheinen sollen.«

Sackzemänt. Einem Typen wie Baumann würde Neuenschwander so etwas zutrauen. »Wo ist dieser Artikel?«

»Auf Schneiders Computer jedenfalls nicht. Vielleicht

hatte sie ihn noch gar nicht geschrieben«, sagte Astrid. Sie umschloss den Zopf mit der Hand.

»Ihr privater Laptop liegt bei Akim in der Kriminaltechnik«, schaltete sich Jonas ein. »Ich werde nachfragen, was er darauf gefunden hat.«

»Gut, tu das.« Neuenschwander fuhr sich über die Wange, er hätte sich gründlicher rasieren sollen. Wo doch Journalisten und Fotografen vor der Gutsmatte lauerten. »Wir müssen herausfinden, was Schneider wusste. Oder zu wissen glaubte. Möglicherweise können uns die Solothurner Kollegen weiterhelfen.«

Astrid schmunzelte. »Deswegen habe ich bereits dort angerufen. Eine Freundin von mir arbeitet in der Kriminalabteilung. Sie sagt, dass Baumann Resultate geliefert hat, keine Frage. Die Quote der Verurteilungen ist während seiner Amtszeit im Kanton Solothurn steil nach oben geschnellt.«

Anerkennend verzogen Jonas und Barbara den Mund.

Astrid hob einen Finger. »Doch offenbar ist Baumann nicht wählerisch in seinen Methoden. Er habe Zeugen unter Druck gesetzt, es soll Ausraster bei Befragungen gegeben haben. Sogar Beweismittel seien einfach verschwunden. Interne Untersuchungen gegen ihn verliefen aber alle im Sand.«

Falls das stimmte, müssten sie auf der Hut sein. Baumann hatte einige Tricks drauf und keine Skrupel.

»Jedenfalls weint Solothurn unserem Herrn Staatsanwalt keine Träne nach.«

»Saubere Arbeit.« Das warf ein neues Licht auf die Ermittlungen. Ob sich Baumann deswegen so ins Zeug legte? Natürlich hatte er kein Interesse daran, dass Schneiders Recherche publik würde. Die Frage war allerdings, ob er darüber Bescheid wusste. »Versuche herauszufinden, ob sich Schneider und Baumann je getroffen haben. Möglicherweise hat sie ihn mit den Vorwürfen konfrontiert. Vielleicht weiß das jemand in der Redaktion.« Neuenschwander fuhr sich über den Nacken. »Und bohre noch weitere Quellen in Solothurn an. Wir brauchen so viel wie möglich über diese internen Untersuchungen. Falls du nicht weiterkommst, werde ich den Solothurner Kripo-Chef direkt kontaktieren.«

Astrid nickte und Neuenschwander nahm die Klinke in die Hand.

»Moment, Heinz«. Barbara Hess legte eine Hand auf seinen Arm. »Das Labor hat Spuren von Bollags DNA im Auto von Schneider gefunden.«

Ein weiteres Puzzleteil. »Danke. Heißen will das aber nicht viel. Bestimmt hat Bollag mehr als einmal in dem Auto gesessen.« Neuenschwander öffnete die Tür und verließ mit Jonas das Büro.

Gemeinsam schritten sie durch den Flur. »Wie weit seid ihr bei den telefonischen Hinweisen?«, fragte Neuenschwander Jonas über die Schulter.

Jonas nahm erst einen Schluck Cola. »Alle überprüft, keine brauchbare Spur.«

Schade. »Und die Befragung der Nach…« Auf der Türschwelle zu seinem Büro blieb Neuenschwander unvermittelt stehen.

Auf dem Stuhl vor seinem Schreibtisch saß Bundesrätin Petra Mangold mit einer offenen Aktentasche auf den Knien. Sie trug die gelockten schwarzen Haare zu einem Pferdeschwanz gebunden. Mangold klappte ein Dokument zu, stellte die Tasche auf den Boden, erhob sich und kam mit ausgestreckter Hand auf ihn zu. »Herr Neuenschwander, es tut mir leid, dass ich Sie so überfalle.«

»Frau Mangold, wie kommen Sie denn hier herein?«

»Ihre Sekretärin hat gemeint, dass ich hier warten dürfe.« Ungelenk zeigte sie auf den Besucherstuhl.

»Selbstverständlich.« Was war nur mit Rita los? Die konnte ihm doch nicht einfach die Bundesrätin ins Büro setzen, ohne ihn zu informieren. »Bitte nehmen Sie wieder Platz.« Er drehte sich zur Tür um, wo Jonas stehen geblieben war. Neuenschwander nickte ihm zu, schloss die Tür und setzte sich hinter sein Pult, auf dem sich Akten stapelten. Er musste hier dringend aufräumen.

Mangold ließ sich auf den Besucherstuhl nieder, bückte sich zur Aktentasche und fischte Zeitungen heraus. Sie hielt sie hoch. »Haben Sie die gelesen heute?«

»Ach, darauf dürfen Sie nicht viel geben.« Er sagte es bewusst mit einem Lächeln.

Doch Mangolds Miene blieb wie versteinert. »Haben Sie tatsächlich Max in Verdacht?«

Neuenschwander mochte Mangold, bei verschiedenen Gelegenheiten hatte er sie recht gut kennengelernt. Mit ihrem Mut hatte sie ihn bei einem gescheiterten Attentat und einer Bombendrohung schwer beeindruckt. Doch Bundesrätin hin oder her. »Über eine laufende Ermittlung darf ich Ihnen keine Auskunft geben.«

Sie schlug die Beine in schwarzen Jeans übereinander und faltete die Hände auf dem Knie. »Sie können doch nicht ernsthaft annehmen, dass er Tanja Schneider umgebracht hat.«

Wem gegenüber fühlte er sich hier zum Schweigen eigentlich verpflichtet? Dem Justizdirektor, diesem Schleimer? Dem Pfau Baumann? »Nein, das nehme ich nicht an. Aber gewisse Anhaltspunkte sprechen nun einmal gegen Bollag. Und es liegt ein Haftbefehl gegen ihn vor. Wahrscheinlich könnten wir die Sache schnell klären, wenn er sich melden würde.« Würde eine Frau wie die Bundesrätin für Bollag ihre Karriere aufs Spiel setzen? Vermutlich. »Sie wissen nicht, wo er ist?«

Mangold zupfte unsichtbare Fusseln von ihrem schwarzen Pullover. »Leider nicht.«

»Wann haben Sie das letzte Mal mit ihm gesprochen?«

»Am Dienstagabend.«

»Und seither nicht mehr? Auch nicht am Telefon?«

Mangold schüttelte den Kopf.

»Hat er irgendetwas über den Tod seiner Kollegin gesagt?«

»Nein, nichts.«

Der Tonfall stimmte, doch ihre Unterlippe zitterte kaum merklich. Ob sie etwas verheimlichte? »Kennen Sie Rebecca Tobler vom Tagblatt?«

Mangold strich sich über das Ohrläppchen. »Der Name sagt mir nichts.«

»Und Matthias Baumann? Er und Bollag scheinen eine gemeinsame Vergangenheit zu haben.«

»Nein, auch nicht.«

»Und Sie haben die Nacht auf Sonntag nicht zufälligerweise bei Bollag in Liestal verbracht?«

Zweimal klopfte es laut an die Tür, dann wurde sie schwungvoll geöffnet. Der hatte ihm gerade noch gefehlt.

Mit grauem Jackett und lose gebundener blauer Krawatte stürmte Baumann ins Zimmer. »Neuenschwander, verdammt noch mal. Wieso läuft keine Großfahndung …?« Dann machte er große Augen. »Hoher Besuch aus Bern. Ist mir eine Ehre, Frau Bundesrätin.« Er blickte von Neuenschwander zu Mangold. Seine Augenbrauen bildeten einen Strich. »Darf ich fragen, was Sie hier tun?«

Mangold lehnte sich zurück. »Und wer sind Sie, bitte schön?«

»Doktor Matthias Baumann, Erster Staatsanwalt. Soll ich Ihre Anwesenheit so verstehen, dass Sie persönliche Beziehungen spielen lassen, um vertrauliche Informationen …«

Augenblicklich war Neuenschwander auf den Beinen, ging um den Schreibtisch herum und stellte sich dazwischen. »Genug. Sie verlassen jetzt mein Büro.«

Baumann richtete seinen Zeigefinger auf Neuenschwander. »Ich warne Sie. Die Bundesrätin ist mit einem Verdächtigen liiert. Wenn Sie hinter meinem Rücken irgendwelche Absprachen …«

Neuenschwander spürte Hitze in seinen Kopf steigen. »Noch ein Wort und ich werfe Sie eigenhändig aus meinem Büro.«

Baumanns Mund stand ein paar Sekunden offen, dann tippte er mit dem Finger auf Neuenschwanders Brust. »Sie wollen mir drohen? Was glauben Sie, wen Sie hier vor sich haben. Sie können …!«

Er hatte ihn gewarnt. Mit beiden Händen packte Neuenschwander Baumanns Jackett, zog ihn zu sich her, hob ihn leicht in die Höhe und versetzte ihm einen kräftigen Stoß.

Baumann taumelte in den Flur und konnte sich kaum auf den Beinen halten. »Das werden Sie mir büßen, Neuenschwander. Ich werde dafür sorgen, dass …«, schrie er.

Neuenschwander knallte die Tür zu, schritt hinter den Schreibtisch, ließ sich in den Sessel plumpsen und zählte innerlich bis zehn. »Puuh …«

Mangold runzelte die Stirn. »Es ist mir gar nicht recht, dass ich Sie in Schwierigkeiten bringe.«

»Das lassen Sie mal meine Sorge sein.« Neuenschwander musste mit einer Suspendierung rechnen, mindestens. Vielleicht würde ihn der Justizdirektor auch gleich rauswerfen. Na gut, sollte er doch. Neuenschwander hatte zu viel Dreck gefressen in den letzten Monaten. Irgendwann war das Maß voll.

31

Die Temperatur war auf über null Grad gestiegen. Schneeregen fiel vom Himmel und durchweichte Bollags Jacke, auf dem Asphalt bildeten sich Pfützen zwischen Haufen von Schneematsch. Gute zwei Stunden hatten er und Rebecca bereits auf ihrem Beobachtungsposten bei den Velo-Abstellplätzen in der *Grün 80* ausgeharrt. Gerade als sie hatten aufgeben wollen, war ein Mann aufgetaucht. Er hatte sich nervös umgeblickt und sich schließlich im hinteren Teil des Parkplatzes verkrochen. Vor 20 Minuten waren noch zwei weitere Männer und eine Frau dazugekommen, alle zu Fuß.

Ein Mercedes und ein Renault fuhren im Schritttempo an ihnen vorbei, kurvten über den ganzen Parkplatz und verließen ihn durch die Ausfahrt. Nur wenige Sekunden später tauchten sie wieder auf.

»Gleich 17 Uhr«, sagte Rebecca.

»Sie parkieren bei den Leuten.«

Der blaue Mercedes und der weiße Renault standen gleich nach der Wendeschleife am hinteren Ende des Parkplatzes. Über einen kleinen Hügel hinweg beobachtete Bollag, wie zwei Männer ausstiegen. Sie stellten sich nebeneinander und besprachen sich, während sie Blicke hinüber zu der kleinen Menschengruppe warfen.

»Das müssen sie sein.« Rebecca klammerte sich am Ärmel seiner Jacke fest, ihre Stimme vibrierte vor Aufregung.

»Vielleicht auch nicht.« Sanft zog Bollag sie ein paar Meter von der Böschung weg. »Ich werde mir das genauer ansehen. Du bleibst hier und beobachtest.«

Sie öffnete den Mund, um zu protestieren, doch er ließ sie nicht zu Wort kommen.

»Du bist meine Absicherung. Okay? Falls irgendetwas schiefgeht, holst du Unterstützung.«

Rebecca kniff die Lippen zusammen und nickte knapp.

Bollag schlug den Kragen seiner Jacke hoch und zog die schwarze Mütze tief ins Gesicht. Durch den Matsch eierte er den Hügel hinunter, schritt über die leeren Parkfelder und sprach sich Mut zu. Diese Kerle waren bloß Versicherungsbetrüger, er hatte schon mit ganz anderen Kalibern zu tun gehabt.

Bollag besah sich die Gruppe genauer. Die beiden Männer, die aus den Autos gestiegen waren, mussten zwischen 30 und 40 sein. Sie trugen Jeans, elegante Halbschuhe und Lederjacken. Der eine, schlank, dunkelblond, Gelfrisur, sammelte etwas ein bei den Wartenden. Der andere, Bierbauch und schwarzer Bart, gestikulierte und hielt ihnen wohl einen Vortrag.

Zu seinen Zuhörern gehörten ein Junge um die 20 mit zerlöcherter Windjacke, ein Asiate mit undefinierbarem Alter und einer Baseballmütze sowie ein südamerikanischer Typ über 50, über dessen Jackenkragen ein rosarotes Hemd lugte. Zwei Meter abseits hielt sich eine dünne, kleine Großmutter mit Wollschal und blau-roter Pudelmütze.

Als sich Bollag näherte, sahen alle in seine Richtung. Er steuerte auf den Typen mit dem Bierbauch zu, der das Sagen zu haben schien. »Ich suche Guido.«

Der Kerl hielt ein Klemmbrett in der Hand, musterte Bollag von oben bis unten, bevor er einen Schritt vortrat. »Ich bin Guido. Und wer bist du?«

»Max.«

»Ausweis.« Es klang wie ein Befehl.

»Wie bitte?«

»Gib mir deinen Ausweis.« Er sprach mit Baselbieter Akzent, Guido musste aus der Gegend stammen.

Langsam holte Bollag sein Portemonnaie aus der Gesäßtasche, klappte es auf. Scheiße, er hätte einen gefälschten Ausweis organisieren sollen. Wenn diese Kerle Zeitung lasen, würde er gleich Probleme kriegen. Andererseits – Typen wie die interessierten sich bestimmt bloß für den Sportteil. Und nur für Fußball. Er übergab Guido seinen Führerschein.

Dessen Lippen bewegten sich leicht, als er den Namen las. Dann überprüfte er das Blatt auf seinem Klemmbrett. »Du stehst nicht auf meiner Liste.«

Bollag zuckte mit den Schultern. Der Name Frattini lag ihm auf der Zunge, doch er wollte den Mechaniker nicht in Schwierigkeiten bringen.

Guido kratzte sich am Bart. Er zögerte, schaute sich die anderen Kandidaten an, schien einer inneren Stimme zu lauschen. »Jemanden wie dich könnten wir brauchen. Aber du stehst nicht auf meiner Liste …«

»Schatz, warum hast du nicht auf mich gewartet?« Mit einem Seufzer eilte Rebecca über den Parkplatz. Als sie Bollag erreicht hatte, gab sie ihm einen Kuss auf die Wange, hakte sich bei ihm unter.

Guido checkte sie ab. »Gehört ihr zusammen?«

Rebecca straffte die Schultern. »Spatzi und ich machen alles zusammen.«

»Schweizer alle beide?«

Sie nickte und streckte ihm ihren Ausweis entgegen.

Guido warf Gelfrisur einen Blick zu, schaute nochmals hinüber zu den Wartenden und verzog den Mund. Dann griff er nach dem Kärtchen. »Woher kommt ihr?«

»Aus der Gegend«, sagte sie.

»Bestimmt hat Annelies wieder ein Puff gemacht im Büro«, sagte Guido schließlich. Deswegen steht ihr nicht auf der Liste.« Er leckte sich die Mundwinkel. »Heute gibt es bloß eine Fahrt, wir brauchen drei Passagiere.«

Guido gab Führerschein und Ausweis an Gelfrisur weiter. »Welche Krankenkasse?«

»KPT.« Bollag schaute Rebecca an.

»Visana.« Sie lächelte.

»Alle Rechnungen bezahlt?«, wollte Guido wissen.

Beide nickten.

Guido wollte etwas auf das Blatt kritzeln, doch der Kugelschreiber funktionierte nicht. Er tippte mit der Spitze auf seine Zunge, machte ein paar rasche Striche am Rand des Papiers und schrieb etwas nieder. Mit dem Kuli deutete er auf Bollag. »Hast du Arbeit?«

»Manchmal fahre ich Taxi.« Während des Studiums hatte er damit Geld verdient.

»Wo?«

»In Olten.«

Wieder kratzte sich Guido im Bart. »Dann ärgerst du dich bestimmt über den ständigen Stau in der Hauptgasse.«

Schlau. Aber Bollag kannte sich aus. »Nein, die Hauptgasse ist kein Problem, dort ist Fahrverbot. Mit dem Taxi darf ich trotzdem durchfahren. Schlimm ist die Ziegelfeldstrasse.« Das war garantiert bis heute so in Olten.

Guido und Gelfrisur tauschten einen weiteren Blick. Guido wandte sich Rebecca zu. »Und du, Bella?«

»Coop in Laufen, an der Kasse.«

Die Lüge klang überzeugend.

Guido notierte etwas auf seinem Blatt. »Wir suchen Leute, die flexibel sind. Mehrere Arztbesuche pro Woche in den nächsten zwei, drei Monaten.« Er sah hoch. »Schafft ihr das?«

Bollag brauchte irgendeinen Ansatzpunkt. »Klar. Wo?«

Guido bedachte ihn mit einem finsteren Blick. »Ich stelle hier die Fragen.«

Rebecca legte einen Arm um Bollags Hüfte. »Egal wo. Das ist doch kein Problem, Schatz.«

»Wartet hier.« Guido und Gelfrisur verzogen sich neben den Renault. Sie begutachteten von dort die Wartenden und die Ausweise.

Verdammt, Rebecca. Vermutlich hatte sie ihn rausgerissen. Doch wieso konnte die Frau nicht zuhören? Bollag ballte eine Faust und knuffte ihr spielerisch ans Kinn.

Sie grinste, schlang beide Arme um seinen Hals und schmiegte sich an ihn. »Das macht richtig Spaß«, raunte sie in sein Ohr.

Schließlich marschierte Gelfrisur zum Grüppchen und versammelte es um sich.

Guido winkte Bollag und Rebecca zu sich her. »Wart ihr im vergangenen Jahr in irgendwelche Autounfälle verwickelt?«

Bei einem Ja würde Guido sie fortschicken, und Bollag brächte weder Rebecca noch sich selber in Gefahr. Doch dann würde er nie erfahren, wer hier das große Geld machte. Und wer Tanja ermordet hatte. »Nein, keine Unfälle«, hörte er sich selbst sagen.

Rebecca schüttelte entschieden den Kopf.

Das Grüppchen löste sich auf, der Junge, der Asiate und der Südamerikaner zogen ab und schlichen über den Parkplatz, offenbar entlassen. Die Großmutter jedoch blieb stehen.

Mit dem Kugelschreiber machte Guido einen Haken auf seinem Klemmbrett, er senkte die Stimme. »Für die Fahrt gibt es 600 Franken pro Person. Die Hälfte jetzt, den Rest danach. Für jeden Arztbesuch bekommt ihr 200 Franken. Je länger die Behandlung dauert, desto mehr Geld springt für euch heraus.« Er kam noch einen Schritt näher. »Aber sagt der Alten nichts, die kriegt weniger.« Guido griff in seine Jacke, zog ein Bündel Hunderternoten heraus, zählte sechs ab und streckte sie Bollag und Rebecca hin. »Willkommen im Team.«

32

Gelfrisur, der sich als Luca vorgestellt hatte, steuerte den Mercedes 190 auf der A2 in Richtung Süden. Bollag saß neben ihm, die beiden Frauen auf dem Rücksitz. Es wurde dunkel, der Regen trommelte auf das Autodach. Durch aufgewirbelten Sprühnebel betrug die Sicht nur wenige Meter. Und das auf der Autobahn!

Viel lieber wäre Bollag eine Kollision in einer Quartierstraße gewesen. Bei dem hohen Tempo konnten tausend Dinge schiefgehen. Und dann diese Karre: Die hellbraunen Ledersitze wiesen Risse auf, das Fenster auf seiner Seite ließ sich nicht ganz hochfahren, die Heizung funktionierte mehr schlecht als recht, das Radio fehlte. Das Auto machte keinen vertrauenswürdigen Eindruck. Trotzdem dankte Bollag dem Himmel, dass er in einem Mercedes und nicht in einer Ente oder einem Käfer saß.

In seinem Kopf wiederholte er das Kennzeichen, das er sich vor dem Einsteigen gemerkt hatte. Er drehte seinen Kopf zu Luca, ihr Leben lag in seinen Händen. »Hast du das schon mal gemacht?«

Luca grunzte bloß.

Rebecca beugte sich vor, legte ihm ihre Hand auf die Schulter. »Was passiert jetzt?«

Er schaute sie im Rückspiegel an, überlegte einen Moment. »Wir suchen uns einen Kunden, dann ziehen wir das durch. Mach dir keine Sorgen, Schätzchen, alles wird glatt laufen.«

Dem Dialekt nach musste Luca Stadtbasler sein. »Kunde« hatte er gesagt. Als ob sie etwas zu verkaufen hätten.

»Und was geschieht danach?« Rebecca schien ganz entspannt.

»Wir rufen die Polizei, die nehmen den Unfall auf. Die Scheißformulare, das ist das Schlimmste. Um die Versicherungen kümmert sich ein Anwalt. Lasst euch auf keinen Fall ins Spital einliefern. Sagt den Polizisten, dass alles okay ist. Morgen erst geht ihr dann zum Arzt.«

Mann, die mussten sich ihrer Sache sehr sicher sein. Die riefen sogar die Polizei. Wenn die Bollags Papiere sehen wollten, würden sie ihn auf der Stelle verhaften.

»Hast du denn gar keine Angst?« Rebecca legte einen mädchenhaften Ton in ihre Stimme, ihre Hand ruhte immer noch auf Lucas Schulter.

»Ich bin der beste Fahrer nördlich von Palermo. Dir wird nichts passieren.« Mehrfach sah er in den Rückspiegel.

Aus der Innentasche seiner Lederjacke lugte ein weißes

Stück Papier hervor. Luca hatte es studiert, nachdem Guido es ihm in der *Grün 80* zugesteckt hatte. Ob das das Drehbuch für den Unfall war? Nur zu gerne hätte Bollag die Regieanweisungen gelesen.

Nach der Verzweigung Augst folgten sie der A2 in Richtung Gotthard, mitten im dichten Berufsverkehr. Die Fahrspuren der Autobahn schienen Bollag plötzlich sehr eng. Er kontrollierte zum dritten oder vierten Mal, ob der Sicherheitsgurt richtig saß.

Luca blinkte, wechselte auf die Überholspur, setzte sich neben einen gelben Subaru und verlangsamte die Geschwindigkeit ein wenig. »Wer sitzt da drin?«

Mit dem Ärmel wischte Bollag die Scheibe klar. »Zwei junge Typen.«

Das gefiel Luca offenbar nicht, denn er beschleunigte. Bollag drehte sich um und beobachtete durch das Rückfenster, wie sie den Subaru hinter sich ließen. Der weiße Renault mit Guido am Steuer folgte ihnen.

Wenig später wiederholte Luca das gleiche Spiel. Ein Paar mit zwei Kindern in einem Volvo gefielen ihm ebenfalls nicht, worüber Bollag erleichtert war. Sie überholten weitere Fahrzeuge, bis Luca einen roten VW Golf ausmachte. Bollag checkte für ihn die Fahrerin. Sie musste um die 50 sein, graues Haar, Brille. Sie saß allein im Auto.

Der Himmel schien sich geöffnet zu haben, nur für Bruchteile von Sekunden verschaffte ihnen der Scheibenwischer eine halbwegs klare Sicht nach vorn. Luca verlangsamte und ließ sich hinter den VW fallen. Er fischte ein Handy aus seiner Jackentasche, wählte und hielt es an sein Ohr. »Der rote Golf, zwei Minuten.« Er wartete keine Antwort ab und steckte es zurück in seine Jacke. »Überprüft alle noch mal die Kopfstützen.«

Bollag griff hinter sich. Die obere Kante der Stütze sollte auf der gleichen Höhe wie der Scheitel sein, hatte Luca ihnen vor der Abfahrt erklärt.

Mit beiden Händen umfasste Luca das Lenkrad, im Außen- und im Rückspiegel kontrollierte er die Straße. Das musste Bollag dem Kerl lassen, er wirkte cool wie ein Gefrierschrank. War es möglich, dass er Tanja umgebracht hatte?

»Ich glaube, mir wird schlecht.« Zum ersten Mal sagte die Großmutter etwas.

»Keine Angst, bald ist es vorbei.« Rebecca klang, als spräche sie zu einem Kind.

»Reiß dich zusammen, Alte.« Luca schaute in den Rückspiegel. »Und kotz jetzt nicht auf den Sitz.«

»Hier, geben Sie mir Ihre Hand«, sagte Rebecca.

Sie fuhren an der Ausfahrt Sissach vorbei in den Tunnel Ebenrain. Das Prasseln hörte auf, die Stille wirkte unreal. In der Tunnelbeleuchtung erkannte Bollag ein Berner Kennzeichen am Heck des VWs sowie einen Aufkleber, einen stilisierten Fisch. Er warf einen Blick auf den Tacho, sie fuhren 90 Stundenkilometer.

Kaum dass sie den Tunnel verlassen hatten und der Regen wieder auf das Dach trommelte, gab Luca sanft Gas und lenkte den Mercedes auf die linke Spur. Bollag klammerte sich mit einer Hand an den Türgriff und mit der anderen an den Sitz, stemmte beide Beine gegen den Boden, legte den Kopf nach hinten.

Luca überholte, steuerte dann nach rechts und setzte sich knapp vor den VW. In dem Moment tauchte links der weiße Renault Guidos auf, fuhr an ihnen vorbei, schwenkte unvermittelt auf ihre Spur. Luca trat voll auf die Bremse.

Bollag wurde nach vorn gerissen, der Gurt schnitt sich in seinen Oberkörper, der Mercedes schwankte stark.

Mit einem lauten Krachen traf der VW auf ihr Heck. Bollags Kopf wurde nach hinten gegen die Stütze katapultiert, die Großmutter kreischte.

Der Mercedes schlingerte, doch Luca bekam ihn schnell wieder in den Griff. Er bremste ab, steuerte auf den Pannenstreifen, setzte den Warnblinker und brachte das Auto behutsam zum Stillstand. Die Straße vor ihnen war frei, hinter ihnen hupten Autos, der Regen prasselte unvermindert auf das Autodach.

Guidos Renault war verschwunden, der VW stand 20 Meter hinter ihnen, mitten auf der Fahrbahn. Dahinter bildete sich ein Stau.

Luca schaltete den Motor aus und klatschte sich mit beiden Händen auf die Oberschenkel. »Yes, baby.« Er drehte sich zu seinen Passagieren um. »Alles okay bei euch?«

Bollag bewegte Arme und Beine, spürte keine Schmerzen. Er drehte sich um. Rebecca pfiff durch die Zähne und nickte. Das Gesicht der Großmutter war bleich, doch sie lächelte.

Bollag hielt den Daumen hoch, ein Felsbrocken schien von ihm abzufallen, Glückshormone durchströmten seinen Körper. Er lebte noch!

33

»Der Kerl hat ihnen den Weg abgeschnitten.« Der Mann im grauen Anzug fuhr mit der Handkante durch die Luft. »Zack, einfach so. Ist dann aber abgehauen.« Der BMW-Fahrer gab zu Protokoll, was er gesehen hatte. Nach dem Unfall hatte er angehalten, um zu helfen.

»Konnten Sie das Kennzeichen erkennen?« Ein junger Polizist mit rechteckiger Brille machte sich Notizen, seine orangefarbene Sicherheitsweste leuchtete im nachlassenden Regen.

An den Mercedes gelehnt fror sich Bollag den Arsch ab. Nur zu gern säße er jetzt im warmen Mercedes, doch er musste alles aufsaugen, was hier geschah. Für Tanja. Und für seinen Artikel. Guido und Luca hatten den Unfall verdammt raffiniert eingefädelt. Es gab sogar einen glaubwürdigen Zeugen.

»Nein, das ging viel zu schnell. Ich habe mir noch überlegt, ob ich den verfolgen soll, damit ich das Kennzeichen lesen kann. Doch dann schien es mir wichtiger, anzuhalten.«

»Das haben Sie richtig gemacht.« Der Polizist sah von seinen Notizen hoch. »Konnten Sie sehen, was das für ein Auto war?«

»Ein weißes Auto. Mehr kann ich Ihnen nicht sagen.« Der Anzugträger hob die Schultern. »Bestimmt war das ein Ausländer, so wie der gerast ist. Einlochen sollte man diese Kerle.«

Auf dem Pannenstreifen hinter dem Mercedes standen der VW mit zerbeulter Schnauze und zwei Einsatzwagen der Polizei. Der schwarze BMW war 50 Meter weiter vorn abgestellt. Neben ihnen auf der Autobahn kroch der Verkehr im Schritttempo. Die Automobilisten gafften; einzelne schimpften durch die offenen Fenster.

Ganz entgeistert war die Golffahrerin nach dem Unfall aus ihrem Wagen gestiegen, hatte gezittert und keinen vernünftigen Satz zustande gebracht. Gemeinsam mit Luca und dem BMW-Fahrer hatte Bollag den VW auf den Pannenstreifen geschoben. Dann hatte er die Frau mit schlechtem Gewissen am Arm genommen und auf den Rücksitz ihres Autos verfrachtet. Wenn das alles vorbei war, nahm er sich vor, würde er sie zu einem feinen Essen ausführen und ihr alles erklären.

»Markus.« Eine Polizistin mit kurzen blonden Haaren stieg aus dem Golf. »Die Frau sagt, dass die Bremslichter des Mercedes nicht funktioniert hätten.« Sie gesellte sich zu ihrem Kollegen und dem Anzugträger. »Deswegen sei sie ganz unvorbereitet in das Heck gekracht.«

Der Polizist mit Brille machte vier Schritte zur Beifahrertür des Mercedes und klopfte an das Seitenfenster.

Luca saß auf dem Fahrersitz und ließ die Scheibe herunterfahren.

Der Polizist beugte sich halb hinein. »Schalten Sie bitte mal die Zündung ein und drücken Sie auf das Bremspedal.«

Ganz entspannt befolgte Luca die Anweisungen. Die Bremslichter leuchteten auf.

»In Ordnung, Sie können die Zündung ausschalten.« Der Polizist wandte sich an seine Kollegin. »Den Unfall muss sie alleine auf ihre Kappe nehmen. Sie hat nicht genügend Abstand gehalten.« Die Polizistin ging zurück zum Golf, öffnete die Tür und setzte sich hinein.

Unmittelbar nach dem Unfall hatte Luca zwei Kabel unter dem Armaturenbrett ineinander gestöpselt. Jetzt ergab das einen Sinn. Die Kerle waren wirklich hinterhältig und hatten die Bremslichter am Mercedes manipuliert. Die Frau im Golf hatte keine Chance gehabt.

Der Polizist schüttelte dem Zeugen die Hand. »Danke für Ihre Mitarbeit. Wenn es noch Fragen gibt, werden wir uns melden.«

»Alles klar.« Der Anzugträger nickte Bollag zu und machte sich auf den Weg zu seinem BMW.

Der Polizist wandte sich wieder an Luca im Mercedes. »Nehmen Sie bitte Ausweis und Fahrzeugpapiere mit, wir setzen uns in den Einsatzwagen.«

»... und ein Junge, der ist schon in der dritten Klasse. Die Mädchen ...« Auf dem Rücksitz erzählte die Großmutter Rebecca alles über ihre Enkelkinder.

Luca öffnete das Handschuhfach, holte diverse Dokumente heraus, stieg aus dem Auto und folgte dem Polizisten. So weit, so gut. Innerhalb weniger Minuten nach Lucas Anruf waren die Polizisten eingetroffen, hatten die Unfallstelle gesichert, Aussagen aufgenommen, Bilder gemacht – routinemäßig und professionell. Sie hatten auch einen Krankenwagen anfordern wollen, doch die angeblichen Unfallopfer hatten Lucas Anweisungen befolgt und dankend abgelehnt. Im Einsatzwagen hatte die blonde Polizistin Bollag um die Personalien gebeten. Er hatte die Mütze noch tiefer ins Gesicht gezogen und ihr gesagt, dass sein Portemonnaie mit allen Ausweisen leider zu Hause im Wintermantel stecke. Dann hatte er ihr den Namen und die Adresse eines Bekannten aus Bubendorf diktiert. Die Polizistin hatte ihm eingeschärft, dass er in den nächsten Tagen einen Polizeiposten mit seinen Papieren aufsuchen müsse.

Bollag schaute durch die offene Scheibe zum Rücksitz des Mercedes. »Alles in Ordnung bei euch?«

»Du könntest uns Kaffee holen. Und zwei Stück Schwarzwälder Torte.« Rebecca hatte sich zurückgelehnt und ihre Beine unter dem Beifahrersitz ausgestreckt. »Es ist kalt hier drin. Könntest du das Fenster schließen?«

Bollag öffnete die Beifahrertür, rutschte auf den Sitz, schaltete die Zündung ein und fuhr die Scheibe hoch. Als er den Zündschlüssel erneut drehte, entdeckte er unter der Kupplung etwas Weißes. Er streckte den Kopf vor, erkannte das zusammengefaltete Blatt Papier. Das Drehbuch! Es musste Luca aus der Jacke gerutscht sein. Das wäre Gold wert für seinen Artikel. Bollag warf einen Blick durch die Heckscheibe, Luca und der Polizist waren nicht in Sicht.

Er beugte sich hinüber auf den Fahrersitz und langte nach unten. Doch das Steuer war im Weg. Bollag kam wieder hoch und kniete sich auf den Beifahrersitz. Zwischen den Sitzen hindurch sah er Rebecca die Stirn runzeln, kaum merklich schüttelte Bollag den Kopf. Dann tauchte er mit dem Oberkörper unter dem Steuerrad durch und in den Fußraum auf der Fahrerseite. Endlich konnte er das Papier unter dem Kupplungspedal fassen.

Die Beifahrertür ging auf. Bollag zuckte hoch und knallte mit dem Kopf gegen das Lenkrad.

»Was zur Hölle tust du da?« Luca starrte auf ihn herunter. Bollag schob das Papier unter den Fahrersitz, richtete sich langsam ganz auf und rutschte zurück auf den Beifahrersitz. »Mein Handy ist mir runtergefallen.« Unauffällig holte er das Mobiltelefon aus seiner Jacke und hielt es zum Beweis hoch.

Luca grunzte. »Der Kerl nimmt es sehr gründlich. Jetzt will er auch noch den Versicherungsausweis sehen.« Er öffnete das Handschuhfach und nahm ein Papier heraus.

Rebecca beugte sich zwischen den Sitzen nach vorn. »Wie geht es weiter mit uns?«, fragte sie leise.

Luca lächelte sie an. »Die Polizisten habe ich eingeseift. Sobald wir hier fertig sind, werden sie uns nach Sissach bringen. Von dort fahrt ihr nach Hause. Nehmt ein Taxi oder den Zug, ist mir egal. Morgen um 8 Uhr geht ihr zu dieser Adresse hier.« Er fischte sein Portemonnaie aus der Jacke, holte ein Visitenkärtchen heraus und streckte es Rebecca hin. »Dort bekommt ihr das restliche Geld und neue Anweisungen.« Ohne ein weiteres Wort schlug Luca die Beifahrertür zu.

Als er außer Sicht war, beugte sich Bollag zum Fahrersitz und holte das gefaltete Blatt Papier darunter hervor. Er faltete es nochmals und steckte es in die Innentasche seiner Jacke.

»Reinach«, sagte Rebecca. Sie streckte ihre Hand über die Rückenlehne und Bollags Schulter aus.

Bollag schaute auf das Visitenkärtchen, das sie zwischen zwei Fingern hielt. Im Licht der Scheinwerfer entzifferte er die Schrift: *Auto Rossini AG, Kägenstrasse, 4153 Reinach*. Endlich hatten sie eine konkrete Spur.

34

Pfarrer Paul Rebmann faltete die Hände auf dem dunkelbraunen Holztisch. »Ich werde Bundesrätin Mangold in meine Gebete einschließen. Bestimmt macht sie eine schwierige Zeit durch.«

»Möge der Herr ihr beistehen.« Franz Heusser richtete seinen Krawattenknoten, die Hitze der Scheinwerfer setzte ihm zu. Das Baselbieter Stübli im Liestaler Hotel Engel war voll besetzt mit etwa 40 Zuschauern, Kameraleuten und Technikern. Heusser musste den Impuls bekämpfen, die Stirn abzuwischen. Das würde das TV-Make-up für den *Stammtisch* ruinieren. Die wöchentliche Diskussionssendung von Tele Nordwest war ein Publikumsrenner.

»Im Gegensatz zu euch empfinde ich kein Mitleid mit Mangold. Schließlich hat sie sich selber in den Dreck manövriert.« Manfred »Manfi« Stutz, Fußballlegende des FC Basel, hob den Zeigefinger. »Wer immer nur seinen Kopf durchsetzen will, bringt es im Leben nicht weit.« Er griff nach einem halbvollen Glas Bier, das vor ihm stand, und leerte es in einem Zug.

Gedanklich klopfte sich Heusser dafür auf die Schulter, dass er Manfi zu einem festen Bestandteil der Runde gemacht hatte. Der besaß ein untrügliches Gespür für die Stimmung im Land. »Du bist zu streng, Manfi. Eine junge Frau kann sich in der Politik nur schwer durchsetzen. Frau Mangold gibt sich große Mühe.«

Dicke Kabelstränge verliefen über den Parkettboden, die Tische und Stühle des Stüblis waren zur Seite gerückt worden, um Platz für die Kameras zu schaffen. Gleich neben dem heimeligen Kachelofen hatte sich der Stammtisch eingerichtet. Der holzgetäfelte Raum im über 300 Jahre alten Hotel bildete genau die richtige Kulisse für die Sendung.

»Das Tagblatt vertritt aber eine andere Meinung, Herr Ständerat.« Moderator Andy Küng am Kopfende des Tisches strich sich eine blonde Haarsträhne aus dem Gesicht und hielt eine Ausgabe der Zeitung hoch. »In seinem Kommentar fordert Chefredaktor Rieder den Rücktritt der Bundesrätin. Ist das nicht mit Ihnen abgesprochen?«

Heusser lächelte. So leicht lockte ihn dieses Bürschchen nicht aus der Reserve. »Adrian Rieder ist ein erfahrener Journalist, der nichts mit mir absprechen muss. In diesem Kommentar äußert er seine eigene Meinung.« Als ob dieser Dummkopf Rieder eine Meinung hätte.

»Sie fordern also nicht Mangolds Rücktritt?«

Heusser musste sich beherrschen. Was fiel diesem kleinen Stinker eigentlich ein? Er tippte die Fingerkuppen aufeinander und schaute nachdenklich an die bemalte Holzdecke. »Es steht mir nicht zu, eine Bundesrätin zum Rücktritt aufzufordern. Klar, jeder weiß, dass ich oft andere Ansichten vertrete als Frau Mangold. Aber menschlich tut mir die junge Frau mittlerweile leid.«

»Du hast ein weiches Herz.« Pfarrer Rebmann legte eine Hand auf seine Brust und wandte sich an die Zuschauer im Saal. »Franz nimmt die Bundesrätin in Schutz, auch wenn ihr Freund wegen Mordes gesucht wird. Auch wenn sie in wilder Ehe lebt und ihr Departement nicht im Griff hat. Das nenne ich christliche Nächstenliebe.«

Heusser senkte den Blick auf den Monitor, der vor dem Stammtisch stand. Die Kamera schwenkte auf die Zuschauer, nur einzelne von ihnen klatschten. Das sah ziemlich lahm aus. Bei der nächsten Sendung würde er das Publikum besser vorsortieren müssen.

»Mangold kommt viel zu gut weg in den Zeitungen.« Manfi tippte mit dem Zeigefinger auf das Tagblatt. »Nur Chefredaktor Rieder nennt das Kind beim Namen. Das zeigt einmal mehr, wie sehr die Linken die Medien im Land beherrschen.«

»Meiner Meinung nach geht es in Richtung Vorverurteilung, was das Tagblatt heute macht.« Küng rückte die goldgerahmte Brille zurecht. »Noch ist keine Anklage gegen den Journalisten erhoben worden.«

Seine Meinung interessierte einen Scheißdreck, verflucht noch mal. Heusser musste gegensteuern. »Natürlich hoffe ich das Beste für unseren ehemaligen Mitarbeiter. Doch das Tagblatt, so habe ich erfahren, stützt sich auf zuverlässige Quellen aus der Justizdirektion. Leider gibt es zahlreiche konkrete Anhaltspunkte, die gegen den Lebensgefährten von Frau Mangold sprechen.« Er würde ihren Namen so lange mit dem Mord in Zusammenhang bringen, bis sich das im Gedächtnis der Zuschauer festsetzte. Heusser drehte sein Gesicht der Kamera zu. »Ich rate unserem ehemaligen Kollegen, dass er sich den Behörden stellt. Sonst kann die Sache ein böses Ende nehmen.« Mit beiden Händen umfing er das kühle Glas Bier auf dem Tisch.

»Sie nennen ihn einen ›ehemaligen Kollegen‹. Ist der Verdächtige denn nicht mehr beim Tagblatt angestellt?« Küng schaute ihn herausfordernd an.

Eine Bedienung mit tiefem Dekolleté stellte ein volles Glas Bier vor Manfi, Heusser war froh um die kleine Verschnaufpause. »Nun, technisch gesehen ist er noch ein Angestellter des Tagblatts. Aber es gab ein paar Vorfälle in den vergangenen Monaten, die uns an seinen journalistischen Qualitäten haben zweifeln lassen. Über kurz oder lang hätten wir uns sowieso von ihm trennen müssen.«

»Von welchen Vorfällen sprechen Sie?«

Drüben bei der Anrichte beugten sich zwei alte Männer auf ihren Stühlen vor, die Spannung im Saal war beinahe greifbar. Was bildete sich der Moderatorenheini ein?

»Darauf kann ich aus arbeitsrechtlichen Gründen leider nicht eingehen.« Küng würde er nach der Sendung gehörig zusammenstauchen.

»Einzelne Menschen werfen Ihnen vor, dass Sie den Sack schlagen, aber den Esel meinen.« Küng rollte einen Bleistift zwischen den Fingern. »Führt das Tagblatt eine Kampagne gegen Bundesrätin Mangold?«

»Das ist ein völlig deplatzierter Vorwurf.« Pfarrer Rebmann ballte eine Faust auf dem Tisch und schüttelte den Kopf. »Wie kommen Sie dazu, solche Behauptungen aufzustellen? Wir sprechen hier vom Mord an einer jungen Frau. Die Polizei verdächtigt den Partner einer Bundesrätin, einen

Kollegen des Opfers. Der Mann ist auf der Flucht. Ich finde es empörend, dass Sie da von einer Kampagne sprechen.« Er reckte den Hals und sah sich um, als hielte er Ausschau nach jemandem, der widersprechen wollte.

Niemand wagte es. Wenigstens auf Pfarrer Rebmann, der Heussers Kinder getauft hatte, war Verlass. Hochkant rauswerfen würde er diesen Küng. Innerlich atmete Heusser tief durch, damit er ruhiger wurde. »Und diese Sache ist nur ein Teil der Geschichte. Es mehren sich die Anzeichen, dass Bundesrätin Mangold neben dem Privatleben auch ihr Departement nicht im Griff hat.«

Diesmal blieb Küng stumm, nur das Surren der Scheinwerfer war zu hören. Die Zuschauer ahnten, dass Heusser Neuigkeiten hatte. Er sah Manfi an.

Der nahm den Faden auf. »Weißt du etwas, das wir nicht wissen?«

Heusser lächelte kurz, dann setzte er eine ernste Miene auf. »Mir wurden brisante Unterlagen zugespielt. Sie deuten auf einen riesigen Skandal im Departement von Frau Mangold hin. Niemand soll mir vorwerfen können, dass ich mit den Politikern in Bern unter einer Decke stecke. Ich verstehe es als meine Bürgerpflicht, die Öffentlichkeit darüber zu informieren.«

Ein Raunen ging durch den Saal, Manfi schob die Lippen vor. »Was für ein Skandal?«

»Ich brauche noch einen Tag, um alle Unterlagen zu sichten und die Meinung von Experten einzuholen. So viel kann ich bereits sagen: Im Departement von Frau Mangold sind große Summen verschwunden, es geht um Millionen. Möglicherweise steckt kriminelle Absicht dahinter.« Heusser schaute direkt in die Kamera. »Wenn Sie mehr erfahren wollen, schalten Sie morgen Abend die Sondersendung von

Heussers Stunde ein. Samstagabend um acht Uhr auf Radio Edelweiß.«

»Mann, das werde ich mir nicht entgehen lassen.« Manfi klang begeistert.

Nun hatte Heusser alle Zuschauer im Sack. Er kostete die Stimmung ein paar Sekunden aus. »All diese Skandale – mittlerweile mache ich mir richtig Sorgen um unsere Regierung als Institution.«

Küng rümpfte die Nase. »Inwiefern?«

»Nun, die Leute«, Heusser wiegte den Kopf, setzte eine betretene Miene auf, »nehmen unseren Bundesrat nicht mehr ernst. Überall machen sie Witze und reißen Sprüche.«

Pfarrer Rebmann stellte die Ellenbogen auf den Tisch und faltete die Hände wie zum Gebet. »Wirklich? Hast du ein Beispiel.«

Das wirkte plumper, als sie es abgesprochen hatten. »Nun, im Zug von Bern nach Liestal saß heute eine Familie im Abteil hinter mir. Die Mutter hat sich sehr kritisch geäußert über die Regierung. Und der Vater hat seinen beiden Kindern einen Witz über Bundesrätin Mangold erzählt.«

»Den will ich jetzt aber hören.« Manfi lehnte sich vor, leider war er kein guter Schauspieler.

»Ich weiß nicht recht.« Heusser blickte sich im Saal um.

»Na los, Franz.« – »Wir wollen ihn hören.« – »Zier dich nicht.« – »Bloß keine Hemmungen.« Einzelne Parteifreunde riefen dazwischen, andere begannen zu klatschen.

Heusser hob beide Hände in die Höhe. »Sie zwingen mich ja quasi dazu.« Er wartete, bis Ruhe eingekehrt war. »Also gut: Eine ältere Dame stürzt auf dem Bundesplatz. Bundesrätin Mangold kommt gerade aus dem Parlament und hilft ihr beim Aufstehen. Dann sagt sie: ›Ich bin Petra Mangold und hoffe, dass Sie bei Ihren Bekannten und Verwandten ein gutes Wort für mich einlegen.‹ ›Liebe Frau Bundesrätin‹, antwortet die rüstige Dame, ›ich bin auf den Hintern gefallen, nicht auf meinen Kopf.‹«

Gelächter erhob sich, ein paar Männer klopften sich auf die Schenkel. Die Kameramänner übertrugen die Bilder in die Haushalte. Der Aufnahmeleiter strich sich mit der Handkante über den Hals, der Abspann lief über den Monitor.

Zufrieden lehnte sich Heusser zurück. Die Schlusspointe hatte gut gesessen.

35

Rossini AG stand in großen weißen Lettern auf rotem Grund. Das Bürogebäude und die Werkstatt daneben sahen aus, als ob der Erbauer eine kleinere Kartonschachtel an eine größere geklebt hätte. Unter dem Vordach reihten sich vier Zapfsäulen aneinander. Der Regen war in der kalten Nacht auf Trottoir und Straßen gefroren. Um 8.15 Uhr schritt Bollag zwischen Fabrikhallen in der Reinacher Kägenstrasse auf die kleinere Schachtel zu.

Erneut hatte er in Rebeccas Gästezimmer auf dem Estrich geschlafen. Er fühlte sich gerädert. Um ein Haar hätte Bollag die Nacht in einer Zelle verbracht. Spätabends beim Einbiegen in Rebeccas Wohnstraße hatte er Wagner von der Kriminalpolizei entdeckt, der in einem Auto gedöst hatte. Also war Rebecca allein auf das Haus zu spaziert und hatte ihm ein paar Fragen beantwortet. Später hatte sich Bollag durch den Garten zum Haus geschlichen.

Und noch immer hatte er keinen Kontakt zu Petra aufgenommen. Zu gerne hätte Bollag mit ihr gesprochen, doch das konnte sie in Schwierigkeiten bringen.

Ein Abschleppwagen mit blinkenden Lichtern bog vor ihm in die Zufahrt ein. Am Haken hing ein Fiat mit zerbeultem Kotflügel. An einer Reihe akkurat parkierter Lancias und Alfa Romeos vorbei ging Bollag auf die kleine *Rossini*-Schachtel zu. Nur mit größter Mühe hatte er Rebecca vor einer guten Stunde dazu überreden können, in die Redaktion zu fahren. Er wollte nicht verantwortlich dafür sein, dass sie ihr Volontariat hinschmiss. Überzeugt hatte Rebecca letztlich das Argument, dass sie Bescheid wissen mussten über die Vorgänge beim Tagblatt.

Bollag checkte das Schild auf der Tür:
Rossini AG
Bürozeiten: 7.30 bis 17 Uhr
Bitte eintreten!

Erwartet hatte Bollag eine Bruchbude mit zwielichtigen Angestellten. Nun fand er sich wieder in einem hellen Empfangsraum mit einem Tresen in der Mitte und einem Strauß Blumen darauf, dahinter ein Schreibtisch mit Computer, ein Regal gefüllt mit bunten Heftordnern und ein Wandbrett voller Autoschlüssel – alles sauber und sehr ordentlich. Es roch ein bisschen nach Putzmittel und Benzin. Drei Türen gingen vom Empfangsraum ab, ein Fenster gab den Blick frei in eine Werkstatt. Vier oder fünf Männer in blauen Overalls wuselten dort zwischen verschiedenen Fahrzeugen herum, schraubten und hämmerten.

Ein Stöhnen von hinter dem Tresen ließ Bollag zusammenfahren. Mit zwei Schritten war er dort, beugte sich darüber.

Eine Frau lag auf dem Teppich dahinter, die Beine auf die Sitzfläche des Bürostuhls gelegt. Sie mochte um die 60 sein, ihr Haar war blaugrau und kurzgeschnitten. Sie trug helle Strümpfe und keine Schuhe, ihr schwarzer Rock war hochgerutscht über die Oberschenkel. Bollag suchte nach einer Verletzung, nach Blut. »Kann ich Ihnen helfen?«

Die Frau drehte den Kopf und starrte ihn an, hastig zog sie den Rock mit beiden Händen über die Knie. Die blauen Augen im faltigen Gesicht ließen Bollag ans Meer denken. »Augenblick.« Langsam nahm sie die Beine vom Stuhl, offensichtlich unter Schmerzen. Dann rollte sie auf eine Seite und stemmte sich auf die Knie, wobei sie zusammenzuckte.

»Geht es Ihnen wirklich gut?«

Sie hielt sich mit beiden Händen am Tresen fest und zog sich hoch. »Bin auf dem Eis ausgerutscht. Hexenschuss. Tut verdammt weh.« Dann stand sie ihm gegenüber, mit einer Hand stützte sie ihr Kreuz. »Was kann ich für Sie tun?«

Bollag atmete auf. »Ich habe einen Termin um 8 Uhr.«

Langsam drehte sie sich um, machte einen Schritt zum Schreibtisch, hielt sich daran fest und ließ sich schließlich auf den Sessel nieder wie in eine heiße Badewanne. Mit der Maus weckte sie den Computer. »Wie ist der Name?«

»Bollag.«

Er versuchte, die Beschriftungen auf den Heftordnern hinter ihr zu entziffern. Vielleicht steckten dort drin Drehbücher wie dasjenige, das er Luca unter dem Pedal weggeklaut hatte. Auf das Blatt war feinsäuberlich eine Skizze gezeichnet: drei kleine Rechtecke als Fahrzeuge, zwei Spuren der Autobahn, daneben der Pannenstreifen. Pfeile zeigten, wie der Unfall ablaufen sollte. Das hätte von einem Architekten stammen können. Luca hatte sich exakt an die Anweisungen gehalten.

Laute, wütende Stimmen drangen aus der Werkstatt. »Offenbar hat da jemand einen schlechten Tag.«

Die Frau reagierte nicht darauf. Vor den Fenstern fuhr ein weiterer Abschleppwagen mit einer zerbeulten Fracht vorbei, sie verfolgte ihn mit dem Blick. »Heute ist hier die Hölle los.« Sie drehte den Kopf in seine Richtung. »In meinem Kalender sind Sie nicht eingetragen, Herr Bollag. Um welches Auto geht es?«

»Kein Auto. Luca hat mir gesagt, dass ich um 8 Uhr herkommen soll.« Er zuckte mit den Schultern.

Ihr Mund formte ein stummes O. Sie checkte Bollag genauer ab. »Einen Moment.« Mit vor Schmerz verkniffenem Gesicht stand sie auf und schleppte sich an den Regalen entlang zur Werkstatttür, wohinter noch immer gestritten wurde. Sie griff nach der Klinke, hielt inne. Es war offensichtlich, dass sie nicht reingehen wollte. Dann gab sie sich einen Ruck.

»… glaubst du denn, wo du hier bist?! So einen Scheiß lasse ich mir nicht bieten.« Die Stimme scholl aus dem Hintergrund über den Lärm von Hämmern und Bohrmaschinen hinweg.

Bollag blickte auf eine dunkelblaue Werkbank aus Metall mit allerlei Schraubenschlüsseln und Dosen. Auf einem Foto an der Wand werkelten zwei halbnackte Frauen mit verschmierten Gesichtern am Unterboden eines Autos. Bollag schob die Blumenvase zur Seite und beugte sich über den Tresen vor. Seitlich zu ihm gedreht stand in der Werkstatt ein junger Kerl im Overall, der mit beiden Händen eine Mütze knetete. »Aber ich hab das Geld nicht geklaut, Chef. Ich wollte …«

»Es ist mir völlig egal, was du wolltest …! – Herrgott, was ist denn los, Annelies?«

Mit der Hand wedelte sie in Bollags Richtung. »Ein Herr ist hier. Er hat einen Termin. Um 8 Uhr.«

Eine Schublade wurde zugeknallt. »Pack deine Sachen und verschwinde, Marco.«

An Bollag vorbei stürmte Marco durch den Empfang und hinaus ins Freie. Annelies setzte sich nach zögerlichen Schritten wieder an ihren Schreibtisch und bearbeitete ihre Lendenwirbel mit der Faust.

Aus der Werkstatt schritt Guido in einem weißen Hemd, das sich über seinem Bierbauch spannte. Dazu trug er schwarze Hosen und glänzende Halbschuhe. Guido knallte die Hand auf den Tresen. »Du kommst zu spät.« Im Morgenlicht wirkte sein Gesicht käsiger als auf dem Parkplatz gestern.

Wie der sich aufführte, war Guido der Chef hier. Leitete er den Betrügerring? »Entschuldigung. Mein Bus war verspätet. Und bei dem Eis kann kein Mensch schnell laufen.« Mit der Hand deutete Bollag nach draußen.

»Entschuldigungen gibt es nicht. Das kostet dich 100 Franken.«

Bollag biss die Zähne zusammen.

»Komm mit.« Guido ging nicht in die Werkstatt, sondern öffnete eine Tür daneben.

Bollag folgte ihm über Steinstufen hinab. Es roch stark nach Gummi.

Unten standen sie vor drei Reihen Holzregalen, die voll mit Autopneus waren.

»Warte hier.« Mit einem Schlüssel öffnete Guido eine weitere Tür, die in den Angeln quietschte. Er verschwand im Nebenraum.

Bollag hörte, wie er Schubladen aufzog und zuschob.

Kurz danach tauchte Guido wieder auf mit einem Hängeordner in der Hand. Für so einen Koloss bewegte er sich überraschend flink. »Wo ist deine heiße Freundin?«

»Sie muss arbeiten, deswegen kann sie …«

»Das kostet sie ebenfalls einen Hunderter.«

»Aber …«

»Halt die Klappe, sonst bekommst du gar nichts.« Guido schaute ihn herablassend an.

Bollag schwieg.

»Wenigstens kapierst du schnell. Heute Nachmittag geht ihr beide zum Arzt, deine Freundin muss sich freinehmen. Ist das klar?«

»Ja.«

Er griff in den Hängeordner und fischte ein paar Papiere und Geldscheine heraus. »Du unterschreibst für euch beide.« Guido suchte ein Blatt heraus und legte es vor sich hin auf einen kleinen Tisch. Er zog einen Kugelschreiber aus der Brusttasche seines Hemdes, strich etwas durch und schrieb darüber. Dann hielt er Bollag den Kugelschreiber hin.

Die Quittung bestätigte den Empfang von 400 Franken für »Hilfsarbeiten«. Bollag setzte seinen Namen darunter.

Guido legte vier Hunderternoten auf den Tisch, zwei weitere steckte er in seinen Hosensack. »Heute um 17 Uhr geht ihr zum Arzt. Hier ist die Adresse.« Er reichte Bollag einen Zettel. »Wenn ihr zu spät kommt, reiß ich euch den Arsch auf.«

Bollag glaubte ihm aufs Wort.

36

»… am Sonntag wieder mal zu Besuch kommst. Ich habe dich seit zehn Tagen nicht mehr gesehen. Du könntest wirklich etwas mehr Rücksicht nehmen, Petra. Ich könnte tot in meinem Bett liegen …«

Mit einem Seufzer löschte Mangold die Nachricht von der Combox. Paps appellierte wieder einmal an ihr schlechtes Gewissen. Leider funktionierte das nur zu gut, wie sie aus Erfahrung wusste. Also würde sie in den nächsten Tagen in die Felsenau fahren, wo er in einer Wohnung über der Aare lebte. Sie schob das Handy in die Tasche ihres Blazers.

Kreischen und Johlen drang zu ihr, dumpfe Bässe ließen den Boden erzittern. In den Kulissen schob Mangold den Bühnenvorhang vor sich etwas zur Seite und sah in eine halbrunde Arena. Dort flitzten kleine Gestalten zwischen Stuhlreihen herum. Strahlende Gesichter bestaunten Scheinwerfer, Bühne und Musikinstrumente eines Orchesters darauf. Über 1.000 Kinder aus der ganzen Schweiz hatten sich im Berner Kursaal versammelt, die sich alle für den Klimaschutz engagiert hatten.

Kinder durfte man nicht langweilen. Also nicht lange reden, frei sprechen, ermahnte sich Mangold. Danach würde sie mit einigen von ihnen für Fotos posieren. Fotos, die auch Paps in den Zeitungen sehen würde.

»Du kannst so gut mit Kindern, Petra. Wenn ich mir noch etwas wünsche auf meine alten Tage, dann wäre es ein Enkel.« Sie konnte seine Stimme im Kopf hören, diese ewige Litanei. Unweigerlich würde er dann auf Dani zu sprechen kommen, den Musterschwiegersohn.

»Hörst du noch manchmal von ihm? Das ist wirklich schade mit euch beiden, ihr wart so ein schönes Paar. Ist es wahr, dass Dani jetzt eine Tochter hat?«
Mehrfach hatte sie Paps geduldig erklärt, dass sie sich auseinandergelebt hatten, warum ihre Liebe erloschen war. Aber dass er sich einen Enkel wünschte, ließ sich nicht wegdiskutieren. Wobei – in den letzten Monaten hatte er immer weniger davon gesprochen. So richtig glaubte er wohl nicht mehr daran. Und Mangold war hin- und hergerissen. Sie hatte eine sehr erfolgreiche Karriere, liebte ihren Beruf. Wieso sollte sie das alles aufgeben?

Mangold sah an sich herab, kontrollierte den Sitz ihrer Kleidung. Für den Auftritt vor den Kindern hatte sie sich für etwas ganz Einfaches entschieden: schwarze Jeans, weiße Bluse, roter Blazer. Sie zog die Kärtchen mit den Stichworten aus der Seitentasche und las: *Mit Hartnäckigkeit können Kinder vieles erreichen. Ihr seid die besten Botschafter für die Umwelt. Die Zukunft gehört euch.*

Papierflieger flogen durch den Saal, es roch nach Hotdogs und heißer Schokolade.

Und ihre eigene Zukunft? Die stand in den Sternen. Letzte Nacht hatte sie wach gelegen und sich entschieden: Egal, was die Medien schrieben, was die Polizei, ihre Parteifreunde oder die politischen Gegner sagten – sie würde zu Max stehen, auf Teufel komm raus. Für ihn würde sie ihre Karriere aufs Spiel setzen, er war der wichtigste Mensch in ihrem Leben. Das wollte sie ihm unbedingt sagen.

Mangold seufzte. Wenn er ihr nur die Gelegenheit dazu gäbe. Noch immer hatte sie nichts von ihm gehört. Kein Anruf, keine SMS, keine E-Mail. Sie konnte sich nicht vorstellen, dass sie ihn so verletzt hatte. Auch wenn sie auf Tanjas Tod hätte reagieren müssen. Wo steckte er bloß?

In den Kulissen in der Mitte der Bühne schaute der Moderator des Klimafestes in ihre Richtung und hielt drei Finger hoch – drei Minuten bis zum Auftritt. Dann schritt er durch den Vorhang, die Bässe verstummten, Scheinwerfer leuchteten auf, Applaus und Kreischen folgte. Er trat ans Mikrofon. »Liebe Kinder, willkommen in ...«

Eine Hand packte Mangold am Ellenbogen, sie ließ die Stichwortkärtchen fallen.

Mangold blickte ins Gesicht ihrer Sekretärin. »Was tust du denn hier?«

Ihr weißer Haarknoten saß perfekt, das Gesicht war jedoch leicht gerötet. »Es gibt ein neues Problem.« Monika hob die Kärtchen vom Boden auf und führte sie in eine ruhige Ecke im hinteren Teil der Bühne. »Im Bundesamt für Umwelt ist offenbar einiges schiefgelaufen mit der Informatik. Der Direktor sagt, es handle sich um ungetreue Geschäftsführung und Bestechung. Es geht um Millionen.«

Mist, ausgerechnet jetzt. Einen Skandal konnte sie nun wirklich nicht brauchen. »Hat *er* dich informiert?«

»Ja, vor 20 Minuten. Er wollte, dass ich dich gleich ins Bild setze. Die Medien sind an der Geschichte dran, offenbar recherchiert Radio Edelweiß in der Sache. Am Abend will Heusser eine Sondersendung bringen.«

Der Ständerat schon wieder. »Der lässt sich so eine Gelegenheit natürlich nicht entgehen. Woher weiß er davon?«

Monika legte den Kopf schief. »Keine Ahnung. Er muss einen Tipp bekommen haben. Vielleicht aus dem BAFU selber.«

Denkbar. Nicht wenige der 500 Angestellten hatten ihre Umweltpolitik als zu zögerlich kritisiert. Mangold schaute auf ihre Uhr, halb zehn. »Sag meine Termine bis Mittag ab.

Um zehn will ich den BAFU-Direktor, seinen Pressesprecher und die Generalsekretärin in meinem Büro haben. Wir müssen schnell reagieren.«

»Ich kümmere mich darum.« Monika drückte ihr die Kärtchen in die Hand und wandte sich zum Gehen.

Mangold schritt zum Vorhang. Noch sprach der Moderator zu den Kindern.

»Beinahe hätte ich es vergessen.« Monika kam noch einmal zurück. Jemand hat das am Empfang für dich abgegeben.« Sie hielt Mangold ein weißes Couvert hin. »Er ließ ausrichten, es sei sehr wichtig.«

Dani stand oben links auf dem Umschlag. Natürlich hatte Monika begriffen, um wen es sich bei dem Absender handelte. Sonst hätte sie nicht Briefträgerin gespielt. Mangold riss den Umschlag auf und zog drei Blatt Papier heraus – Kopien von alten Dokumenten, es schien ein Zeugnis oder etwas in der Art zu sein. Auf dem obersten Blatt haftete ein Post-it mit ein paar Worten darauf: *Das habe ich von einem alten Anwaltskollegen bekommen, er arbeitet im Militärdepartement. Vielleicht hilft es dir weiter.*

»Das kannst du später lesen.« Monika nahm ihr die Unterlagen einfach aus der Hand, faltete die Blätter zusammen und schob sie ihr in den Blazer. Sie stupste Mangold am Arm und zog den Vorhang ein wenig zurück. »Du bist dran.«

Mangold verscheuchte den Gedanken an Dani, jetzt ging es um Kinder und Klimaschutz.

Vom Rednerpult her schaute der Moderator in ihre Richtung, die Kinder jubelten und klatschten, über die Lautsprecher sang Tina Turner *Simply the best*.

Mangold setzte ein breites Lächeln auf und betrat die Bühne.

37

Heusser tippte einen sechsstelligen Code ein: 170768 – das Datum, an dem er in Zürich seine Berufung gefunden hatte. Die Anzeige schaltete von Rot auf Grün, die Stahltür sprang auf, Heusser trat ein. Metallverstärkte Rollläden ließen kaum Licht in den Raum, er knipste eine Neonröhre an. Neben einem Klimagerät in einer der Ecken stand sein Heiligtum: zwei feuerfeste Aktenschränke, Heussers Versicherung für schlechte Tage. Die Sammlung darin enthielt Informationen über fast alle Personen, die in der Schweiz das Sagen hatten. Pikante und manchmal brisante.

Er legte einige Dokumente auf einen weißen Tisch in der Raummitte, schloss den linken Aktenschrank auf: *A bis M*. Heusser zog die oberste Schublade heraus und schob einen Hängeordner darin auseinander, der mit *BAFU* beschriftet war. Vom Tisch nahm er den internen Bericht über die Probleme mit der Informatik im Bundesamt für Umwelt und legte ihn hinein – für die Radiosendung hatte er sich Kopien gemacht. Nicht einmal bezahlt hatte er für die Unterlagen. Für derlei Informationen blätterte er normalerweise 500 Franken oder mehr hin. Das wussten zahlreiche Angestellte in Verwaltungen, Parteikollegen, Journalisten oder Putzfrauen in den Bundesämtern. Doch die BAFU-Angestellte hatte ihm den Bericht gratis überlassen. Das hatte Mangold halt davon, dass sie ihre Leute frustrierte.

Heusser griff sich einen weiteren Hängeordner. Er enthielt Bilder eines fetten, nackten Mannes, der unter einer viel jüngeren Frau lag. Falsch. Er klappte den Deckel zu, das war die Akte von Theodor Maag, dem Bundesrichter. Er verstaute den Hängeordner wieder im Schrank und nahm den nächsten heraus: Petra Mangold. Richtig.

Heusser setzte sich damit an den Tisch. Ein junger Partygänger hatte eine Fotoserie von Mangolds Auftritt in Zweisimmen geschossen und sie auf Facebook und Twitter hochgeladen. Heusser hatte dafür gesorgt, dass ein Bild im Tagblatt erschienen war. Ein weiterer Nagel in Mangolds Sarg.

Er legte die Fotos in den Ordner und blätterte durch das dicke Dossier, das er unmittelbar nach der Bundesratswahl der intriganten Hexe angelegt hatte: Schulzeugnisse, Steuererklärungen, Kreditkartenabrechnungen, Fotos. Von der Krankenakte aus dem Inselspital in Bern hatte er sich mehr erhofft. Dass die Schlampe als junge Frau ein Kind abgetrieben hatte, hätte sie doch aus dem Amt jagen sollen, verdammt noch mal. Doch Mangold hatte es selbst öffentlich gemacht, und die meisten Menschen im Land hatten verständnisvoll reagiert. Die Schweiz ging wirklich den Bach runter.

Genüsslich betrachtete er die Fotos aus Ameland: Mangold, nur mit einem Slip bekleidet, auf einem Badetuch zwischen den Dünen. Im letzten Sommer hatte Heusser einen Privatdetektiv angeheuert, der Mangold und Bollag im Urlaub auf der holländischen Insel beobachtet hatte. Einen prächtigen Busen hatte sie, keine Frage. Aber das war auch schon alles.

Die Türklingel riss Heusser aus seinen Gedanken. Rasch klappte er den Hängeordner zu, versorgte ihn im Schrank, schloss sorgsam ab. Es war kurz vor halb zwei, sie hatten 13 Uhr verabredet.

Bohne stand draußen. Hübsch sah sie aus mit den geröteten Wangen. »Es wäre einfacher, wenn ich einen Schlüssel hätte.« Sie gab ihm einen Kuss auf die Wange.

Ein Schlüssel kam nicht infrage, sonst schnüffelte sie hier noch herum. »Wieso kommst du erst jetzt?«

»Ich musste noch einen Artikel fertig schreiben. Und in einer halben Stunde ist Redaktionskonferenz. Ich habe nicht viel Zeit.« Sie zog den Mantel aus.

Verdammt, nur eine halbe Stunde. So lange würde es dauern, bis das Viagra wirkte. »Dann hättest du dir den Weg sparen können.« Er ließ sie stehen und ging voraus in die Küche.

Bohne folgte ihm. »Sei nicht gleich eingeschnappt. Wie wärs mit heute Abend? Ich könnte mich bestimmt für eine Stunde davonschleichen.«

»Geht nicht. Termine, Termine.« Seine Frau Edith hatte Geburtstag. Heusser schaltete die Kaffeemaschine ein.

Sie schmiegte sich von hinten an ihn. »Und am Wochenende? Ich werde es wiedergutmachen, versprochen.« Sie ließ ihn los und öffnete den Reißverschluss ihrer Tasche.

Heusser drehte sich um.

Bohne zog ein rotes Lederkorsett hervor, stellte die Tasche auf den Boden und hielt es vor ihren Körper.

Scharf sah das aus. In Heussers Unterleib regte sich etwas. Vielleicht konnte er heute auch ohne Viagra. »Zieh es an.«

»Nein.« Ihre Stimme klang barsch. Sie legte das Korsett auf den Küchentisch, griff erneut in ihre Tasche und nahm eine Lederpeitsche heraus. »Keine schnelle Nummer. Ich will, dass wir uns Zeit nehmen.«

Bohne war doch immer für eine Überraschung gut. »Ist die für dich oder für mich?« Nun bekam er tatsächlich eine Erektion.

Sie fuhr sich mit der Zunge über die knallrot geschminkten Lippen. »Das darfst du dir aussuchen.«

Seine Augen glitten von unten bis oben über ihren schlanken Körper. Am liebsten würde er jetzt sofort über sie herfallen, ob sie wollte oder nicht. Gleich auf dem Küchentisch. Doch das gäbe vermutlich wieder Scherereien. Heusser griff nach der Peitsche und wiegte sie in seiner Hand. Es lohnte sich, wenn er bis morgen wartete. »Ich werde dir den hübschen Hintern versohlen.«

»Was immer du willst.« Mit der Hüfte lehnte sie sich gegen den Küchentresen, verschränkte die Arme vor der Brust. »Alles bereit für deine Sendung?«

Heusser machte zwei Schritte zum Küchentisch und strich mit der Hand über das rote Leder, es fühlte sich glatt und kühl an. »6,1 Millionen Franken hat das BAFU mit dem Informatikprojekt in den Sand gesetzt. Das habe ich schwarz auf weiß. Gegen den Leiter der Abteilung ist ein Strafverfahren eröffnet worden. Aber die wollten das unter den Teppich kehren. Wenn das kein Skandal ist.«

»Wusste Mangold davon?«

»Ich bin mir nicht sicher. Aber das spielt gar keine Rolle, sie ist die Chefin. Ich werde dafür sorgen, dass alles an ihr kleben bleibt.«

Bohne stemmte eine Hand in die Hüfte. »Meinst du, dass du sie jetzt endlich loswirst?«

»Bestimmt. Sie ist zwar beliebt, aber das wird sie nicht überleben. Bereits in den letzten Tagen hatte sie schlechte Presse, Bollag sei Dank. Wenn das ganze Ausmaß des Skandals bekannt ist, dann wird die Stimmung kippen.«

»Und du sorgst dafür, dass es unter die Menschen kommt.«

Mit dem Ende der Peitsche strich er über ihren Körper. »Es laufen Werbespots auf allen Lokalradios, das bringt mir bestimmt hohe Einschaltquoten. Und kurz nach der Sendung geht die Geschichte an die Schweizerische Depeschenagentur. Morgen wird sie überall zu lesen sein.«

»Wobei natürlich nur das Tagblatt die Details kennt.« Sie machte eine Vierteldrehung, legte die Hände auf den Tresen und streckte ihren Hintern vor.

»Natürlich.« Mit der Peitsche fuhr Heusser über ihre Pobacken, das Atmen fiel ihm schwerer.

»Das macht dich ganz schön an, was?« Sie lehnte sich noch weiter vor, der Stoff der Jeans spannte sich über ihren Hintern. »Vielleicht könnte ich die Konferenz sausen lassen. Ein Grund würde mir bestimmt einfallen.« Sie drehte sich zu ihm hin, öffnete langsam die Knöpfe ihrer Jeans, streifte die Hose herunter. »Würdest du mir im Gegenzug einen kleinen Gefallen tun?«

In den Schläfen spürte Heusser seinen Pulsschlag. »Welchen?«

»Ich bestimme, wer in der Redaktion entlassen wird.« Sie knöpfte ihre Bluse auf, griff nach dem Korsett und lächelte selbstsicher.

Heusser war ganz schwindlig vor Verlangen. »Was immer du willst, Bohne. Was immer du willst.«

38

Um 17 Uhr war es bereits dunkel draußen. Durch ein breites Fenster im Wartezimmer blickte Bollag auf eine graue Hausfassade, die nur schwach von den Straßenlampen erhellt wurde. Das Gebäude gegenüber war ebenso unansehnlich wie dasjenige, in dem sich die Arztpraxis befand. Von außen hatte der Industriebau an der Mühlemattstrasse in Oberwil hinter den grauen Schneehaufen nicht viel hergemacht. Im Innern ließ er jedoch keine Wünsche offen: Lederbezogene Sessel standen in den Räumen, Flachbildschirme hingen an den Wänden, viel dunkles Holz und indirekte Beleuchtungen verströmten ein edles Ambiente.

Offenbar waren sie die letzten Patienten für heute. Bollag sog den Geruch von Desinfektionsmitteln ein und verinnerlichte das Bild. Auf einem Fernseher an der Wand lief, auf stumm geschaltet, *Der Report* von Tele Nordwest. Die Ablage darunter präsentierte eine Auswahl von aktuellen Magazinen und Zeitungen. Eine Espressomaschine lud die Wartenden dazu ein, sich zu bedienen. Das alles wollte er in seinem Artikel beschreiben können. »Wie ist die Stimmung in der Redaktion?«

»Mies.« Mit übergeschlagenen Beinen saß Rebecca neben ihm. »Heusser hat Andy Küng gefeuert.«

»Wieso denn das?« Alle mochten den harmlosen Moderator von Tele Nordwest.

Ihr Fuß wippte nervös. »Offenbar hat er Heusser gestern am Stammtisch in die Zange genommen.«

»Unser Andy? Worum ging es denn?«

Rebecca sah ihn an. »Um dich.«

So viel Rückgrat hätte er eigentlich von anderen Leuten in der Redaktion erwartet. Respekt für Küng. »Heusser ist ein Mistkerl.«

Sie strich sich mit einem Finger über die Augenbraue. »Dem kann ich nicht widersprechen. Und jetzt fragen sich alle, ob sie als Nächste an der Reihe sind.«

»Verständlich. Mir ginge es …«

»Du meine Güte.« Mit dem Ellenbogen stupste Rebecca ihn an und wies auf den Fernseher.

Groß prangte ein Foto Bollags auf dem Bildschirm. Ein mieses noch dazu. Wo sie das wohl ausgegraben hatten?

Die Tür öffnete sich, eine Sprechstundenhilfe mit lila

gefärbtem Haar und Ring in der Nase streckte den Kopf herein. »Herr Bollag, bitte.«

Mit einem schnellen Blick kontrollierte er den Fernseher, jetzt las der Moderator eine Meldung vor. Bollag winkte Rebecca kurz zu und folgte der jungen Frau, deren Turnschuhe im Praxisflur auf dem Parkett quietschten. Erstaunlich, dass sie in diesem eleganten Schuppen so gestylt arbeiten durfte. Vielleicht war sie eine Freundin von Guido.

Sie führte Bollag in ein Sprechzimmer und legte ein Blatt auf einen Schreibtisch aus Metall und Glas. »Die Frau Doktor kommt gleich.« Ohne ein weiteres Wort verschwand sie im Flur.

Isabella Canonica prangte auf diversen gerahmten Zeugnissen an den Wänden. Studium an der Universität Basel, Staatsexamen und Promotion ebenfalls in Basel – weit herumgekommen war die Frau nicht.

Bollag setzte sich auf das schwarze Leder eines Patientenstuhls. Die Jalousien im Sprechzimmer waren heruntergelassen, weißes Papier bedeckte die braune Behandlungsliege, Aquarelle schmückten die Wände, Modelle von Fuß- und Handknochen standen auf dem Schreibtisch. Und daneben lag ein Anmeldeschein, den Bollag ausgefüllt hatte – mit seinem richtigen Namen, seiner Adresse und seiner Krankenkasse. Ein weiteres Mal verfluchte er sich dafür, dass er sich keinen falschen Ausweis besorgt hatte. Sobald hier irgendjemand Zeitung las oder Nachrichten schaute, wäre er geliefert.

Schnelle Schritte näherten sich im Flur, dann betrat die Ärztin das Behandlungszimmer. Mit ihren blonden schulterlangen Haaren, den ferrarirot lackierten Fingernägeln, der blauen Seidenbluse und den schwarzen Hosen sah sie aus wie eine Verwaltungsrätin auf dem Weg zum Businesslunch. Eine goldene Uhr glänzte am Handgelenk.

Sie reichte Bollag die Hand. »Sie hatten einen Unfall, habe ich gehört?«

Frau Doktor kam ja schnell zur Sache. »Ja, gestern. Eine Dame ist uns auf der Autobahn ins Heck gekracht.«

»Wo haben Sie Schmerzen?« Sie schaute durch ihn hindurch und setzte sich an den Schreibtisch.

»Im Rücken. Und in der Früh tat mein Kopf weh.«

Wieso spielten sie dieses Theater, wenn die Ärztin eingeweiht war?

»Bitte machen Sie Ihren Oberkörper frei.« Sie deutete auf die Liege.

Bollag zog die Jacke, das Hemd und das T-Shirt aus. Gut, dass er sich in der Früh frische Unterwäsche in der Migros besorgt hatte. Mit zwei Tage alten Unterhosen wäre die Situation noch unangenehmer gewesen. Er beobachtete, wie sich Canonica Notizen machte. Bestimmt gehörte der rote Maserati ihr, der unten auf dem Parkplatz stand. Er passte zu den Fingernägeln.

Als er mit nacktem Oberkörper dasaß, stellte sie sich hinter ihn und drückte ihre kalten Finger von oben nach unten in seine Wirbelsäule. Dann betastete sie seinen Nacken, bewegte den Kopf nach links und rechts, legte eine Hand unter sein Kinn, drehte es in verschiedene Richtungen. »Kopfschmerzen sagen Sie? Wo genau?«

Woher sollte er denn wissen, was er jetzt am besten hören ließ? Er legte seine Hand auf den Hinterkopf. »Hier.«

Sie tastete seinen Kopf ein paar weitere Sekunden ab. »Das sieht mir nach einem Schleudertrauma aus. Kommt häufig vor bei Auffahrunfällen. Sicherheitshalber werden wir noch ein Röntgenbild machen.« Canonica setzte sich wieder an den Schreibtisch und kritzelte etwas mit einem goldenen Kugelschreiber.

Die ganze Untersuchung hatte keine zwei Minuten gedauert. Frau Doktor arbeitete fix.

»Ich möchte, dass Sie zweimal pro Woche zur Kontrolle zu mir kommen. Zudem werde ich Ihnen Physiotherapie verschreiben.« Sie sah nicht hoch.

»Für wie lange?«

»Zweimal pro Woche, mindestens einen Monat lang, vielleicht zwei.« Sie stand auf und stellte sich vor ihn. Die gerade Nase und die hohen Wangenknochen schrien Schönheitschirurg. Mit den Fingerspitzen fuhr Canonica über seine Schläfen. »Wie steht es um Ihren Kiefer? Und die Zähne? Bei so einem Schlag könnte einiges beschädigt worden sein.«

Bollag prägte sich die Worte ein, die würden sich toll machen in seinem Artikel. Mit dem Zeigefinger deutete er auf seine rechte Backe. »Hier tut es etwas weh.«

»Zur Sicherheit empfehle ich Ihnen einen Besuch beim Zahnarzt. Sie haben Glück, hier im Haus haben wir einen Spezialisten für solche Fälle. Und im Erdgeschoss arbeitet ein Physiotherapeut. Ich kann meine Termine mit den beiden Kollegen koordinieren, wenn Sie das wünschen.«

Als ob er eine Wahl hätte. »Gerne.« Wie praktisch, ein medizinischer Supermarkt. Vermutlich befand sich im Keller eine Apotheke.

»Gut.« Sie setzte sich wieder an den Schreibtisch und ergänzte das Patientenblatt. »Die Sprechstundenhilfe wird Sie gleich abholen für das Röntgenbild, Herr ...« Sie suchte auf dem Papier. »... Bollag.« Dann runzelte sie die Stirn, kontrollierte den Namen, sah ihn zum ersten Mal richtig an, räusperte sich. »Kennen wir uns?«

Er fühlte ihre Blicke über sich huschen wie Ameisen. »Nicht, dass ich wüsste.« Verflucht, diese Frau las bestimmt nicht bloß den Sportteil.

Offenbar erinnerte sie sich in diesem Augenblick daran, woher sie ihn kannte. »Äh ... Bitte warten Sie einen Moment ... Meine Assistentin kommt gleich.« Canonica erhob sich abrupt, nahm das Patientenblatt vom Tisch, schritt eilig hinaus und zog die Tür hinter sich zu.
Es klickte.
Bollag wartete ein paar Sekunden, dann schlich er zur Tür und drückte die Klinke. Tatsächlich, sie hatte ihn eingeschlossen. Er zog das Handy aus seiner Jacke und tippte eine Kurzwahl ein. Nach dem ersten Klingeln war Rebecca dran. »Ich glaube, wir sind aufgeflogen. Hau ab.« Er kappte die Verbindung, ohne eine Antwort abzuwarten.
Als er sich T-Shirt, Hemd und Jacke überstreifte, sah er sich um. Die einzige Tür führte in den Flur. Am Fenster kurbelte er die Jalousie hoch. Er befand sich im ersten Stock, vier bis fünf Meter über dem Boden. Er wollte den Fenstergriff drehen, doch der ließ sich nicht richtig bewegen.
Draußen im Flur waren schnelle Schritte zu hören.
Mit beiden Händen packte Bollag den Griff und drückte, langsam bewegte er sich nach oben. Dann riss er das Fenster auf.
Unter ihm, seitlich etwa drei Meter versetzt, stand eine Reihe von Garagen, deren Dach mit Schnee bedeckt war. Ein Stück darüber verlief ein schmaler Fassadenvorsprung rund um das Gebäude. Wenn seine Zehen darauf Halt fänden, könnte er sich über die Garagen vorarbeiten und runterspringen.
»... sofort kommen. Und ruf Guido an«, hörte er durch die Tür.
Bollag hob ein Bein über den Fenstersims, setzte sich rittlings darauf, zog das andere Bein nach, dann drehte er sich auf den Bauch. Er packte den Rahmen mit beiden Händen.

Das Türschloss klickte.

Er ließ seinen Körper nach draußen gleiten, schrammte mit Bauch und Brust über den Fensterrahmen. In der Tür konnte er gerade noch einen bulligen Glatzkopf ausmachen, dann hielt er sich nur noch mit den Händen fest. Mit den Füßen suchte er Halt auf dem Vorsprung, doch er rutschte immer wieder ab.

Ihm blieb keine Zeit mehr. Bollag schätzte den Weg nach unten ab – und ließ los.

Beide Beine sanken tief ein, als er in einem Schneehaufen landete.

Der Glatzkopf starrte herunter. »He! Stehen bleiben!«

Bollag zerrte am rechten Bein, der Schnee fühlte sich fest an wie Beton. Der Typ oben im Fenster war verschwunden. Mit aller Kraft und mithilfe seiner Hände konnte er das rechte Bein aus dem Schnee befreien, dann zog er das linke nach. Der Schuh jedoch blieb stecken.

Bollag trat auf den Parkplatz, Kälte und Nässe drangen durch die Socke. Als er die ersten Schritte machte, bohrten sich Eisstücke in seine linke Fußsohle. Dennoch rannte Bollag los, als sei der Leibhaftige hinter ihm her.

39

»Sind Sie nicht mehr bei Trost, den Ersten Staatsanwalt aus Ihrem Büro zu werfen?« Justizdirektor Jauslin schob seinen

Ledersessel zurück und knöpfte das Jackett auf. »Sie betteln ja darum, dass ich Sie in Pension schicke.«

Neuenschwander setzte sich gar nicht erst hin. Er hatte sich innerlich auf seine Entlassung vorbereitet, als er zu Jauslin zitiert worden war. Vielleicht kam er auch mit einer Suspendierung davon. Er wollte das Gespräch so schnell wie möglich hinter sich bringen. Danach würde er sich zu Hause in aller Ruhe um seine Pflanzen kümmern.

»Den Tag, an dem Sie Ihr Büro räumen, werde ich in meinem Kalender anstreichen. Und danach jedes Jahr feiern. Sie glauben ja wohl nicht, dass …« Wie ein Dirigent fuchtelte Jauslin mit seinen Armen.

Pikieren, hatte Gustav gesagt, sei das Geheimnis schöner Tomaten. Zum richtigen Zeitpunkt müsse man die Sämlinge auseinandersetzen, dann wüchsen sie richtig. Unbedingt wollte Neuenschwander den Rat des Kollegen aus der Verkehrsabteilung testen. Der war schließlich ein erfahrener Hobbygärtner. Vielleicht war das der Grund, weshalb seine eigenen Tomaten nicht richtig wachsen wollten. *Paradeiser* sagten die Österreicher. Was für ein schönes Wort.

»… glauben Sie?« Jauslin stand vor seinem Sessel und stützte die Hände auf die Tischplatte. Erwartungsvoll starrte er ihn an.

Neuenschwander setzte eine nachdenkliche Miene auf und wartete ab. Leute wie Jauslin hielten es nicht lange in der Stille aus.

»Genau das hatte ich mir gedacht.« Jauslin machte zwei Schritte nach links. »Weshalb will es nicht in Ihr Hirn, dass Sie …« Vier Schritte nach rechts.

Einfach rausgehen. Sorgen machte sich Neuenschwander keine, genug auf der hohen Kante hatte er. Tomaten züchten, mit Brigitte spazieren, auf Reisen gehen. Ägypten. Erst die Pyramiden, dann Theben und Abu Simbel – einen ganzen Stapel Bücher hatte er darüber gelesen.

»… mir ja nicht mit der Gewerkschaft. Denn in Ihrem Fall …«

Stockdunkel war es draußen, es hatte wieder zu schneien begonnen. Auch in Südamerika wäre jetzt Sommer. Die Bauten der Inka in Machu Picchu und Cusco, die würde er sich gerne anschauen. Bestimmt käme Brigitte mit. An Geschichte war sie als ehemalige Lehrerin auch interessiert. Tausendmal besser als Wellness wäre das. Also, wieso nicht einfach rausmarschieren und diesen ganzen Mist hier hinter sich lassen?

Jauslin stolzierte immer noch hinter dem Schreibtisch auf und ab. »… völlig verantwortungslos. Ihre Disziplinlosigkeiten haben jetzt einen neuen Gipfel …«

Tanja Schneider. Ihretwegen konnte sich Neuenschwander nicht einfach davonstehlen. Er sah sie auf Fotos, las in ihren Aufzeichnungen, hörte Bekannte über sie reden. So hatte der Körper in der Kühlkammer des Gerichtsmediziners nach und nach eine Persönlichkeit bekommen. Aus der Frau, die er kaum gekannt hatte, war eine Freundin mit Talenten und Marotten geworden. Die Goethes Gedichte mochte, den FCB anfeuerte und kein Fleisch aß. Und dann stellte sich Neuenschwander vor, wie Tanja ihre letzten Sekunden verbracht hatte, ihren Schmerz, den Horror. Das machte ihn zu Tanjas Stellvertreter im Leben. Und es war sein Job, seine verdammte Verpflichtung, ihren Tod zu sühnen.

»… dass Sie sich bei Baumann entschuldigen.«

Hatte er sich verhört oder erwartete Jauslin tatsächlich, dass er vor dem Trottel Baumann in die Knie ging? Das konnte der sich aber so was von abschminken. »Baumann gehört zu den Verdächtigen im Mordfall Schneider.« Die

Worte waren einfach aus seinem Mund gepurzelt. Verdellisiech.

Jauslin stand da wie ein Obelisk. Er brauchte ein paar Sekunden, bis er sich einigermaßen gefangen hatte. »Sind Sie denn völlig übergeschnappt?«

Jetzt gab es kein Zurück mehr. Neuenschwander zählte an den Fingern ab. »Erstens: Wir wissen, dass Schneider einen Artikel über Baumann plante. Entsprechende Unterlagen befinden sich auf ihrem Computer. Zweitens: Der Artikel wäre wenig schmeichelhaft ausgefallen. Schneider hatte Informationen aus dem Kanton Solothurn, die unseren Staatsanwalt in ein sehr schlechtes Licht rücken. Drittens: Baumann wusste Bescheid darüber. Wir können nachweisen, dass es zwei Tage vor Schneiders Tod zwei Anrufe gab. Einen von ihrem Telefon in der Redaktion an Baumanns Apparat im Strafjustizzentrum. Das Gespräch dauerte 26 Minuten und 20 Sekunden. Der zweite Anruf kam knapp eine Stunde später und ging von Baumann an Schneider, er dauerte knapp eine Minute.« Seine Soko hatte gute Arbeit geleistet.

Rote Flecken bildeten sich auf Jauslins Wangen. Er zwängte seinen Zeigefinger zwischen Kragen und Hals und öffnete den obersten Knopf seines Hemdes.

Der sollte dringend seinen Blutdruck messen lassen, dachte Neuenschwander. »Wir interpretieren die Anrufe so, dass Schneider den Staatsanwalt im langen Gespräch mit den Vorwürfen konfrontiert hat. Eine Stunde später hat sich Baumann dann bei ihr gemeldet. Wir vermuten, dass er Schneider um ein Treffen bat. Denn kurz nach dem Anruf ist er aufgebrochen, das wissen wir von seiner Sekretärin. Auch Schneider hat die Redaktion etwa um diese Uhrzeit verlassen. Den Kollegen sagte sie, dass sie noch einen Interviewtermin habe.«

Schweiß trat auf Jauslins Stirn, er setzte sich vorsichtig hin. »Was sagt Baumann dazu?« Seine Stimme war kaum zu verstehen.

Wenn Jauslin jetzt bloß keinen Herzanfall bekam. »Wir haben ihn noch nicht damit konfrontiert. Ich wollte zuerst Sie informieren.« Natürlich war das eine Lüge. Gerne hätte Neuenschwander weitere Beweise in der Hand gehabt. Doch er hatte es sich nicht verkneifen können, dem Justizdirektor einzuheizen.

Jauslin griff nach einem Glas Wasser. Er nahm einen Schluck, es tropfte auf sein Hemd. »Und Sie glauben wirklich, dass Baumann …?«

»Beweisen können wir es nicht. Noch nicht. Aber meine Kollegen arbeiten unter Hochdruck, sie klappern alle Restaurants und Cafés zwischen Muttenz und Liestal ab. Irgendwo müssen sie sich getroffen haben. Und wenn wir Zeugen dafür finden, sieht es schlecht für ihn aus.«

»Ich bin geliefert«, krächzte Jauslin. »Die Medien werden mich vierteilen.«

Genau wie Neuenschwander vermutet hatte: Das Wohl des Kantons und die Gerechtigkeit standen für den Justizdirektor an erster Stelle.

Jauslin stellte das Glas auf den Tisch und fuhr sich mit beiden Händen über das Gesicht. »Es ist ja nicht so, dass ich keine Zweifel hatte. Etwas zu ehrgeizig fand ich Baumann von Anfang an. Und geschmeidig. In jeder Situation wusste er eine passende Antwort.«

Unglaublich, dieser Kerl war wirklich ein Phänomen. Innerhalb einer Minute hatte er von Verzweiflung auf Verteidigung umgestellt. Nun legte er sich bereits eine Strategie zurecht: Verantwortung abschieben und vernebeln.

»Das rückt den Vorfall zwischen Ihnen und Baumann natürlich in ein neues Licht.« Jauslin stand auf, kam um den Tisch herum und stellte sich vor Neuenschwander. »Wir mögen immer mal wieder ein paar Meinungsverschiedenheiten haben. Aber Ihre beruflichen Fähigkeiten habe ich nie infrage gestellt.« Er streckte eine Hand aus. »Ich habe volles Vertrauen in Sie.

Wortlos drehte sich Neuenschwander um und schritt auf die Tür zu.

»Rufen Sie mich an, sobald Sie mehr wissen«, rief Jauslin hinter ihm her, seine Stimme nahm wieder einen festen Klang an. »Sofort wenn wir diesen Fall gelöst haben, werden wir die Medien zu einer Pressekonferenz einladen. Wir werden ihnen beweisen, dass ...«

Neuenschwander ließ die Tür hinter sich ins Schloss fallen. Typen wie Jauslin fand er einfach nur zum Kotzen.

40

Der Portier schob den Besucherausweis unter der Trennscheibe durch. »Viel Glück, Frau Bundesrätin.«

Mangold heftete ihn an, lächelte dem Portier zu, betrat die Tagblatt-Redaktion durch eine Drehtür und schritt über graue Fliesen auf einen Lift zu. Zwei Birkenfeigen links und rechts einer offenen Schiebetür brachten etwas Grün in die nüchterne Empfangshalle. Sie drückte den Knopf für den dritten Stock: *Radio Edelweiß*.

Glück? Nein, das brauchte sie jetzt nicht. Bloß einen kühlen Kopf musste sie bewahren. Oben verließ Mangold die Liftkabine, wandte sich nach links und öffnete eine schalldichte Tür zur *Regie*. Es war 20.25 Uhr, über einen Lautsprecher hörte sie Heussers Stimme.

»... *an die Wand gefahren. Über 6 Millionen Franken hat sie nach Recherchen von Radio Edelweiß dabei in den Sand gesetzt. Es ist ein weiteres Beispiel dafür, dass Bundesrätin Mangold* ...«

Vor ihr am Mischpult schob ein junger Mann mit einer Hand einen Regler hoch, mit der anderen hielt er einen Telefonhörer am Ohr. Um ihn herum stand eine Vielzahl technischer Geräte mit Dioden und Leuchtziffern. Hinter einer Scheibe saß Heusser im weißen Hemd am Sprechpult, das Jackett hing über der Stuhllehne. Er trug Kopfhörer und redete in ein Mikrofon, das wenige Zentimeter vor seinem Mund hing.

Der junge Mann legte den Hörer auf, sah hoch und entdeckte Mangold schräg neben sich. Er machte große Augen hinter seiner runden Nickelbrille, dann schaltete er den Lautsprecher mit Heussers Stimme auf stumm. »Frau Mangold, kann ich Ihnen helfen?« Nickelbrille stand auf und streckte die Hand aus.

Sie griff danach. »Das hoffe ich doch. Ich möchte mit Ständerat Heusser sprechen.« Mit dem Zeigefinger deutete sie auf das Studio hinter der Trennscheibe.

»Das ist jetzt grad etwas ungünstig. Wie Sie sehen, ist er auf Sendung.«

»Deswegen bin ich hier. Ich will mit Herrn Heusser im Radio sprechen. Live.«

»Das ist ... Gäste haben wir eigentlich nie in *Heussers Stunde*.« Er schob seine Nickelbrille nach oben. Tausend Gedanken schienen durch seinen Kopf zu schießen. »Aber es wäre bestimmt ... sehr interessant.« Er tippte etwas auf die Tastatur, schaltete den Lautsprecher wieder ein und sah durch die Trennscheibe.

»… *wie unsere Regierung im Bundeshaus über die Köpfe der Bevölkerung* …« Heusser las den Text auf dem Monitor. »… *wie sie sich nicht … äh* …« Er drehte den Kopf und kniff die Augen zusammen, als ob er eine Brille bräuchte. »… *Dem Bundesrat ist das Volk egal … Gleich nach der Werbepause sind wir zurück*.«

Nickelbrille drückte eine Taste und der Werbeblock setzte ein.

Wenige Sekunden später eilte Heusser aus dem Studio. Er zeigte seine Zähne, hielt jedoch Abstand zu Mangold. »Das nenne ich eine Überraschung. Muss ich mich fürchten, Frau Mangold? Sie haben doch keine Waffe dabei.«

»Nicht doch, Herr Heusser. Es sei denn, Sie haben Angst vor guten Argumenten. Ich möchte mit Ihnen diskutieren, live, in Ihrer Sendung. Bestimmt wollen Sie meine Meinung hören. Und Ihre Hörer ebenfalls.« Aus Erfahrung wusste sie, dass sich Heusser keinen Deut darum scherte.

Er kratzte sich im Nacken. »Das kommt sehr unerwartet. Auf ein Gespräch mit Ihnen bin ich nicht vorbereitet.«

Sie musste ihn irgendwie ködern. »Stellen Sie sich bloß die Einschaltquoten vor. Und morgen werden die Medien im ganzen Land über unser Duell berichten.« Mangold knöpfte ihren Mantel auf, schlüpfte heraus und legte ihn über einen Stuhl. »Oder haben Sie *doch* Angst vor mir?«

Mit den Fingern fuhr sich Heusser durch die Haare, die vom Kopfhörer platt gedrückt waren. Er schaute Nickelbrille an.

»Schlagzeilen im ganzen Land wären uns damit sicher«, sagte der Mann von der Regie.

»Also gut.« Heusser ging voraus ins Studio und bot Mangold einen Stuhl auf der anderen Seite des Sprechpults an. »Wie schade, dass wir das nicht ankündigen konnten. Die Hörerzahlen wären explodiert.«

Nickelbrille schob für Mangold ein zweites Mikrofon in Position und reichte ihr einen Kopfhörer. Sie setzte ihn auf und nahm Platz. Zwischen ihr und Heusser standen drei Monitore. Mangold musste sich etwas zur Seite lehnen, damit sie ihn sehen konnte. Das Ende seiner blauen Krawatte lag auf den Reglern eines Mischpultes. Die Computer, die Möbel und die Telefone – alles sah nach 90er-Jahren aus. Mit Geld warf Radio Edelweiß offensichtlich nicht um sich.

»Dreißig Sekunden«, tönte es aus dem Kopfhörer.

Heusser grinste. »Letzte Chance. Noch können Sie einen Rückzieher machen.«

»Ich freue mich auf Ihre Fragen.« Mangold setzte ein selbstbewusstes Lächeln auf, doch ihr Magen schien bei aller Courage wie mit Blei gefüllt. Wahrscheinlich hing ihre Zukunft als Bundesrätin von den nächsten Minuten ab.

»Drei, zwei, eins ...«

»Wir sind wieder zurück bei *Heussers Stunde*, der einzigen Radiosendung, die Ihnen die Wahrheit über unsere Regierung sagt. Einen Überraschungsgast darf ich an dieser Stelle begrüßen. Bundesrätin Petra Mangold gibt uns die Ehre, liebe Hörerinnen und Hörer. Sie haben richtig gehört, Bundesrätin Mangold ist persönlich bei uns im Studio. Guten Abend.«

»Guten Abend, Herr Heusser.« Mangold verlieh ihrer Stimme einen festen Klang.

»Lassen Sie mich etwas vorwegschicken. Auch heute wieder habe ich mich sehr kritisch über Sie geäußert, Frau Bundesrätin. Sie verstehen hoffentlich, dass das meine Pflicht als Moderator dieser Sendung ist. Es geht hier nicht um persönliche Vorlieben oder Abneigungen, es geht hier einzig um die Sache.«

Was für ein Lügner. »Selbstverständlich, Herr Heusser.«

»Wie ich den Hörerinnen und Hörern vorhin berichtet habe, Frau Mangold, stehen Sie im Mittelpunkt eines weiteren Skandals. Sind Sie hergekommen, um Ihren Rücktritt bekannt zu geben?«

»Absolut nicht. Es gibt keinen …«

»Wollen Sie damit sagen, dass Sie im Bundesrat bleiben wollen?« Heusser hob seine Stimme.

»Selbstverständlich.« Mangold biss sich auf die Zunge, sie durfte sich nicht provozieren lassen. »Ein Rücktritt steht für mich nicht zur Debatte.«

»Jetzt bin ich baff. Warum in Gottes Namen wollen Sie sich das auch in Zukunft antun? Sie werden unserem Land nur weiteren Kummer bereiten.«

Mangold holte Luft. »Was mich betrifft, so lassen Sie das meine Sorge sein. Und der Bevölkerung möchte ich sagen: Überall, wo Menschen arbeiten, passieren Fehler. Dahinter steckt meistens keine böse Absicht. Was genau in der Informatikabteilung meines Bundesamtes geschehen ist, weiß ich noch nicht. Ich war ebenso schockiert wie Sie, als ich von den Unregelmäßigkeiten erfahren habe. Ohne zu zögern habe ich den verantwortlichen Mitarbeiter suspendiert und die Bundesanwaltschaft eingeschaltet. Sie hat bereits eine Untersuchung eingeleitet.«

Heusser biss sich auf die Unterlippe. »Der Verantwortliche bezieht also weiterhin seinen Lohn? Das ist skandalös.«

»Ich wundere mich über Ihr Rechtsverständnis, Herr Heusser. Sind Sie gleichzeitig Ankläger und Richter? Bis jetzt ist niemand verurteilt worden. Vielleicht wird es am Ende der Strafuntersuchung zu einem Prozess kommen, vielleicht auch nicht. Erst danach können wir über weitere Maßnahmen diskutieren. Das Gleiche gilt übrigens auch für meinen Lebenspartner Max Bollag.«

»Der von der Polizei wegen Mordes gesucht wird.«

»Das ist eine Anschuldigung, die Ihre Medien tagtäglich verbreiten. Tatsache ist jedoch: Die Polizei will meinem Lebenspartner lediglich ein paar Fragen stellen, weil eine Kollegin ermordet worden ist. Mehr nicht. Ihre Mediengruppe macht eine Verurteilung daraus.«

Heusser ballte die Fäuste. »Sie werfen wieder einmal Nebelgranaten, Frau Mangold. Es liegt ein Haftbefehl gegen Bollag vor, den …«

»… den ein übereifriger Staatsanwalt aufgrund persönlicher Abneigung gegen meinen Lebenspartner ausgestellt hat. Ich gebe Ihnen mein Wort darauf, dass Max Bollag absolut unschuldig ist.«

Heusser grinste breit. »Liebe macht blind, nicht wahr? Merken Sie sich Frau Mangolds Worte, liebe Hörerinnen und Hörer. Zu gegebener Zeit werden wir die Bundesrätin an ihr Wort erinnern müssen. Denn ich bin überzeugt davon, dass ihr Lebenspartner schwer gesündigt hat.«

Dieser selbstgefällige Heuchler. »Immer wieder sprechen Sie von Sünden und christlichen Werten in Ihrer Sendung, Herr Heusser. Darf ich Sie fragen, wie Sie es selbst mit den Zehn Geboten halten?«

Über das Mischpult hinweg fixierte Heusser sie. »Jedermann weiß, dass ich ein gottesfürchtiger Mann bin.«

Sie begab sich auf heikles Terrain, aber das war ihr jetzt egal. »Dann kennen Sie bestimmt das sechste Gebot. Du sollst nicht ehebrechen.«

»Ich kenne die Zehn Gebote auswendig, Frau Mangold. Im Gegensatz zu Ihnen, möchte ich anfügen.«

»Können Sie vor allen Hörerinnen und Hörern schwören, dass Sie dieses Gebot nie gebrochen haben?« Der Bluff war gefährlich, sie hatte nichts in der Hand, bloß ein paar Hinweise. Laut Dani gab es wiederkehrende Gerüchte über Frauengeschichten im Gönnerverein der Young Boys. Der Ständerat war gut aussehend, ein Mensch mit Macht und Geld, bestimmt himmelten ihn viele Frauen an.

»Was maßen Sie sich an? Ich sitze nicht auf der Anklagebank.« Er richtete seinen Zeigefinger auf sie, rote Flecken bildeten sich auf seinen Wangen.

»Das ist richtig, Herr Ständerat. Aber Sie urteilen in Ihren Sendungen ständig über Gut und Böse, über richtig oder falsch. Sie teilen die Menschen entsprechend ein, mich eingeschlossen. Deswegen wiederhole ich meine Frage: Können Sie schwören, dass Sie das sechste Gebot nie gebrochen haben?«

»Ich werde Ihnen nicht erlauben, diese Sendung in eine Farce zu verwandeln.« Er rutschte auf dem Stuhl herum, hob seine Stimme. »Wir sprechen hier über Sie, nicht über mich.«

Nun war Mangold überzeugt davon, dass sie einen Nerv getroffen hatte. »Herr Heusser hat meine Frage immer noch nicht beantwortet, liebe Hörerinnen und Hörer.«

»Und das werde ich auch nicht.« Heusser warf einen Blick in die Regie und fuchtelte mit einer Hand in der Luft herum.

Zweiter Werbeblock bereit, ploppte auf einem Bildschirm auf.

»Wir sind gleich zurück nach der Werbeunterbrechung.«

Mikros sind off. Block läuft. Mangold nahm den Kopfhörer ab.

Wütend funkelte Heusser sie an. »Was bilden Sie sich ein? Mit Ihren Lügen werden Sie meine Glaubwürdigkeit nicht untergraben. Sie müssen sich für Ihre Taten rechtfertigen, nicht ich.«

»Nun, wir werden sehen.« Mangold kramte in ihrer Tasche, holte zwei Blatt Papier hervor und legte sie vor sich auf den Tisch. »Wie steht es denn mit dem achten Gebot: Du sollst nicht falsch Zeugnis ablegen?«

Über das Mischpult hinweg versuchte Heusser, die Schrift zu entziffern. »Noch ein paar weitere Tricks?«

»Sie legen großen Wert auf Glaubwürdigkeit, Herr Ständerat. Ich habe mir *Heussers Stunde* vom letzten Sonntag angehört. Die Geschichte mit Ihrem Vater war herzerweichend, sie hat mich zu Tränen gerührt. Wie er da 1941 einsam an der Grenze stand, weit weg von seiner Familie.«

Heusser knurrte. »Wagen Sie es nicht, sich über meine Familie lustig zu machen. Mein Vater hat große Opfer für unser Land gebracht.« Er erhob sich. »Damit schaufeln Sie Ihr eigenes Grab. Die Hörer werden Sie in der Luft zerreißen«, schrie er.

Sie hatte ihn im Sack, Mangold wurde ganz ruhig. »Ihr Vater war ziemlich kurzsichtig, nicht?«

»Was geht Sie das an?«

Mit dem Finger fuhr sie von oben nach unten über das Blatt, obwohl sie den Inhalt auswendig kannte. An der entscheidenden Stelle stoppte sie den Finger. »Aus diesem Arztzeugnis geht hervor, dass er sehr kurzsichtig war. Minus neun Dioptrien.«

»Und?« Noch immer stand Heusser am Mischpult.

»Vierzig Sekunden«, tönte es aus dem Kopfhörer.

Mangold erhob sich ebenfalls. »Männer mit so schlechten Augen sind ein Risiko für die Armee. Die Gefahr einer Netzhautablösung steigt mit der Dioptrienzahl, habe ich mir sagen lassen. Dazu kommt, dass so dicke Korrekturgläser nicht in die Gasmasken passen. Deswegen nimmt die Armee sehr kurzsichtige Männer gar nicht erst auf.« Sie hielt die beiden Blätter hoch. »Genau wie Ihren Vater. Aus diesem Arztzeugnis geht hervor, dass er als untauglich eingestuft wurde. Er war gar nie Soldat.«

Heusser öffnete den Mund zum Protest, doch sie ließ ihn nicht zu Wort kommen.

»Sie sind ein Lügner, Herr Ständerat. Und ich kann es beweisen. Was denken Sie, was Ihre Hörerinnen und Hörer dazu sagen werden?«

»15 Sekunden.«

»Sie verfluchte …« Heusser streckte die Hand aus. »Geben Sie mir den Wisch.« Er hielt die Blätter vor sein Gesicht, Schweiß tropfte von seiner Stirn.

»Drei, zwei, eins …«

Heusser blieb stumm. Fünf Sekunden verstrichen, zehn. Dann hob er den Kopf in Richtung Regie und winkte ab. Gleich darauf setzte Musik ein: *99 Luftballons*.

Mangold hatte einen Etappensieg errungen, mehr nicht. Die Versuchung war groß gewesen, Heusser live auf Sendung bloßzustellen. Doch im Moment setzte sie andere Prioritäten. »Offenbar sind wir einmal gleicher Meinung. Und jetzt stelle ich Ihnen meine Bedingungen.«

41

Der Motor knackte in der Kälte. Bollag drehte seinen Kopf in alle Richtungen, nichts rührte sich im Reinacher Wohnquartier. Die Leuchtziffern auf dem Armaturenbrett zeigten 2.42 Uhr. »Und du bist sicher, dass du das schaffst?«

Im schwachen Licht der Straßenlampen sah er Rebeccas Zähne schimmern. »Ein Kinderspiel.« Sie öffnete die Beifahrertür des klapprigen Range Rover, der einem ihrer Mitbewohner gehörte. Der Wagen musste ein paar Jahrzehnte auf dem Buckel haben, die Innenbeleuchtung funktionierte nicht mehr.

Bollag schloss die Fahrertür so leise wie möglich. Er wünschte, er wäre ebenso zuversichtlich wie Rebecca. Wenn der Mechaniker Frattini nicht übertrieben und er es tatsächlich mit der Mafia zu tun hatte, riskierte er hier seine Eier. Doch sie brauchten Beweise, um Tanjas Mörder zu überführen. Bestimmt hatte die Ärztin Guido sofort gewarnt. Und wenn der nicht komplett bescheuert war, würde er sämtliche Unterlagen wegschaffen. Vielleicht kamen sie schon zu spät.

Ganz in Schwarz gekleidet und mit Turnschuhen an den Füßen – Leihgaben von Rebeccas Mitbewohnern – schlenderte Bollag Hand in Hand mit Rebecca durch die Steinrebenstrasse. Dann bog das Pärchen auf seinem Nachtspaziergang in die Neuhofstrasse ab. Die Luft war eiskalt und trocken, in der Ferne rauschten Fahrzeuge vorbei. Die rechte Seite der Straße säumten Büsche und Bäume, links ging das Wohnquartier in ein Gewerbegebiet über. Nach einer Kurve begann die Kägenstrasse, in der sich kastenförmige Fabrikhallen und Kleinbetriebe aneinanderreihten. Bei einer Baustelle schaltete die Ampel von Rot auf Grün, kein Auto wartete darauf. 100 Meter vor ihnen leuchteten die Lichter vor Rossinis Werkstatt. Ein Hund bellte in der Nachbarschaft.

Bollag kniete sich hin und band sich einen Schnürsenkel, dabei blickte er sich sorgfältig um. Niemand in Sicht. Als sie auf die Garage zugingen, fischte er ein Paar dünne Latex-Handschuhe aus seiner Lederjacke.

Rebecca tat es ihm gleich. Vor der Eingangstür flüsterte sie: »Leuchte auf das Schloss.«

Er zog eine Taschenlampe aus der Jacke, schaltete sie ein. Wegen der Kälte gelang es ihm kaum, sie ruhig zu halten. Und wegen der Aufregung. Schließlich war das sein erster Einbruch.

Scheinwerfer unter dem Dach der Tankstelle erleuchteten die Zapfsäulen. Bollag fühlte sich allen Blicken ausgesetzt wie Springsteen bei einem Rockkonzert.

Rebecca zog ein kleines Etui aus ihrer Daunenjacke und öffnete den Reißverschluss. Darin befanden sich kleine schwarze Metallstäbchen, die mit einem Elastikband befestigt waren. Sie hatte erzählt, dass ein ehemaliger Einbrecher es ihr nach einem Interview zum Geschenk gemacht habe. Der Mann habe ihr nicht nur sein ganzes Leben erzählt, sondern ihr auch beigebracht, wie man ein Schloss knackte.

Die Eingangstür hatte lediglich einen Knauf auf der Außenseite. Rebecca entnahm dem Etui einen dünnen Stift in L-Form. »Das ist der Spanner«, flüsterte sie. Das kurze Ende schob sie mit der rechten Hand ins Schloss, dann drehte sie das lange Ende im Uhrzeigersinn. »So setze ich den Zylinder unter Druck.«

Mit der linken Hand steckte Rebecca ein zweites Werkzeug hinein, dessen Ende wellig war. »Mit der Schlange drücke ich jetzt die Stifte runter, die das Schloss verschließen.« Sie bewegte die Schlange hin und her, zog sie ein Stück heraus, schob sie wieder in den Zylinder. Plötzlich bewegte sich der Spanner. »Geschafft.« Rebecca entfernte die Schlange und drehte den Spanner, bis sich die Tür mit einem Klicken öffnete.

Keine Minute hatte die ganze Aktion gedauert. »Verdammt gut bist du«, sagte Bollag, als er die Tür hinter sich geschlossen hatte.

Sie lächelte triumphierend, als sie eine zweite Taschenlampe aus ihrer Jacke zog und den Lichtkegel durch den Empfang schwenkte.

Bollag richtete den Lichtstrahl auf die drei Türen hinter dem Tresen. »Eine führt in die Werkstatt, die andere in den Keller.«

»Und die dritte?«

»Weiß ich nicht.«

Rebecca ging hinüber und drückte die Klinke. »Ein Büro. Ich schaue mich mal um.«

Hinter dem Tresen leuchtete Bollag über die Rücken der bunten Ordner. Sie standen aufgereiht nach Monat und Jahr. Er zog einen von ihnen heraus, legte ihn auf den Tresen, blätterte durch die Papiere: Quittungen, Rechnungen für Reparaturen und Ersatzteile, Mahnungen. Er versuchte es bei einem zweiten und einem dritten Ordner, der gleiche Inhalt.

»Komm mal her.« Rebeccas Stimme drang aus dem Büro.

Bollag schob die Ordner zurück an ihren Platz.

Das Büro hätte einem Bankdirektor alle Ehre gemacht. Ein wuchtiger Schreibtisch aus Holz und ein Leder-Chefsessel dominierten die eine Hälfte, an der Wand gegenüber standen ein Ledersofa vor einem Flachbildschirm und einer Getränkebar. Poster von Rennwagen zierten die Wände. Das musste Guidos Reich sein. »Ich sollte die Branche wechseln.«

»Wenn du nett fragst, stellen sie dich vielleicht ein.«

Rebecca leuchtete mit der Taschenlampe auf einen kleinen Tresor in der Ecke. »Der ist eine Nummer zu groß für mich.«

»Schade.« Aktenschränke gab es hier keine. Bollag zog die Schubladen des Schreibtischs eine nach der anderen heraus und durchsuchte den Inhalt: Papiere, Schreibwerkzeug, Kaugummi, Hustentabletten. »Hier ist nichts. Lass uns in den Keller gehen.«

Durch den Empfang und die Tür links erreichten sie die Treppe und nahmen die Stufen hinab ins Pneulager. Unten wies er mit dem Licht seiner Lampe auf das Schloss der Tür zum Nebenraum. »Schaffst du das?«

Sie ging nahe heran, begutachtete das Schloss und den Knauf. »Aber klar doch.« Rebecca machte sich mit Spanner und Schlange wieder an die Arbeit, diesmal brauchte sie etwa zwei Minuten. Als sie die Tür langsam aufschob, quietschte diese laut. Sofort hielt Rebecca inne, wartete ab. Dann drückte sie die Tür gerade so weit auf, dass sie sich durch den Spalt quetschen konnten.

Bollag schloss die Tür hinter sich und suchte im Lichtkegel die Wände ab. Fenster gab es keine, unter der Decke verliefen Rohre quer durch den Raum. »Augen zu, ich mache Licht.« Er knipste den Schalter an, und nach einem Flackern erhellten zwei Neonröhren den Raum. Etwa fünf mal fünf Meter, graue Betonwände vollgestellt mit Regalen und Aktenschränken. »Mann, das sieht ja aus wie im Bundesarchiv.«

»Wie gehen wir jetzt vor?«

»Irgendetwas mit Tanjas Namen drauf werden wir kaum finden. Aber vielleicht Unterlagen mit Daten. Je aktueller, desto ...«

Ein knackendes Geräusch ließ Bollag zusammenfahren. Augenblicklich löschte er das Deckenlicht sowie die

Taschenlampe. Rebecca tat es ihm gleich, sie standen im Dunkeln.

Bollag atmete durch den Mund, angestrengt lauschte er in Richtung Tür. Es fühlte sich an wie eine Ewigkeit, doch es konnten nicht mehr als zwei oder drei Minuten sein.

»Die Heizung«, flüsterte Rebecca. »Es war bloß die Heizung.«

Bollag schaltete die Neonröhren wieder an.

Aus entgegengesetzten Richtungen arbeiteten sie sich durch die Aktenschränke. Bollag zog Schubladen auf, überflog Papiere, schaute in Hängeordner, öffnete Couverts. Die blöden Latex-Handschuhe machten die Sache knifflig. Doch nach und nach bekam er eine Ahnung von Guidos ausgeklügeltem System, an dem Garagisten, Anwälte, Ärzte sowie Mitarbeiter von Versicherungen und Krankenkassen beteiligt waren. Die Schadenssumme musste in die Millionen gehen. Doch die Tätigkeiten der Firma beschränkten sich nicht auf fingierte Unfälle. Sie organisierte offenbar auch Zigarettenschmuggel und Autodiebstähle.

Wann immer Bollag ein Dokument interessant fand, machte er ein Foto mit seinem Smartphone. Gerade arbeitete er sich durch den vierten Aktenschrank, als ihn ein dumpfer Knall aufschreckte.

»Bingo.« Ein zweites Mal klopfte Rebecca mit dem Knöchel auf den Metallschrank. »Schau dir das an.«

Bollag eilte zu ihr hinüber und warf einen Blick in die Schublade. Etwas versteckt hinter Hängeordnern lag eine Sammlung von dünnen Armreifen aus Gold, Silber, Messing, Kupfer und Stahl. Rebecca schob sie ein wenig auseinander, da entdeckte er ihn: den goldenen Armreif mit dem Schuppenmuster, den er Tanja zum Geburtstag geschenkt hatte. Sanft strich er mit einem Finger darüber. »Diese Schweine.«

Es fühlte sich an, als ob ihm jemand eine Faust in den Magen gerammt hätte. Bis jetzt hatte alles auf Vermutungen basiert. Doch hier lag der Beweis, dass Guido und seine Bande Tanja umgebracht hatten.

»Was tun wir damit?« Mit dem Handrücken wischte sich Rebecca über die Augen.

»Gar nichts. Wir lassen sie hier für die Polizei. Sobald wir raus sind, werden wir sie alarmieren.« Bollag machte ein Foto der Armreifen. »Vielleicht gibt es hier noch mehr Beweise.« Er schob die Hängeordner auseinander und blätterte durch die Papiere. Ein leises Knarren vor der Kellertür ließ ihn innehalten.

Rebecca hatte es ebenfalls gehört. Sie legte einen Finger auf die Lippen.

Leise schob Bollag die Schublade zu, schlich zum Schalter und löschte das Licht. Dann machte er zwei Schritte rückwärts und stellte sich hinter die Tür. Kein Geräusch drang aus dem Pneulager nebenan. Doch da war etwas gewesen, ganz bestimmt. Ob sie einen stillen Alarm ausgelöst hatten? Bollag starrte so fest in die Dunkelheit, dass seine Augen schmerzten. Plötzlich zuckte er zusammen, als er Atem auf seiner Wange spürte. Dann umfasste eine Hand seinen Arm. Rebecca.

Sie standen eng beieinander, als ein Schlüssel im Türschloss knackte. Bollags Herz hämmerte wie bei einem Sprint bergauf. Er ging leicht in die Knie, schob die Fäuste vor, machte sich bereit.

Die Tür quietschte. Es blieb stockdunkel.

Bollag spürte einen leichten Luftzug im Gesicht. Es klickte, die Neonröhren flackerten. Er stieß sich mit beiden Beinen ab und rammte sein ganzes Gewicht gegen das Türblatt.

Die Tür prallte gegen einen Widerstand, ein dumpfer Knall, ein Schrei.

Bollag riss die Tür auf. Guido lag seitlich im Pneulager, ruderte herum, rappelte sich aber nicht gleich auf. Er schien ziemlich benommen. Neben ihm auf dem Boden funkelte das silberne Metall einer Pistole.

»Raus«, schrie Bollag. Er rannte die Treppe hoch, hörte dicht hinter sich die Schritte von Rebecca. Sie eilten durch den Empfang, stießen die Eingangstür auf und stürmten an den Tanksäulen vorbei.

42

Mit zitternden Fingern steckte Bollag den Schlüssel ins Zündschloss. Er keuchte, Schweiß lief ihm in die Augen. Der Anlasser sprang an, der Motor stotterte und starb ab. »Verdammt.«

»Drück das Pedal durch.« Auf dem Beifahrersitz nestelte Rebecca an ihrem Sicherheitsgurt herum.

Er trat das Gaspedal zwei Mal durch, drehte den Schlüssel nochmals. Der Anlasser keuchte. »Komm schon, komm schon!« Mit einem Husten sprang der Motor an, augenblicklich gab Bollag Gas. Der Range Rover schoss vorwärts aus der Parklücke.

Mit hohem Tempo steuerte er durch die enge Quartierstraße, ging kurz vom Gas, nahm ein paar Kurven links und rechts, bis er schließlich in die Bruggstrasse einbog. Dort beschleunigte er erneut.

»Wohin?« Mit einer Hand hielt sich Rebecca am Griff über der Beifahrertür fest.

»In zwei Minuten sind wir auf der H18. Dort können wir verschwinden.« Bollag durchfuhr einen Kreisel, folgte der Bruggstrasse. Weiter vorn heulte ein Motor auf. Aus einer Querstraße rechts fuhr ein roter Sportwagen, ein Alfa Romeo, und bremste mit quietschenden Reifen vor dem nächsten Kreisel ab.

»Das muss Guido sein.« Rebeccas Stimme klang gepresst.

Bollag trat auf die Bremse, machte eine Wende um 180 Grad und schoss in die andere Richtung davon. Hinter sich hörte er das Kreischen von Reifen auf Asphalt. Bollag griff mit der rechten Hand über seinen linken Oberarm nach dem Sicherheitsgurt, zog ihn über seinen Körper und suchte die Halterung.

»Lass mich.« Rebecca nahm ihm den Gurt aus der Hand und rastete ihn ein. Sie drehte sich im Sitz um und starrte durch das Rückfenster. »Er holt auf.«

»Kein Wunder bei dieser Karre.« Nur wenige Autos waren unterwegs, Bollag beschleunigte den Rover auf 60, 80, 100 und schoss ungebremst über den nächsten Kreisel, was von lautem Hupen begleitet wurde. Die Scheinwerfer im Rückspiegel wurden größer, der Alfa näherte sich schnell.

Ausgangs von Reinach tauchte unvermittelt ein breiter Amischlitten im Schneckentempo vor ihnen auf. Bollag trat auf die Bremse und schwenkte auf die linke Fahrspur. Ein Auto kam aus der Gegenrichtung, blendete die Scheinwerfer auf. Knapp vor dem Schlitten bog Bollag rechts ein, Reifen quietschten. Das Heck des Rovers schlingerte heftig, nur mit Mühe konnte er den schweren Wagen unter Kontrolle halten. Dann beschleunigte er die Birsigtalstrasse hoch, die Automatik schaltete herunter, der Motor heulte auf.

Der Alfa im Rückspiegel lag 30 Meter zurück, 20, 10. Auf der Fahrerseite konnte Bollag einen Arm ausmachen, der aus dem Fenster hing.

Bam!

Ein Spinnennetz von Rissen breitete sich um ein kleines Loch in der Rückscheibe des Rovers aus. »Runter. Der will uns umbringen.«

Rebecca legte sich seitlich auf den Sitz. »Wir hätten ihm die Pistole klauen müssen.«

Hätten sie. Bollag duckte sich, soweit es bei Tempo 100 ging. Nur noch knapp konnte er über das Lenkrad spähen.

Der Alfa klebte an ihrem Heck.

Bollag raste über das Chäppeli, dann ging es hinunter nach Therwil. Er drückte das Gaspedal durch, 120, 140, links und rechts schossen Wohnhäuser vorbei.

Bam!

Die Kugel schlug im Heck ein.

»Dieses Arschloch.« Rebecca drückte sich tiefer in den Sitz.

Die Straße zog eine leichte Rechtskurve, die Ampel vorn an der Kreuzung stand auf Rot, zwei Autos warteten davor. Bollag nahm den Fuß vom Gas, brauste rechts an ihnen vorbei, riss dann das Steuer nach links herum.

Beim Einbiegen in die Bahnhofstrasse rammte er seitlich einen Lieferwagen.

Rebecca schrie auf.

Sogleich drückte Bollag das Pedal wieder herunter. »Alles okay?«

Mit beiden Händen klammerte sie sich am Sitz fest. »Fahr, fahr!«

Im Rückspiegel sah Bollag das Chaos an der Kreuzung, der Lieferwagen stand schräg. Ein rotes Auto fuhr auf das Trottoir und quetschte sich am Lieferwagen vorbei. Sie hatten 100 Meter Vorsprung. Doch es war nur eine Frage von Sekunden, bis Guido wieder an ihrem Heck hängen würde.

Denk nach, Bollag.

Der Rover ... war ein Geländewagen. Er musste weg von der Straße.

Mit hohem Tempo passierte er einen Kreisel, bretterte dann durch die Benkenstrasse und aus Therwil heraus. Seine schweißnassen Hände rutschten über das Lenkrad. Bollag packte es fester. Auf beiden Seiten öffnete sich das Gelände, Schnee bedeckte die Felder. Von hinten näherten sich aufgeblendete Scheinwerfer.

Bollag ging vom Gas, suchte eine Abzweigung. Da! Eine Lücke, kaum auszumachen zwischen den Schneewällen am Straßenrand. Bollag trat auf die Bremse, bog nach rechts ab, viel zu schnell, der Wagen geriet ins Schleudern auf dem rutschigen Feldweg, stand quer, die linke Heckseite mähte ein paar Zaunpfosten nieder und knallte gegen einen Schneehaufen. Der Wagen drehte sich zurück in Fahrtrichtung und Bollag bekam ihn unter Kontrolle.

Rebecca drehte sich um. »Er folgt uns.«

Tatsächlich. Hinter ihnen, vielleicht 50 Meter entfernt, bog der Alfa in den Feldweg ein.

Bollag gab wieder Gas, vor ihm tauchten die Lichter eines Bauernhofs auf. Nur eine dünne Schicht Schnee lag auf dem Weg. Hier wurde er den Verfolger nicht los. »Muss man den Vierradantrieb einschalten?«

»Keine Ahnung.« Rebecca saß wieder aufrecht und hielt sich am Haltegriff fest.

Vergeblich suchte er nach einer Anzeige, die ihm die Frage

beantwortete. »Gleich werden wir es wissen.« Bollag riss das Lenkrad nach links herum, durchbrach einen Zaun und hielt mitten auf das Feld zu. Ruckartig bremste der Rover ab, die vier Räder sanken im vielleicht 20 Zentimeter tiefen Schnee ein. »Bleibt er stecken, sind wir geliefert!« Der Rover pflügte sich durch das Weiß, das Scheinwerferlicht spiegelte sich auf der dünnen Eisschicht darauf. Der Wagen stockte, ruckelte, der Motor jaulte – doch er kämpfte sich langsam vorwärts.

Der Alfa hinter ihnen hatte auf dem Feldweg gestoppt, der Abstand vergrößerte sich zusehends. »Ich glaube, den sind wir los.«

Bollag steuerte geradeaus und hielt auf die Lichter von Biel-Benken zu, die ein paar hundert Meter vor ihm leuchteten. Die Front des Rovers durchbrach einen weiteren Zaun, der zwei Felder teilte; Stacheldraht schabte über die Karosserie.

»Wir müssen die Polizei informieren.« Rebecca schaute ihn von der Seite an.

»Sobald wir in Sicherheit sind.«

Ein paar weitere Minuten bahnte sich der Rover einen Weg durch den Schnee, vor ihnen tauchte eine Fabrikhalle auf, deren Dach wie ein Sägeblatt in den Himmel ragte. Dort musste es eine Straße geben. Bollag schlug mit der Faust auf das Lenkrad. »Gleich geschafft.«

Geräuschvoll stieß Rebecca den Atem aus. »Dann kann ich mir jetzt überlegen, wie ich den Zustand des Autos erklären werde.«

»Dein Kumpel wird den Unterschied kaum bemerken. Das war schon vorher eine Schrottkarre.«

Die Scheinwerfer des Rovers tanzten über die weiß und gelb gestrichene Fassade der Fabrikhalle, *Hinni* stand mit blauer Schrift auf einer weißen Tafel. Bald konnte Bollag ein Gewächshaus ausmachen, dazu Reihen von Pflanzen an Spalieren. Er hielt auf eine Lücke dazwischen zu, entdeckte eine gespannte Kette am Feldrand, dahinter einen leeren Parkplatz. Noch 50 Meter, dann ab auf die Kantonsstraße und nach Hause.

Da blitzte etwas Rotes im Scheinwerfer auf. Der Alfa rollte auf dem Parkplatz aus.

»Verdammt.« Bollag trat auf die Bremse. »Der hat uns überholt.«

»Vorsicht«, schrie Rebecca.

Aus dem offenen Fenster der Fahrerseite hielt Guido seine Pistole im Anschlag. Im Licht der Scheinwerfer konnte Bollag seine Fratze sehen.

Bam!

Die Kugel durchschlug die Frontscheibe.

Bollag fühlte ein Brennen auf der Stirn. Zurück durch den Schnee brachte nichts. Also vorwärts. »Duck dich.« Er senkte den Kopf hinter das Lenkrad und gab Gas. Der Rover nahm langsam Fahrt auf, wurde schneller.

Bam!

Der nächste Schuss knallte in den Motor.

Die Frontseite des Rovers stieg hoch, krachte wieder herunter, er durchbrach die Kette. Bollag hob leicht den Kopf, kontrollierte die Richtung, hielt auf den Alfa zu und drückte das Gaspedal durch. Dieser Sauhund hatte Tanja umgebracht.

Zu spät begriff Guido. Er riss seine Hände schützend über den Kopf, dann rammte der Rover den Alfa seitlich, schob ihn vor sich her, 10, 20 Meter. Guidos Mund stand weit offen, Metall schrammte auf Metall, Glas splitterte. Langsam kippte der rote Wagen seitwärts, zwei Räder hoben sich himmelwärts, der Unterboden tauchte auf, dann rollte der Alfa aufs Dach.

Bollag ging nicht vom Gas. Der Rover bohrte sich weiter in den Alfa, schob ihn vorwärts, Funken sprühten über den Asphalt, es quietschte und knirschte, bis der Alfa gegen die Seitenwand der Fabrikhalle krachte.

Bollag legte den Rückwärtsgang ein, fuhr zehn Meter zurück und stellte den Rover in Position. Falls Guido einen Finger rührte, würde er ihn fertigmachen.

Er wartete fünf Sekunden, zehn. Doch nichts bewegte sich im Wrack.

»Vielleicht ist er tot«, flüsterte Rebecca.

Hoffentlich.

43

Ein Generator ratterte. Die Scheinwerfer beleuchteten zwei Patrouillenfahrzeuge der Polizei, Feuerwehrautos und einen Krankenwagen. Im Zentrum der Lichtkegel stand ein total demolierter Alfa Romeo, dessen abgetrenntes Dach neben dem Wrack auf dem Boden lag. Zwei Techniker vermaßen die Unfallstelle und machten Fotos.

6.20 Uhr. Vor 40 Minuten war Neuenschwander von Jonas informiert worden. Er schritt über den Parkplatz in Biel-Benken, begutachtete den ramponierten Range Rover mit den Einschusslöchern. Was hatten die für ein Glück gehabt. Er ging auf einen jungen Verkehrspolizisten zu, der an einem gelben Absperrband stand. »Wo ist Bollag?«

Mit dem Kinn wies der Grünschnabel auf einen der Streifenwagen. »Sitzt in unserem Auto.«

Neuenschwander ging hin, öffnete die Hintertür und rutschte in den Fonds. Schön warm war es im Innern. Bollag schlief, den Kopf gegen die Scheibe gegenüber gelehnt. Eine goldene Rettungsfolie umhüllte seinen Körper, ein Pflaster klebte auf seiner Stirn, und er sah aus, als ob er ein Saufgelage hinter sich hätte. Neuenschwander schlug die Autotür zu.

Bollag schreckte hoch. Er rieb sich die Augen und orientierte sich, bevor er Neuenschwander erkannte. »Kann ich jetzt endlich nach Hause gehen?«

»Sie sehen beschissen aus.« Neuenschwander holte tief Luft. Einmal mehr hatte ihm diese Nervensäge den Schlaf geraubt. »Wie schaffen Sie es bloß, sich immer wieder in solch kolossale Schwierigkeiten zu bringen?«

Bollag massierte sich die Schläfen. »Keine Ahnung. Muss ein Gendefekt sein.« Er fuhr sich mit beiden Händen über das Gesicht. »Ich brauche eine Runde Schlaf.«

Das sah Neuenschwander auch so. Doch zunächst wollte er ein paar Antworten. »Nennen Sie mir gute Gründe, weshalb ich Sie nicht auf der Stelle verhaften sollte. Sie haben ganze Arbeit geleistet, es kommt einiges zusammen: Einbruch, massiv überhöhte Geschwindigkeit, Gefährdung von Verkehrsteilnehmern, Fahrerflucht, Vandalismus, tätlicher Angriff auf einen Automobilisten – ganz zu schweigen von einem gültigen Haftbefehl mit Ihrem Namen darauf.« Er schüttelte den Kopf. »Verdammt, Bollag, Sie sollten mal zum Psychiater gehen. Vielleicht kann der Ihnen helfen.«

Bollag lehnte den Kopf an die Nackenstütze. »Es war nicht meine Schuld. Ihren Leuten habe ich doch schon alles erklärt.«

In Grundzügen kannte Neuenschwander die Geschichte von Jonas. Doch damit gab er sich nicht zufrieden. »Erzählen Sie mir alles nochmals.«

Bollag stöhnte. »Tanja Schneider, mit ihrem Tod hängt es zusammen. Sie wollte einen Artikel über Versicherungsbetrug schreiben.«

Bollag berichtete über seine Recherchen, über den Mechaniker Frattini, die Autobumser, den inszenierten Unfall, den Arztbesuch, seinen Einbruch in die Garage und die Verfolgungsjagd. »Und wie die geendet hat, sehen Sie ja.« Mit dem Daumen deutete er nach draußen.

Was für eine verrückte Geschichte. Aber wieder mal typisch Bollag. »Und wieso ist der Alfa dermaßen zertrümmert?«

»Guido Rossini hat auf uns geschossen, ich musste etwas unternehmen. Also habe ich ihn gerammt.«

»Himmelherrgott. Der Mann hat Frakturen, Prellungen und Schnittwunden am ganzen Körper. Die Feuerwehr hat ihn aus dem Wrack schneiden müssen. Sie haben großes Glück, dass er noch am Leben ist.«

Bollag zuckte mit den Schultern. »Der Mistkerl hat Tanja umgebracht.«

Bis zu einem gewissen Grad konnte er Bollags Wut verstehen. Aber das Verständnis hatte seine Grenzen. »Sie hätten uns informieren müssen.«

»Hab ich ja.«

»Seien Sie kein Klugscheißer.« Neuenschwander hob die Stimme. »Nicht heute um 4 Uhr in der Früh hätten sie uns anrufen sollen, sondern gestern oder vorgestern schon.«

Bollag verwarf die Hände. »Und dann? Sie hätten mich doch augenblicklich verhaftet. Und ich hatte nichts in der Hand, keinen Beweis, gar nichts. Vielleicht hätten Sie in den nächsten Tagen Rossinis Garage mal einen netten Besuch abgestattet. Doch dort wäre garantiert nichts mehr zu finden gewesen.«

Vermutlich lag Bollag damit sogar richtig. Neuenschwander hatte den Fokus zu stark auf Baumann gerichtet und andere Spuren vernachlässigt. Das musste er auf seine Kappe nehmen. Wenigstens hatte ihn sein Bauchgefühl in Bezug auf Bollag nicht getäuscht. Ein Mörder war der nicht.

»Wie geht es Rebecca?« Bollag schälte sich aus der Rettungsfolie.

»Ihre Kollegin ist im Spital, zur Abklärung. Möglicherweise hat sie eine leichte Hirnerschütterung.«

»Kann ich jetzt gehen?«

»Moment.« Neuenschwander zog sein Mobiltelefon aus der Jackentasche und wählte eine Nummer. »Jonas, wie sieht es bei euch aus?«

»Die Garage ist eine echte Fundgrube, Chef.« Euphorie schwang mit in seiner Stimme. »Wir haben hier Anleitungen für fingierte Unfälle, Unterlagen über Versicherungsbetrug, Geldwäscherei, Zigaretten- und Drogenschmuggel, Autodiebstahl – alles bestens dokumentiert. Der Staatsanwalt wird Luftsprünge machen.«

Bestimmt würde Baumann sich dafür feiern lassen. »Und die Armreifen, von denen Bollag gesprochen hat?«

»Die haben wir gefunden. Achim hat sie eingetütet und wird sie im Labor untersuchen. Wenn sie wirklich Tanja Schneider gehörten, dürfte ihre DNA darauf zu finden sein. Dann kriegen wir Rossini auch wegen Mordes dran.«

Entweder war der Garagenbetreiber überheblich oder einfach dumm. Beides kam ja vor bei Kriminellen. Aber Neuenschwander würde sich nicht beschweren über diesen Glücksfall. Das musste er sich noch anschauen. »Ich komme in einer Viertelstunde zu euch rüber.« Er schob das Telefon zurück in seine Jacke, starrte durch das Fenster auf die Techniker draußen.

Bollag schaute ihn von der Seite an. »Und? Glauben Sie mir jetzt?«

»Etwas geht mir nicht in den Kopf. Wie kam die Partydroge in Ihr Büro? Dieser Rossini kann die ja kaum dort deponiert haben.«

Bollag massierte sich den Nacken. »Jemand in der Redaktion will mich fertigmachen, so viel ist klar. Und wer immer das Mittel versteckt hat, muss den Bericht des Gerichtsmediziners kennen. Wann haben Sie den veröffentlicht?«

»Gar nicht. Und wir haben für uns behalten, um welchen Stoff es sich handelte. Dieser Jemand muss über Insiderwissen verfügen.« Vielleicht hatte Baumann doch noch mehr Dreck am Stecken. Der hätte sowohl das Wissen als auch die Gelegenheit gehabt.

»Ich bin zu müde für irgendeinen Gedanken.« Bollag lehnte seinen Kopf nach hinten und schloss die Augen.

Aus ihm würde Neuenschwander nichts mehr rausbekommen. Durfte er Bollag einfach so gehen lassen? Verdunkelungsgefahr bestand keine, der mutmaßliche Täter saß in Haft. Trotzdem würde Baumann die Wände hochgehen. Ein Grund mehr, der dafür sprach. »Also gut, ich lasse Sie von einem Kollegen nach Liestal bringen. Aber denken Sie nicht, Sie seien aus dem Schneider. Vielleicht wird Rossini Sie wegen Körperverletzung anzeigen. Bleiben Sie in den nächsten Tagen in der Gegend, heute oder morgen will ich nochmals ausführlich mit Ihnen reden.« Er legte Bollag eine Hand auf die Schulter. »Und passen Sie auf sich auf.«

»Setzt jetzt die dramatische Musik ein?« Bollag hob einen Mundwinkel.

»Das ist kein Witz. Es gibt offenbar noch mehr Leute da draußen, die Ihnen an die Gurgel wollen.« Neuenschwander schüttelte den Kopf. »Nicht, dass ich dafür kein Verständnis hätte.«

44

Bollag ließ die Umhängetasche und die Jacke im Flur seiner Liestaler Wohnung auf den Boden plumpsen. Durst, er brauchte ein Glas Wasser. Eine Dusche und dann nichts wie ab ins Bett nach zwei unruhigen Nächten in Rebeccas Gästezimmer und 20 Stunden ohne Schlaf.

In der Küche drehte er den Wasserhahn auf und nahm ein Glas aus dem Schrank über der Spüle. Noch nie war er dermaßen erschöpft gewesen. Er fühlte nur das emotionale Chaos der letzten Tage. Bollag streckte einen Finger unter den Strahl. Das Wasser floss jetzt schön kühl aus dem Hahn, er füllte sich das Glas.

»Max.«

Bollag schrak zusammen, beinahe hätte er das Glas fallen lassen. Wasser schwappte auf seine Jeans.

Petra stand auf der Türschwelle, barfuß. Bekleidet mit seinem T-Shirt von der *Springsteen-Wrecking-Ball-Tour*, das ihr bis zu den Knien reichte.

Er stellte das Glas auf den Tresen.

Sie machte drei schnelle Schritte auf Bollag zu und schlang ihre Arme um ihn.

Was für eine wunderbare Überraschung. Er hätte versinken mögen in ihrem weichen, warmen Körper. Lange blieben sie so stehen und sagten kein Wort. Als Petra endlich ihren Kopf hob, hatte sie Tränen in den schönen braunen Augen.

Er legte eine Hand auf ihre Wange. »Frag jetzt nicht, was mit meinem Gesicht passiert ist.«

Sie schniefte, lächelte fast wieder. »Was ist mit deinem Gesicht passiert?«

Bollag stieß einen Seufzer aus. »Eine Autoscheibe ist geborsten. Es war eine Art Unfall.«

»Sieht aber ziemlich krass aus.« Mit dem Daumen strich sie über seine Bartstoppeln und das Pflaster auf seiner Stirn.

Er fuhr mit den Fingern durch ihr Haar. »Na ja, eine Kugel hat die Scheibe zersplittert.«

Sie hielt ihn auf Armeslänge weg. »Jemand hat geschossen?«

Bollag hob die Schultern. »Der Kerl ist durchgedreht.«

»Wer?«

»Rossini heißt der ... In Reinach.« Bollag schnaubte. »Ist eine lange Geschichte.«

Petra zog ihn wieder an sich. »Dann erzähl sie mir. Ich habe alle Zeit der Welt. Keine Sitzungen, keine Referate, keine Medientermine ... Ich mache dir einen Kaffee.«

Er ließ die Hand über ihren Rücken gleiten und schob sie unter das T-Shirt, streichelte die samtweiche Haut. »Dann müsste ich dich loslassen.«

»Nur kurz.« Sie löste sich von ihm, schaltete die Kaffeemaschine ein, füllte frisches Wasser in den Tank und steckte eine Kapsel in den Schlitz. Während sich die Maschine aufwärmte, nahm sie ihn wieder in ihre Arme.

Dusche und Schlaf schienen Bollag plötzlich nicht mehr wichtig. »Also, letzte Woche …«

»Warte, lass mich dir zuerst etwas sagen.« Petra strich mit den Fingerkuppen über seinen Rücken. »Es tut mir so leid wegen Tanja. Am Montagabend in Olten wusste ich noch nichts davon. Es war saublöd von mir, ich hatte den ganzen Tag so viel zu tun, bin nach Rom geflogen, tausend Details in den Papieren waren wichtig. Sonst hätte ich doch alles stehen und liegen lassen. Erst am Mittwochmorgen habe ich erfahren, dass Tanja ermordet worden ist. Seither habe ich ständig versucht, dich anzurufen.«

Eine Last fiel ab von Bollag. Kein Wunder, dass sie sich so eigenartig verhalten hatte. »Ich hatte mein Handy ausgeschaltet. Wegen der Polizei.«

Sie schaute Bollag in die Augen. »Ich dumme Kuh habe nichts um mich herum mehr wahrgenommen. Bitte entschuldige.«

Er gab Petra einen Kuss auf den Scheitel. »Vergiss es, ist schon in Ordnung.«

»Nein, ist es nicht. Es ist wichtig, dass du den Zusammenhang verstehst.« Sie seufzte. »Zurzeit habe ich einen schwierigen Stand in Bern. Einige Politiker und Medien bauschen alle meine Fehler auf.«

Bollag streichelte ihre Wange. »Ich kenne den Betrieb. Darüber solltest du dir nicht zu viele Gedanken machen.«

»Mit meinen politischen Gegnern käme ich klar. Doch es geht auch um uns. Einige Leute in Bern haben Angst vor dir.«

Er hielt sie auf Armeslänge entfernt. »Wieso das denn?«

»Weil du gut bist in deinem Job. Du hast in deiner Zeit im Bundeshaus einige Skandale aufgedeckt, das haben sie dir nicht verziehen. Für einen Haufen Politiker, für Leute aus der Bundesverwaltung und sogar für ein paar meiner Mitarbeiter bist du ein Feind. Und die fragen sich, ob sie mir noch trauen können.«

So eine Frechheit. »Ich habe unsere Beziehung noch nie für eine Story missbraucht.« Bollag zog Petra wieder an sich.

»Ich weiß das. Die anderen aber nicht.« Sie schüttelte den Kopf. »In meinem Job will ich die Beste sein, da mache ich keine Kompromisse. Doch mir ist es in letzter Zeit mehrmals passiert, dass ich in wichtigen Sitzungen den Faden verloren habe. Weil ich in Gedanken bei dir war. Ein Teil von mir möchte immer bei dir sein. Der Spagat zwischen Beruf und Privatleben wächst mir über den Kopf.«

Ihm schwante nichts Gutes. »Willst du etwa Schluss mit mir machen?«

Tränen flossen über ihre Wangen. »Max, wie kannst du so was fragen? Ich will mit dir zusammen sein.« Sie ballte eine Faust auf seiner Brust. »Wenn du mich noch willst«, sagte sie ganz leise.

Er war ein Idiot. Bollag strich über ihr Haar, küsste sie auf die Wange. »Und ob ich das will«, flüsterte er.

»Wenn du es möchtest, verabschiede ich mich aus der Politik. Ich suche mir einen 08/15-Job, damit wir mehr Zeit füreinander haben. Du bist mir wichtiger als alles andere.« Mit einer Handfläche wischte sie sich Tränen aus den Augen.

Er lachte auf. »Genau, Petra Mangold als Sekretärin.« Bollag schüttelte den Kopf. »Du würdest uns beide in den Wahnsinn treiben.«

Sie boxte ihn sanft in die Rippen. »Du bist gemein.«

»Nein, realistisch. Ich bin sehr gerne mit dir zusammen und wünsche mir, dass wir mehr Zeit miteinander verbringen können. Gleichzeitig weiß ich, wie wichtig dir die Politik ist. Du bist eine tolle Bundesrätin. Wir müssen einfach einen Weg finden, wie wir beides unter einen Hut bringen können, unsere Jobs und unser Privatleben.«

»Und du meinst, das schaffen wir?«

»Es wird schwierig, aber: Ja. Wir werden das hinkriegen. Irgendwie.«

Sie küsste ihn auf den Mund, eine weiche, sanfte Berührung. Dann schaute sie ihm in die Augen. »Jetzt will ich aber hören, was mit dir passiert ist.«

Er löste sich aus ihren Armen. »Lass mich vorher schnell unter die Dusche gehen.«

Sie lächelte verschmitzt, zog sich mit einer raschen Bewegung das T-Shirt über den Kopf, streifte den Slip ab. Nackt stand sie vor ihm. Ihre schwarzen Locken fielen auf die weißen Schultern. »Darf ich mitkommen?«

Aphrodite in seiner Küche. Bollags Müdigkeit verflog, er schälte sich aus seinen Kleidern. Mit beiden Händen fuhr er über ihre Wangen, die Schlüsselbeine, die schlanken Arme. Er drückte Petra an sich, küsste sie, zog sie mit sich ins Bad. »Meine Geschichte erzähle ich dir später.«

45

»Unglaublich.« Am späten Nachmittag saß Heusser am Küchentisch seiner Liestaler Wohnung und klickte sich durch verschiedene Webseiten. »NZZ, Blick, Tages-Anzeiger, Le Matin – alle bringen die Geschichte.«

»Du hättest am Morgen in der Redaktion sein sollen.« Bohne schenkte Kaffee nach und stieß Luft durch die Nase. »Nachdem die Polizeimeldung veröffentlicht war und wir einen ersten Bericht online gestellt hatten, klingelte das Telefon nonstop. So etwas habe ich noch nie erlebt.«

»Herrgott, sogar die Süddeutsche berichtet darüber. Und alle erwähnen mein Tagblatt.« Heusser knallte den Deckel seines Laptops zu. »Was wäre das erst für eine tolle Sache, wenn nicht dieses Großmaul Bollag dahinterstecken würde.« Er schob den Laptop so heftig von sich, dass er ihm fast über die Tischkante rutschte. »Ich kann immer noch nicht glauben, wie der sich in der Früh benommen hat. Als gehöre ihm der Laden. Dieser Lackaffe.« Bollag war in sein Büro marschiert und hatte unerhörte Forderungen gestellt: Dass das Tagblatt die Reparatur eines demolierten Range Rovers und eines Lieferwagens übernehme. Und dass Tele Nordwest diesen kleinen Stinker Andy Küng wieder einstelle. Heusser verzieh es Bollag nicht, dass er hatte höflich nicken müssen. Denn Chefredaktor Rieder hatte dabeigesessen. »Daran ist nur dieses Miststück von Mangold schuld.«

Bohne rührte Sahne in ihren Kaffee. »Was hat die denn damit zu tun?«

Heusser winkte ab. Er konnte ihr schlecht erzählen, wie Mangold ihn im Radiostudio unter Druck gesetzt hatte.

Diese Schlampe. Nach außen mimte sie die Unschuld vom Land, doch hinter der Fassade verbarg sich eine hinterlistige Erpresserin. Und dann hatte auch noch ausgerechnet ein Journalist der Schweizerischen Depeschenagentur die Sendung gehört und einen Artikel darüber verfasst. *Kaffeeklatsch bei Heusser* hatte er ihn genannt. Dieses Schwein. Der Schreiberling hatte Mangolds Mut gelobt und Heusser mangelnden Biss vorgeworfen. Fast alle Schweizer Zeitungen hatten den Text übernommen. Und er stand da wie ein Armleuchter.

»Was war denn eigentlich los mit dir?« Bohne strich mit dem Zeigefinger über seine Hand. »Hättest du Mangold nicht etwas härter in die Mangel nehmen können?«

Hätte, wäre, müsste. Heusser knurrte. Diese Hexe hatte ihn doch in der Hand! Also hatte er die Sendung mit viel Musik und ein paar läppischen Fragen zu Ende gebracht. Nettes Geplauder, wie der Agenturheini schrieb. Dabei hätte Heusser diesem Weib die ganze Zeit an die Gurgel gehen können. »Ich hatte einfach keinen guten Tag, verflucht noch mal.«

»Ist schon gut, Franz. Die knöpfen wir uns beim nächsten Mal richtig vor.« Bohne streckte die Hand unter dem Tisch aus und legte sie auf sein Bein. »Soll ich dich auf andere Gedanken bringen?«

Heusser nippte an seinem Kaffee. »Die Lust ist mir vergangen.«

»Es würde dich aufmuntern.« Sie ließ ihre Hand auf der Innenseite seines Schenkels nach oben gleiten.

»Hör auf.« Er packte die Hand und drückte zu. Die Wut fraß ein Loch in seinen Bauch. Dieser verdammte Bollag ließ sich feiern, und die Hure Mangold setzte ihn unter Druck.

»Aua.« Bohne riss ihre Hand los. »Was ist denn los mit dir? Wirf Bollag doch endlich raus, dann hast du Ruhe.«

Heusser stand auf und schleuderte die halbvolle Tasse in die Spüle. Das Porzellan zersplitterte, blaue Scherben und brauner Kaffee verteilten sich über den Chromstahl. Er konnte ihr nicht verraten, dass Mangold dann an die Öffentlichkeit ginge mit dem Arztzeugnis und er vor der ganzen Welt als Lügner dastünde. »Ich will mich nicht länger darüber ärgern.«

Bohne stand auf, schob Heusser zur Seite und sammelte die Scherben in der Spüle auf. »Wenigstens sind wir mit Bollags Exklusivgeschichte heute in aller Munde.«

»Falls diese Geschichte auch wirklich stimmt.« Durch das Küchenfenster seiner Liestaler Wohnung blickte er bis zum Bahnhof.

»Du glaubst ihm nicht?«

Heusser verwarf die Hände. »Was weiß ich? Es klingt wie eine Räuberpistole. Und Bollag, der weiße Ritter, bringt die Schurken zur Strecke. Vielleicht hat er einiges erfunden.«

»Spielt das eine Rolle? Die Geschichte wird auf jeden Fall für Umsatz sorgen. Heute bringen sie die Webzeitungen, die Radiostationen und die Fernsehsender. Und morgen werden alle unser Sonntagsblatt kaufen, weil sie die Details wissen wollen.« Sie warf die Scherben in einen Abfalleimer unter der Spüle. »Etwas Besseres hätten wir uns nicht wünschen können. Die Inserenten rennen uns die Tür ein.«

»Ich weiß, ich weiß.« Er schaute sie von der Seite an. »Hat Bollag gezickt in der Redaktion?«

»Überhaupt nicht. Das hat mich selber erstaunt. Er hat sich ohne zu murren an seinen Computer gesetzt und geschrieben. Obwohl wir ihm mit der Berichterstattung in den letzten Tagen mehrfach in den Rücken gefallen sind.« Bohne zuckte mit den Schultern und wischte den verspritzten Kaffee mit einem Lappen weg.

Heusser schnaubte. »Klar, der Starjournalist will sich jetzt im Ruhm sonnen. Das kostet der richtig aus. Jeder hat eben seinen Preis, bei Bollag ist es das Ansehen.«

»Da hast du wohl recht. Obwohl ich Bollag eigentlich anders eingeschätzt hätte.« Sie schien beinahe enttäuscht.

»Jeder ist käuflich. Sag ich dir doch immer. Nur bei Mangold kenne ich die Schwachstelle noch nicht.« Er ballte seine Fäuste, bis sie schmerzten.

Sie legte den Lappen weg, stellte sich hinter ihn und umschlang ihn mit beiden Händen. »Und du hast wirklich keine Lust?«

Hatte diese Frau denn bloß Sex im Kopf? Er schüttelte sie grob ab. »Du hast es selbst gesagt, das ganze Land wird morgen unsere Zeitung lesen. Also geh jetzt schön brav in die Redaktion und stell sicher, dass wir uns nicht blamieren.« Bestimmt wusste Bollag Bescheid über das Arztzeugnis. »Vielleicht will Bollag mit mir abrechnen in seinem Artikel.«

»Wie sollte er das denn anstellen?« Bohne schlüpfte in ihren Mantel, hielt mitten in der Bewegung inne. »Oder weiß er etwas, das ich nicht weiß?«

Er musste sich besser in Acht nehmen. »Ach was.« Heussers wedelte die Frage mit der Hand weg. »Der Kerl ist einfach hinterhältig. Dem traue ich nicht weiter, als ich pissen kann.«

46

Auf einer Bank draußen vor dem Hochhaus an der Liestaler Oristalstrasse saß Bollag nachmittags um drei und beobachtete den Verkehr. Viele Autos hatten Skiträger auf dem Dach. Wie gerne würde er mit Petra für eine Woche in die Berge fahren.

Was für ein verrückter Tag das bisher gewesen war. Die Versöhnung mit Petra, die Rückkehr in die Redaktion, der herzliche Empfang der Kollegen. Und dann war sogar Heusser zahm wie ein Lamm gewesen. Zwar hatte Bollag Bescheid gewusst über das Arztzeugnis. Doch dass Heusser dermaßen einknickte, hätte er nicht erwartet. Es musste dem an die Nieren gehen, dass er seinen Vater zum nationalen Kriegsmärtyrer hochstilisiert hatte und diese Dummheit aufgeflogen war. Dabei war das doch bloß eine weitere Lüge, die Heusser den Wählerinnen und Wählern auftischte.

Sein Mobiltelefon klingelte, das Display zeigte eine unbekannte Nummer. »Bollag.«

»Max, super, dass ich Sie direkt erreiche. Kurt Wicky hier, Produzent bei Tele Züri. Markus liebt Ihre Story, er will Sie morgen im SonnTalk haben. Ich schicke Ihnen um 8 Uhr eine Limousine, wir holen Sie ab.«

»Welcher Markus soll das sein?« Ob jemand aus der Redaktion diesem Kerl seine Handynummer gegeben hatte?

Wicky lachte, als ob Bollag einen Witz gemacht hätte. »Geben Sie mir einfach Ihre Adresse. Wir machen eine Supershow. Sie sind ein Held, Mann. Morgen können Sie der ganzen Welt davon erzählen. Die Leute werden Sie lieben.«

Als ob Zürich der Nabel der Welt wäre. Dieser Wicky

war wie die anderen TV-Journis, die ihn den ganzen Tag belästigt hatten. »Nein.«

»Wie bitte?« Die Stimme stieg ein paar Oktaven an.

Dass jemand nicht in die Glotze wollte, passte nicht in deren Weltbild. Ein paar guten Kollegen von anderen Zeitungen hatte Bollag am Morgen Auskunft gegeben, die Anfragen von elektronischen Medien aber allesamt abgelehnt. Schließlich hatte er die Telefonzentrale bitten müssen, keine Anrufe mehr durchzustellen. Denn er wollte, er musste erst noch die ganze Geschichte niederschreiben und herausbringen. Das war er Tanja schuldig.

Da! Im eleganten schwarzen Mantel und mit einer roten Mütze strebte sie vom Hochhaus auf den Fußgängerstreifen an der Oristalstrasse zu.

»Also, Kurt, kurz und knapp: Ich will nicht ins Fernsehen.«

»Sie sind witzig, Max. Markus will sie wirklich dabeihaben. Ich kann ihm unmöglich sagen, dass Sie nicht kommen. Also geben Sie mir einfach …«

»Ich arbeite für das Tagblatt, Kurt. Und ich muss jetzt meinen Artikel fertig schreiben. Sagen Sie Ihrem Markus, dass er meine Geschichte morgen in der Zeitung lesen kann. Schönen Tag noch.« Er hörte Wicky im Hintergrund jammern, bevor er den Anruf wegdrückte. »Eins, zwei, drei …« Wie erwartet klingelte das Telefon erneut. Nur drei Sekunden später, neuer Rekord. Bollag schaltete es gleich ganz aus.

Sie überquerte die Straße und schritt auf dem Trottoir in Richtung Bahnhof.

Bollag wartete ab. Es dauerte eine Minute, bis Heussers Mercedes aus der Tiefgarage kam, in die Kantonsstraße einbog und in Richtung Stedtli davonbrauste. Das war der Beweis, den er noch brauchte.

Sie hatte bereits einen guten Vorsprung. Diese Verräterin. Bollag eilte ihr hinterher. Beim Bahnhof stieg sie die Treppe zur Unterführung hinab, er lag noch 100 Meter hinter ihr. Als Bollag auf der anderen Seite wieder hochkam, sah er sie über den Bahnhofplatz schreiten. Er trabte jetzt, schloss zu ihr auf. Noch 20 Meter, noch 10.

Sie verschwand im *Coop Pronto*.

Durch die Fensterscheibe verfolgte Bollag, wie sie sich einen Korb nahm, einen Laib Brot hineinpackte. Er betrat das Geschäft.

Sie strebte auf das Kühlregal zu, griff nach Milch, Butter, zwei Joghurts.

Bollag stellte sich ihr in den Weg. »Wie lange läuft das schon zwischen dir und Heusser?«

Lokalchefin Corinne Moser zuckte zusammen. »Was machst du denn hier?«

»Bezahlt er dich dafür?«

»Ich weiß nicht, was du meinst.« Sie drehte sich weg, studierte die Aufschrift auf einem Stück Appenzeller, legte es in den Korb.

»Lass die Spielchen, Corinne. Ich habe euch aus dem Hochhaus kommen sehen. Läuft die Wohnung auf deinen oder seinen Namen?« Bollag hatte geahnt, dass Heusser einen Maulwurf in der Redaktion haben musste. Einen Hinweis hatte ihm Corinne selbst geliefert – damals, als Heusser die Abbaupläne im Landratsaal bekannt gegeben hatte. Sie hatte vorab Bescheid gewusst darüber. »Ich hätte viel früher darauf kommen müssen. Wieso sollte eine erfahrene Journalistin wie du von der NZZ zum Tagblatt in Liestal wechseln? Heusser war der Grund. Er hat dich mit irgendwas geködert. Mit Geld? Oder seid ihr alte Freunde?«

Den entscheidenden Hinweis hatte Bollag vor einer

Stunde bekommen: Heusser hatte die Redaktion verlassen und Corinne dabei einen fragenden Blick zugeworfen. Zur Antwort hatte sie kurz genickt. Als sie fünf Minuten später gegangen war, hatte sich Bollag an ihre Fersen geheftet.

Ihre Miene blieb versteinert, Corinne studierte sein Gesicht. Dann schob sie den Korb bis zur Armbeuge hoch und klatschte lautlos in beide Hände. »Bravo. Der Meisterjournalist hat wieder zugeschlagen.« Sie ließ ihn stehen und nahm zwei Fertiggerichte aus dem Kühlregal.

Bollag verfolgte sie durch den Laden und packte ihren Arm. »Mit wem du dich ins Bett legst, ist mir schnuppe. Aber dass du mir den Mord an Tanja anhängen wolltest, nehme ich dir übel. Irgendwie hast du dir den Bericht des Gerichtsmediziners besorgt, dann hast du mir diese Droge im Büro untergeschoben.«

Sie riss ihren Arm los. »Gar nichts habe ich.« Corinne hielt ihm einen Finger unter die Nase. »Deine Probleme hast du dir selber eingebrockt. Ich habe dir klare Anweisungen gegeben: Halt dich aus dem Mordfall raus. Aber der Herr Bollag schert sich natürlich nicht um Anweisungen. Wo er doch alles viel besser weiß.«

Darum ging es also. Sie fühlte ihre Autorität als Chefin untergraben. »Ich hätte nicht gedacht, dass jemand so hinterlistig sein kann. Du und Heusser, ihr müsst mich ganz schön hassen.«

Corinne winkte ab. »Spar dir das Gejammer, wir sind hier nicht im Kindergarten. Wer mit den Großen spielen will, muss auch einstecken können. So ist das in der echten Medienwelt. Wenn du mal über dieses Kuhdorf hinausgekommen wärst, hättest du das längst kapiert.« Sie marschierte auf die Kasse zu, stellte den Korb ab, packte den Inhalt auf den Tresen.

Die Kassiererin zog die Einkäufe über den Scanner und verstaute sie in einer Plastiktüte.

Bollag stellte sich neben Corinne. »Na, dann wünsche ich dir viel Erfolg draußen, in der richtigen Medienwelt.«

Corinne zückte ihr Portemonnaie, fingerte an den Geldscheinen herum.

Bollag tippte ihr auf die Schulter. »Ich will, dass du das Tagblatt verlässt. Du kündigst innerhalb der nächsten 24 Stunden.«

Sie hob den Kopf und lächelte herablassend. »Ach ja?«

»Macht 18,20 Franken«, sagte die Kassiererin. »Supercard?«

Corinne warf eine 20er-Note auf den Tresen, griff nach der Einkaufstüte und stellte sich vor Bollag. »Ich habe einen guten Draht zum Verleger. Wenn jemand das Tagblatt verlässt, wirst du das sein.« Sie stakste aus dem Geschäft.

Bollag folgte ihr auf dem Fuß, kurz nach einem Kiosk holte er sie ein. »Du verschwindest, sonst werde ich die Polizei über die Partydroge ins Bild setzen. Zudem wird die ganze Redaktion von deinem *guten Draht* zu Heusser erfahren. Und ich werde dafür sorgen, dass das bei den anderen Schweizer Medien die Runde macht. Als Journalistin wirst du keinen Fuß mehr auf den Boden kriegen.«

Sie blieb abrupt stehen. »Du mieser kleiner …! Kein Wunder, dass dich nie eine richtige Zeitung anstellen wollte.« Corinne funkelte ihn an. »Ich habe dir keine Drogen ins Büro geschmuggelt. Wahrscheinlich ist es sowieso dein Zeug.« Sie stieß ihn von sich weg. »Tu doch, was du willst.« Corinne marschierte davon in Richtung Kantonsbibliothek.

Sie log, wenn sie nur den Mund aufmachte, war sich Bollag sicher. Wie hatte er sich bloß so von Corinne einseifen lassen können? Er hätte ihr viel früher auf die Schliche kommen müssen.

Er blieb stehen, dachte über seine Blödheit nach. Die Sonne brach durch die Wolken, die gläserne Kuppel der Bibliothek leuchtete. Auf den braunroten Ziegeln darunter strahlten drei graue Buchstaben in hellem Licht:

À LA

Bollag starrte hin, überlegte ein paar Sekunden und griff sich an den Kopf. »Was bin ich für ein Trottel!«

47

E-E-R-H-E-C-H-R-C

Im Innern der Kantonsbibliothek sah Bollag aus dem Erdgeschoss hinab in den Lichthof. Fünf Meter unter ihm, in einem Wasserbecken, stand ein Buchstabenpuzzle mit weißen Mosaiksteinen auf rotbraunem Grund geschrieben. Brachte man die Buchstaben in die richtige Reihenfolge und setzte sie mit den beiden Wörtern auf dem Dach der Bibliothek zusammen, ergaben sie einen Sinn:

À LA RECHERCHE

Die Buchstaben waren ein Kunstobjekt, eine Ermunterung an die Besucherinnen und Besucher. Bollag konnte sich vage daran erinnern, dass er darüber gelesen hatte. Damals, 2005, nachdem das ehemalige Weinlager zur Kantonsbibliothek umgebaut und neu eröffnet worden war.

Nicht um Proust war es gegangen bei Tanjas Hinweis, sondern um die Bibliothek. Und er war sogar hier drin gewesen, hatte die Lösung des Rätsels vergeblich in Büchern gesucht. Dabei hatte er sie riesengroß vor der Nase gehabt.
»Vollidiot.«
Doch wieso hatte ihn Tanja hierher geführt? Wenn sie ihm etwas hatte hinterlegen wollen, hätte sie das doch auch in ihrem Schreibtisch verstauen können. Oder in Bollags Büro. Es sei denn, sie hatte jemandem beim Tagblatt misstraut. Corinne! Tanja musste herausgefunden haben, dass ihre Chefin die Redaktion bespitzelte.

Also gut. Mal angenommen, Tanja hatte tatsächlich etwas versteckt. Wo wäre das zu finden?

Dort unten vielleicht? Glasscheiben auf allen vier Seiten umfassten das Wasserbecken im Kellergeschoss. Vielleicht ließ sich eine davon öffnen. Bollag suchte nach einer Treppe hinab. Es gab nur eine, die nach oben führte. Er marschierte zum Lift, drückte die Ruftaste. Durch die gläsernen Wände sah er, wie sich die Kabel in Bewegung setzten. Die Liftkabine kam herunter, die Tür glitt auf. Drin sah er sich das Bedientableau genau an. Um in den Keller zu gelangen, bräuchte er einen Schlüssel.

Er trat wieder aus dem Lift und blickte sich im Erdgeschoss um. Mächtige Pfeiler aus dunklem Holz, die noch aus dem alten Weinlager stammen mussten, stützten lange Balken unter der Decke. Der Boden und die Wände strahlten gelbgrün im Licht der Neonröhren – ein markanter Kontrast zwischen Alt und Neu. Die weißen Kunststoffstühle eines Cafés gleich beim Eingang waren allesamt besetzt, vor dem Empfangstresen hatte sich eine Schlange gebildet. Diverse Metallständer warben mit Neuheiten: *Follett*, *Coelho*, *Bärfuss*.

Der Lichthof reichte ein Stockwerk hinab und drei Stockwerke hinauf. Durch die Glaskuppel darüber sah er blauen Himmel. Vage konnte sich Bollag daran erinnern, was sich wo befand: Belletristik im Erdgeschoss, Kinderbücher und Musik im ersten Stock. Die Biografien über Proust hatte er im zweiten Stock durchgeackert.

Vielleicht hatte Tanja ja doch den Franzosen gemeint.

Bollag ging am Empfangstresen vorbei und dann die Treppe hoch, nahm immer zwei Stufen auf einmal. Außer Atem erreichte er die 2. Etage, schritt um den Lichthof herum und zwischen gelbgrünen Regalen mit *Kunst* vorbei zu *Sprache und Literatur*.

Dort drüben, in der Lesezelle bei der *Philosophie*, hatte er am Dienstag gesessen und nach einem Hinweis in den Büchern gestöbert. Es schien eine Ewigkeit her. Aber in den Biografien über Proust zu suchen, war Blödsinn gewesen. Er musste nicht in den Büchern fahnden, sondern dazwischen, darunter und darüber.

Hinter dem freistehenden Regal links von Bollag saß ein Mann mit Spitzbart und blätterte in einem Kunstband über van Gogh. Sonst war das Stockwerk spärlich bevölkert. Das Gestell mit den Biografien stand an der Wand vor ihm. Bollag machte sich systematisch an die Arbeit, von oben links bis unten rechts. Er zog Bände über Camus, Houellebecq, Montaigne, Proust und Sartre hervor, griff in die Zwischenräume, tastete die Flächen dahinter ab.

Nichts.

Bollag drehte sich langsam um die eigene Achse. Zwischen zwei Regalen entdeckte er einen Computer. Er setzte sich davor, tippte *Proust* in die Suchmaske für den Bibliotheksbestand ein. 107 Treffer. Viele dieser Bücher befanden sich im Magazin, die müsste er bestellen, weshalb sie nicht infrage kamen. Die Romane von Proust standen jedoch im Erdgeschoss.

Klar, der große Roman-Zyklus! Nicht die Biografien und Texte über den Schriftsteller.

Bollag rannte die Treppe hinunter. Die Regale mit *Belletristik* standen alphabetisch geordnet in Reih und Glied, sie nahmen eine große Fläche ein. Dazwischen stöberten viele Leute in Büchern. An zwei weißhaarigen Damen vorbei zwängte sich Bollag zum Gestell mit P: *Ursula Priess, Annie Proulx* ... Dort, ganz unten, *Marcel Proust*. Etwa zehn Bände reihten sich aneinander. Bollag zog *Sodom und Gomorrha* heraus, *Die Flüchtige*, *Die wiedergefundene Zeit*, untersuchte die Einbände, die Buchseiten, das Regal.

Nichts.

In der Mitte des Gestells befand sich ein Schubfach mit Hörbüchern. Bollag öffnete es, wühlte durch die CDs. Auch nichts.

»Scheißdreck.«

Die beiden Damen warfen ihm einen irritierten Blick zu.

Ein mächtiger Träger aus gemasertem Holz stand gleich neben dem Regal, Querstreben reichten in die Decke. Mit den Fingern fuhr Bollag über das grobe Holz, suchte in den Rissen nach einem Papier, einem Memorystick, irgendetwas.

Nichts.

Gab es noch mehr Proust in dieser Bibliothek? Franzose war der gewesen, Frankreich ... Französisch! Bestimmt hätte Tanja Proust im Original gelesen. Gab es hier französische Bücher?

Bollag schritt die Regale ab, *Belletristik*, *Taschenbücher*, *English Books*. Da! *Livres Français*. Zwei Gestelle mit Taschenbüchern und CDs. Er ließ die Augen über die Autoren gleiten: *Nothomb, Musso, Pamuk, Pancol*. Es gab keinen Proust. Das konnte doch nicht sein. Aber vielleicht las ihn ja gerade jemand. Was wäre denn, wenn jemand Tanjas Hinweis mit nach Hause genommen hatte? Nein, unmöglich. So etwas hätte sie mit eingeplant.

Verflucht noch mal.

Bollag brauchte einen anderen Ansatz. Wo würde Tanja etwas verstecken, das ihr wichtig war? An einem Ort, der ihr etwas bedeutete. Bei Musik vielleicht? Bollag wusste, dass sie Bach gemocht hatte. Und Coldplay. Aber Musik hatte keinen riesigen Platz in ihrem Leben eingenommen.

Er schlenderte um den Lichthof herum, zwei Kinder spielten Fangis, die Menschen im Café führten angeregte Gespräche, ein Teenager versuchte der Bibliothekarin am Empfangstresen beizubringen, dass er eine CD *hundertprozentig* zurückgebracht habe.

Worüber unterhielt sich Tanja gerne? Über das Reisen, ihre Familie, den Beruf. Vielleicht …

Bollag suchte einen Computer, fand ihn zwischen den Regalen in der Belletristik. Er tippte *Woodward* ein. Woodward und Bernstein, die beiden legendären Journalisten der Washington Post, hatten Präsident Nixon zu Fall gebracht. Tanja hatte sie verehrt und den Film mit Robert Redford und Dustin Hoffman geliebt. Wie hieß der noch gleich?

Zwölf Treffer

Bücher über Watergate, eine Biografie über Woodward, mehrere Filme. Da war er: *Die Unbestechlichen.* Im ersten Stock.

Bollag rannte die Treppe hoch, suchte die Regale mit den DVDs und fand zwei Reihen. Die Filme waren alphabetisch nach Titel geordnet. Zwei Teenager arbeiteten sich systematisch durch das Angebot, zeigten sich gegenseitig ihre Funde und kicherten.

Bollag suchte die Reihe mit U, entdeckte *Union Jack*, *Unkraut im Paradies* und, ganz hinten, *Die Unbestechlichen, Special Edition*. Auf dem schwarz-weißen Cover blickten die jugendlichen Redford und Hoffman ernst in die Ferne. Bollag klappte die Hülle auf, eine CD fiel heraus und landete auf dem Boden. Er hob sie auf, steckte sie zurück in die Hülle, untersuchte diese, das Schubfach, das Regal.

Nichts.

Die Idee mit Woodward war zu weit hergeholt. Eigentlich hatte Tanja doch anders getickt. Sie hatte ihre Ferien nicht in Übersee verbracht, sondern lieber in der Heimat, im Baselbiet. Langenbruck. Die Belchenfluh.

Hinter dem Regal mit den DVDs stand ein Computer auf einem Stehpult. Bollag stellte sich davor, rief die Suchmaske auf, gab *Belchenfluh* ein.

Kein Treffer. Eigenartig.

Die Baselbieter würden *Bölchenfluh* sagen, er versuchte es damit. Ebenfalls kein Treffer. Also gab er *Belchen* ein, nun tauchten 21 Treffer auf. Ein Buch stach ihm sofort ins Auge: *Belchen oder Bölchen?, Suter Paul, 3. Obergeschoss Baselbieter Heimatblätter, Band IV.*

Bollag grinste. Ja, das passte zu Tanja wie der Kirsch zum Fondue. Und das Buch war nicht ausleihbar – noch ein Grund, der dafür sprach. Er machte ein paar Schritte hinüber zum Lichtschacht, schaute hinauf. Der dritte Stock befand sich ganz oben, gleich unter der Glaskuppel. Er rannte zwei Treppen hoch unters Dach.

Keuchend kam er oben an, eilte vorbei an *Länder und Reisen* auf die gegenüberliegende Seite zu *Geschichte*. Eine ganze Ecke war für den Kanton Baselland reserviert. Bollag glitt mit den Augen über die Buchrücken: *Baselland von A bis Z, s Baselbiet, Baselland bleibt selbständig*. Das hätte Tanja gefallen.

Links davon standen die *Heimatblätter*, eine Serie von dicken, vergilbten Bänden. Er zog Nummer IV heraus, *1951–1955*, klappte den Deckel auf, blätterte vor bis zum Text von Paul Sutter über den Bölchen.

Und da lag, zwischen den Buchseiten, Tanjas kleines, graues Notizbuch.

48

Bei jeder Trauerfeier stellte sich Neuenschwander dieselbe Frage: Wie viele werden es wohl bei mir sein? Er blickte über die Schar und zog innerlich den Hut. Bestimmt hundert Männer, Frauen und Kinder hatten sich versammelt. Schnee bedeckte die Felsen und Wege, er glitzerte in der Sonne. Zwischen kahlen Bäumen hindurch sah Neuenschwander eine Nebeldecke über dem Mittelland, die Alpen ragten daraus hervor und der blaue Himmel rundete das unwirklich schöne Bild ab.

Das Begräbnis von Tanja hatte am Samstag im kleinen Kreis stattgefunden, zur Gedenkfeier hatte die Familie am Sonntagmorgen auf die Belchenfluh eingeladen. Freunde von Tanja hatten die Stufen hoch zur Fluh freigeschaufelt. Doch auf der engen Plattform hätten niemals so viele Menschen Platz gefunden. Also standen die Trauergäste dicht gedrängt ein Stück unterhalb der Fluh, dort, wo die Wanderwege aus dem Süden und dem Norden zusammentrafen.

Neuenschwander hatte sich geehrt gefühlt, als er eine Einladung von der Familie erhalten hatte. Ob er die der schnellen Verhaftung der Täter zu verdanken hatte? Er hatte sich ganz hinten eingereiht. Eine irische Folkband spielte ein paar Lieder.

Dann stellte sich Tanjas Vater Paul auf die vierte Stufe der Steintreppe. Der schmale Mann hatte ein sonnengegerbtes Gesicht, als ob er einem Western mit John Wayne entsprungen wäre. Kein einziges Mal hob er den Blick, als er vom Blatt ablas. Er erzählte von der kleinen Tanja, die das Heuen und das Melken auf dem Bauernhof geliebt hatte. »Jedes Mal hat sie protestiert, wenn wir ein Tier zum Metzger bringen mussten.« Beinahe versagte ihm die Stimme.

Mit sichtlicher Mühe berichtete Schneider davon, dass sich das Mädchen so sehr in seine Bücher vergraben hatte, dass die Eltern den Gang zum Arzt ins Auge gefasst hätten. Und wie die Kleine schließlich gegen seinen Willen ans Gymnasium und an die Universität gegangen war – was ihn schließlich doch sehr stolz gemacht habe. »Alle ihre Artikel habe ich ausgeschnitten und aufbewahrt. Es ist wunderbar, dass Tanja ihren Berufstraum verwirklichen konnte. Und dass sie so viele Freunde hatte.«

Als Paul Schneider von der Treppe stieg, drückten viele der Anwesenden Taschentücher an die Augen. Neuenschwander schluckte schwer. Was für ein Jammer, dass diese junge Frau hatte sterben müssen.

Bollag stellte sich vor die Menge, aus der Ferne waren Bartstoppeln zu erkennen, er sah elend aus. Vermutlich hatte der die halbe Nacht an seinem Artikel für das Sonntagsblatt gearbeitet.

Neuenschwander selbst hatte ebenfalls kaum geschlafen. Die Ermittlungen und Befragungen liefen auf Hochtouren. Rossini verweigerte die Aussage, doch seine Garage war eine wahre Goldmine an Beweisen. Die Unterlagen gaben Einblick in ein ausgeklügeltes Betrugssystem, das bis nach Deutschland und Italien reichte. Mittlerweile hatten sie Interpol eingeschaltet. Und während seine Truppe in Arbeit versank, plusterten sich Justizdirektor Jauslin und Staatsanwalt Baumann vor den Medien auf. Neuenschwander wurde übel bei dem Gedanken.

Vorn auf der Steintreppe räusperte sich Bollag, dann erzählte er davon, wie eine junge Frau mit nervig klimpernden Armreifen ihre Stelle bei der Zeitung angetreten hatte. An ihrem ersten Tag hatte sie Bollag zum Mittagessen eingeladen – einem Sandwich in der Migros. Er habe der Anfängerin ein paar wohlwollende Tipps geben wollen. Doch Tanja habe ihn einer Befragung unterzogen, die der Inquisition gleichgekommen sei. »Danach war ich fix und fertig.«

Ein paar der Anwesenden kicherten, Neuenschwander konnte sich die Szene vorstellen. Ja, das passte zu Tanja Schneider.

»Schon am ersten Tag habe ich erkannt, dass Tanja keine halben Sachen macht«, sagte Bollag. »Dass so viele heute hierher gefunden haben, zeigt, was für ein Mensch Tanja war. Ich betrachte es als Privileg, dass ich sie eine Freundin nennen durfte.«

Bollag trat zurück in die Menge, Trauergäste schluchzten, die Folkband spielte wieder auf. Noch ein paar weitere Reden und ein Leichenschmaus im Langenbrucker Hotel Erica standen auf dem Programm. Doch Neuenschwander musste zurück ins Büro.

Als er die ersten Schritte den Wald hinab zu seinem Auto machte, spürte er eine Hand auf dem Ärmel.

»Danke, dass Sie gekommen sind.« Bollag ließ seine Hand

für einen Moment ruhen. »Es hätte Tanja viel bedeutet.«
Seine Augen waren blutunterlaufen, er schien um Jahre gealtert.

Neuenschwander wies mit dem Kinn auf die Versammlung. »Eine schöne Rede.«

Bollag winkte ab. »Ach, Sie wissen ja, wie das ist. Alles Wichtige kann man nie sagen. Und das Beste fällt einem hinterher ein.«

Das kannte Neuenschwander nur zu gut. Er blickte in Richtung Fluh. »Schon lange war ich nicht mehr dort oben. Ich muss öfter mal wieder raus.«

»Ging mir genauso, als mich Tanja zum ersten Mal hochgeschleppt hat. Mir wurde ganz schwindlig auf der Fluh.« Bollag lächelte schwach.

Neuenschwander bekam kalte Hände, er stopfte sie in die Manteltaschen. »Gratulation zu Ihren Artikeln. Sie machen Schlagzeilen im ganzen Land. Und bescheren uns einen Haufen Arbeit. Wir haben zwei Leute für Medienanfragen einsetzen müssen. Heute wollen alle Journalisten wissen, ob das auch alles stimmt.«

Bollag zog die Nase kraus. »Und? Was geben Sie denen zur Antwort?«

Neuenschwander spitzte die Lippen und wiegte den Kopf. »Im Großen und Ganzen ist alles korrekt.«

Bollag verzog den Mund. »Ich hätte nicht gedacht, dass ich das mal von Ihnen zu hören bekomme.« Dann schnaubte er. »Schön wärs.«

Neuenschwander hatte eine andere Reaktion erwartet. »Was meinen Sie damit?«

»Tanjas letzte Recherche.« Bollag griff in seine Jackentasche und zog ein graues Büchlein heraus. »Wir müssen reden.«

49

Tausende von Menschen füllten am Sonntagabend das Stedtli. Gebeugt unter der Last der brennenden Chienbäse bahnten sich dick vermummte Gestalten einen Weg durch die Menge. Ihre Reihen unterbrachen Gruppen, die mit mächtigen Feuerwagen das Törli ansengten und dann durch die Gassen zogen. Stand einer der Wagen für ein paar Sekunden still, schrien die Umstehenden auf, so sehr setzte ihnen die Hitze zu.

Durch die Fenster des leeren Newsrooms beobachtete Bollag den Lichterschein in der Altstadt. Seine Wohnung über der Rathausstrasse böte einen Logenplatz. In den vergangenen Jahren hatte er denn auch Freunde zu sich eingeladen, um den Chienbäse aus der Höhe zu beobachten.

Heute nicht.

Seit seinem Fund in der Bibliothek hatte Bollag telefoniert, recherchiert, das Archiv durchforstet und Texte gelesen. Nun kannte er die niederschmetternde Wahrheit.

»Einfach genial, die vielen Leute.« Mit roten Wangen und einem Streifen Ruß auf der Stirn stürmte Rebecca in die Redaktion. Sie schien überdreht, seit Heusser ihr eine feste Stelle in Aussicht gestellt hatte. Mit Feuereifer hatte sie sich in den Trubel draußen gestürzt. »In einer halben Stunde hast du die 80 Zeilen für den Frontaufhänger.« Rebecca warf Bollag eine Kusshand zu, warf ihren Mantel auf den Schreibtisch neben den ihren, setzte sich an Tanjas alten Platz und schaltete den Computer ein.

Bollag lehnte sich mit dem Rücken gegen die Fensterscheibe. »Wir haben den Aufhänger ausgewechselt.«

Rebecca beugte sich über die Tastatur und tippte die ersten Sätze. »Wollte Corinne nicht den Chienbäse auf der Front haben?«

Bollag schüttelte den Kopf. »Corinne hat gekündigt.«

Rebeccas Hände standen still in der Luft, dann ließ sie den Drehstuhl herumfahren. »Was ist passiert?«

Corinne hatte erkannt, was gut für sie war. »Es gab einen Loyalitätskonflikt.«

»Was soll denn das heißen?«

»Sie hat begriffen, wo die Grenzen liegen.« Im Gegensatz zu anderen Menschen.

Rebecca zuckte mit den Schultern. »Ich muss jetzt meinen Artikel schreiben. Aber danach will ich alles über Corinne wissen.« Sie drehte sich wieder dem Bildschirm zu. »Was kommt denn auf die Front? Hast du einen neuen Knüller über Rossini?«

»So könnte man es nennen. Willst du ihn lesen?« Bollag stieß sich von der Scheibe ab und schritt zum Pult von Rebecca. Er nahm die Maus und öffnete die gelayoutete Frontseite der Montagsausgabe.

Tagblatt-Journalistin verhaftet
Wegen Mordes wurde gestern Abend die Tagblatt-Journalistin R. T. verhaftet. Sie soll ihre Kollegin Tanja Schneider vor einer Woche betäubt und im Allschwiler Weiher ertränkt haben. »Wir haben überzeugende Beweise in der Hand«, sagte Kripo-Chef Heinz Neuenschwander dem Tagblatt. Noch nie in seiner Karriere habe er es mit einem derart verzwickten Fall zu tun gehabt.

Rebecca sah hoch vom Monitor, pustete sich eine Haarsträhne aus der Stirn und lächelte. »Schlechter Witz, Bollag.«

Er wünschte, es wäre so. Dann müsste er sich jetzt nicht

so viele Vorwürfe machen. Bollag richtete sich auf und sah auf Rebecca hinunter. »Wie einen Preisbullen hast du mich an der Nase herumgeführt. Hast mich auf Hinweise gestoßen, mich mit Informanten zusammengebracht.«

Sie machte große Augen. »Was faselst du da?«

»All deine Erfolge als Journalistin … Nur Tanja hat dich durchschaut.« Bollag zog das Notizbuch aus der Gesäßtasche seiner Jeans und hielt es in die Höhe. »Von Anfang an hatte sie Zweifel an deinen Recherchen. Wolltest du dich bei ihr einschmeicheln, als du ihr von den betrügerischen Garagisten erzählt hast? Oder war das schon Teil deines Plans?«

Rebecca verwarf ihre Hände. »Sie ist damit zu mir gekommen.«

Er tippte auf das Buch. »Hier drin steht das aber anders. Du hast Tanja auf die Idee gebracht. Und Tanja hat mitgespielt. Zunächst. Gleichzeitig hat sie aber im Hintergrund recherchiert. Über dich. Denn du warst das Thema des Artikels, den sie eigentlich schreiben wollte.«

»Schwachsinn.« Rebecca sprang in die Höhe, stand dicht vor Bollag.

»Angefangen hat alles mit den Katzen. Durch sie wurdest du zu einer kleinen Berühmtheit am Gymnasium. Ging es darum? Anerkennung? Tanja hat mit deinem Chemielehrer gesprochen.« Er wedelte mit dem Buch. »Er hatte von Beginn weg ein ungutes Gefühl, weil du damals sehr gezielt nach Blausäure in den toten Tieren gesucht hast. Andere Gifte interessierten dich gar nicht. Denn du wusstest, womit die Katzen getötet wurden, nicht wahr? Weil du ihnen die Blausäure selbst gegeben hast.«

Sie stemmte eine Hand in die Hüfte und zeigte mit dem Finger auf ihn. »Ach ja? Und das kannst du beweisen?«

»Die Katzen waren erst der Anfang und vergleichsweise harmlos. Doch dann folgte die nächste Stufe auf der Karriereleiter, der Brandstifter in Grellingen. Dank dieser Geschichte hast du die Stelle beim Laufentaler Kurier bekommen. Toll, wie du die Beweise in der Scheune aufgestöbert und die Polizei auf die richtige Fährte gebracht hast. Nur war das gar nicht so schwierig. Denn du hast sie ja dort versteckt. Und nicht nur das, sogar die Brände hast du selber gelegt. Deinetwegen sitzt Pascal Lörtscher unschuldig im Gefängnis.«

Rebecca verschränkte ihre Arme vor der Brust. »Und ich habe gedacht, du seist ein guter Journalist. Das sind doch nichts als Behauptungen.« Ihre Stimme triefte vor Verachtung.

»In Engelberg hast du einen Fehler gemacht. Als du Straßenkarten mit den Brandorten und Fotos vom Ausbruch der Feuer im Ferienhaus der Familie Lörtscher versteckt hast. Wenige Tage zuvor warst du dort und bist in das Haus eingebrochen. Das war ein Klacks für dich, nicht wahr? Bei deinen geschickten Händen.«

»Bullshit.« Mit den Fingern trommelte sie auf ihren Oberarm, sie machte drei langsame Schritte rückwärts. »Und welchen Fehler soll ich gemacht haben?«

»Dein Ausflug lässt sich beweisen. Tanja hat deinen Namen in der Gästeliste der Jugendherberge in Engelberg entdeckt. Ich habe heute mit dem Leiter gesprochen. Tanja hat ihn so lange bequatscht, bis er sie einen Blick in den Computer werfen ließ.«

»Na und, dann war ich eben dort. Es kann tausend Gründe dafür geben.« Sie gab ihrer Stimme einen gleichmütigen Klang, doch konnte sie das Zittern darin nicht überspielen. Rebecca bückte sich zu ihrem Mantel hinab, nestelte an der Seitentasche herum.

»Du hast irgendwie erfahren, dass Tanja dein Leben durchleuchtete.« Er klappte das Notizbuch auf und las vor: »*Rebecca hat mich am Abend zu einem Drink eingeladen. Ich werde hingehen, doch ich traue ihr nicht über den Weg. Diese Frau ist krank. Meine Notizen sind in der Redaktion nicht sicher vor ihr, ich werde sie verstecken.*« Er blickte hoch. »Das war Tanjas letzter Eintrag.«

»Krank? Ich?« Mit einem Taschentuch in der Hand richtete sich Rebecca auf. »Wer ist denn hier krank? Tanja ganz bestimmt. Und dein Hirn scheint auch angegriffen zu sein. Weißt du denn nicht mehr, dass ich das letzte Wochenende in Berlin verbracht habe? Ich habe sogar einen Zeugen – dich.« Sie schob sich mit dem Gesäß auf den Schreibtisch und stützte sich mit beiden Händen hinter dem Rücken ab. »Und der Zugbegleiter wird meine Reise bestimmt bestätigen.«

Er nickte. »Stimmt, du warst in Berlin. Ich habe mit dem Begleiter des Nachtzugs gesprochen. Er hat mir vom Streit erzählt, den du mit einem anderen Passagier angezettelt hast. Damit er dich auch bestimmt nicht vergisst. Aber du bist nicht am Freitagabend hingefahren. Du bist erst am Sonntag dort angekommen, mit Easyjet. Nach ein paar Stunden in der Stadt hast du den Nachtzug zurück in die Schweiz genommen. Am Montagmorgen bist du dann heulend bei mir in Liestal aufgetaucht.«

Sie öffnete den Mund, um etwas zu erwidern, doch er war schneller. »Dein Name steht auf der Passagierliste.«

Rebecca blieb gelassen. Sie studierte sein Gesicht wie ein interessantes Gemälde.

Das machte Bollag noch wütender. »Ich hielt dich für eine Freundin. Doch du wolltest auch mich ans Messer liefern. Du hast mich mit Tanjas Handy nach Binningen gelockt, hast das Foto gemacht und dem Staatsanwalt zugespielt. Und du hast das Drogenzeug in meinem Büro versteckt. Dass du mich vor der Polizei gewarnt hast, war nur ein weiterer Schachzug von dir. Als meine Verbündete warst du immer im Bild über den Stand meiner Recherchen. Bestimmt hättest du mich rechtzeitig der Polizei ausgeliefert. Doch dann hattest du eine bessere Idee.«

»Ach ja?« Sie stand langsam auf, kam auf ihn zu.

»Rossini. Der steckt sowieso tief drin, ein Mord wäre ihm zweifellos zuzutrauen. Also hast du Tanjas Armreifen mit einem kleinen Taschenspielertrick im Keller der Autowerkstatt versteckt. Und dann die Überraschte gespielt. Ich muss leider zugeben, dass ich voll darauf hereingefallen bin.«

Zwei Schritte vor Bollag blieb sie stehen. »Und jetzt ist der kleine Max beleidigt, weil ich seine Gefühle verletzt habe.« Sie sprach wie zu einem Kleinkind.

Sie hatte recht. Ja, er fühlte sich hintergangen. Verdammt, er hatte Rebecca gerne gehabt.

»Schau, Max, du bist ein ordentlicher Journalist und recht unterhaltsamer Kollege. Das ist alles. Du dachtest, da sei mehr zwischen uns. Doch du hast dich geirrt.« Sie streckte den Arm aus, als wollte sie ihre Hand auf Bollags Schulter legen.

Bollag sah etwas aufblitzen und schnellte zurück mit seinem Oberkörper. Etwas schrammte über seine Brust, er spürte ein Brennen und sprang einen Schritt rückwärts.

Rebecca hielt ein schmales, silbernes Messer von etwa 20 Zentimetern Länge in ihrer Hand. Sie ging etwas in die Hocke, ihr Körper schien angespannt wie eine Sprungfeder.

Blut floss über Bollags Hemd. »Willst du mich jetzt auch noch umbringen? Damit kommst du nicht durch.«

»Jeder weiß, dass du scharf auf mich bist, Max. Du wolltest mich vergewaltigen, ich musste mich wehren.« Sie streckte die Klinge vor. »Mein Brieföffner lag in der Nähe.« Sie holte aus.

»Waffe fallen lassen!« Neuenschwanders dröhnende Stimme schallte durch den Newsroom. Mit raschen Schritten trat er aus Bollags Büro und zielte mit seiner Pistole auf Rebecca.

Ihr Kopf schwenkte zwischen Neuenschwander und Bollag hin und her. Für einen kurzen Moment ließ sie ihre Maske fallen und Bollag konnte in ihrem Gesicht lesen: Angst, Wut und etwas, das er noch nie bei einem Menschen gesehen hatte: Wahnsinn.

Der Moment verflog so schnell, wie er gekommen war. Rebecca richtete sich langsam auf, streckte beide Hände in die Höhe, ließ das Messer fallen – und lächelte.

Neuenschwander trat hinter sie, packte ihre Hände, führte sie auf den Rücken und legte ihr Handschellen an.

Unablässig schaute Rebecca in Bollags Augen. »Das ist nicht das Ende, Max.« Sie formte einen Kussmund. »Es ist noch nicht vorbei.«

Bollag verstand. Jemand wie Rebecca vergaß nie. Sie hatte eine Niederlage eingesteckt, doch sie gab sich nicht geschlagen. Sollte sie jemals wieder in Freiheit kommen, würde sie mit ihm abrechnen.

50

Neuenschwander schnaufte wie eine Dampflokomotive, als er die Aussichtsplattform des Turms auf dem Schleifenberg erreichte. »Gopfridstutz, Bollag. Wir hätten uns doch auch im Stedtli treffen können.«

»Sie wollten doch öfter mal raus.« Bollag machte eine halbrunde Bewegung mit dem Arm. »Dafür lohnt sich die kleine Kletterei.« Knapp 300 Meter unter ihnen lag das Ergolztal, der Blick ging von Sissach über Liestal bis zu den Vororten von Basel. »Außerdem habe ich Sie bis zum Turm hochfahren sehen. Trotz Fahrverbot.« Er grinste.

»Bin schließlich im Dienst«, brummte Neuenschwander. Er stellte sich neben Bollag und die Runzeln auf seiner Stirn verschwanden, als er das Panorama in sich aufnahm.

Sie schwiegen für eine Weile. Der Wind schob Wolken über den Himmel, immer wieder brach die Sonne durch und beleuchtete das hellblaue Becken im Schwimmbad Gitterli. Ein rot-weißer Zug der Waldenburgerbahn hielt am Altmarkt und fuhr wieder an. Es war Freitagmorgen kurz nach 10 Uhr; vor fünf Tagen war Rebecca verhaftet worden.

Bollag hob seine Umhängetasche vom Boden. »Und? Kommen Sie voran?« Er holte einen roten Thermoskrug und zwei blaue Plastikbecher heraus, gab einen davon Neuenschwander.

»Sie sind ja bestens ausgerüstet.« Kurz hob Neuenschwander beide Mundwinkel.

Bollag zuckte mit den Schultern. »Die Bergwirtschaft hat nur am Sonntag geöffnet.«

»Ja, wir machen Fortschritte. Unsere Techniker haben

die Fotos von den Bränden aus dem Archiv geholt und die DNA von Rebecca Tobler darauf gefunden. Ein Richter hat angeordnet, dass der vermeintliche Brandstifter Pascal Lörtscher sofort aus der Haft entlassen wird.«

Bollag schraubte den Krug auf und goss Kaffee in die beiden Becher. »Und der Mord an Tanja?« Er verschloss den Krug und verstaute ihn in der Tasche. Dann reichte er Neuenschwander einen Plastiklöffel, ein Rähmli und zwei Tüten Zucker – er wusste, wie der seinen Kaffee mochte.

»Der wird schwieriger zu beweisen sein. Wir haben einen Zeugen, der die beiden Frauen in der Mordnacht in der Bar Rouge gesehen hat. Frau Tobler hat Spuren im Auto von Frau Schneider hinterlassen. Und auf Toblers privatem Laptop fanden wir eine Online-Bestellung für GBL, die Partydroge. Beweise sind das nicht, aber starke Indizien. Zusammen mit dem Notizbuch sollten die für eine Verurteilung reichen.« Neuenschwander stellte seinen Becher auf das breite Metallgeländer der Aussichtsplattform. Dann schüttete er Zucker und Rahm hinein.

Bollag nahm einen Schluck, das heiße Getränk brannte in seiner Kehle. »Im Rückblick scheint alles so offensichtlich. Doch ich war blind, nie im Leben hätte ich Rebecca verdächtigt.«

Neuenschwander rührte den Kaffee um. »Auch uns hat sie in die Irre geführt. Die Frau ist sehr raffiniert vorgegangen, hat laufend falsche Fährten gelegt. Das war schwer zu durchschauen. Wie heißt es bei Goethe: ›Wer nicht mehr liebt und nicht mehr irrt, der lasse sich begraben.‹«

Die poetische Ader des Kripo-Chefs schimmerte wieder mal durch. »Mir will nicht in den Kopf, wieso sie das alles inszeniert hat. Rebecca hatte Talent, sie hätte es auch ohne Tricks nach oben geschafft.«

»Dafür kann es viele Gründe geben.« Neuenschwander führte den Becher an den Mund, blies hinein, es dampfte. »Wir haben einiges aus der Vergangenheit von Frau Tobler ausgraben können. Ihre Eltern sind gestorben, als sie zwölf Jahre alt war. Ihr Haus ist abgebrannt, sie wurden im Schlaf überrascht.«

Schon wieder eine Lüge. »Mir hat sie erzählt, sie seien bei einem Autounfall ums Leben gekommen.«

»Aus den Akten geht hervor, dass ihr Vater ein Trinker war, der seine Familie terrorisiert hat. Schläge für die Frau und das Kind gehörten offenbar zum Alltag. Nachbarn haben zu Protokoll gegeben, dass sich die Mutter nie zur Wehr gesetzt habe. Und in der Öffentlichkeit ließ sie nichts auf ihren Mann kommen.« Neuenschwander nahm einen Schluck. »Gestern habe ich mit Frau Reutter gesprochen, Rebeccas Lehrerin in der dritten und vierten Klasse. Sie kann sich gut an das Mädchen erinnern, sehr intelligent und ehrgeizig sei es gewesen. Und gleichzeitig sehr still und in sich gekehrt.« Er stellte den Kaffee ab und holte ein Foto aus der Seitentasche seines Mantels. »Das hat mir die Lehrerin mitgegeben.« Er streckte es Bollag hin.

Das Bild zeigte eine Schar von etwa 20 Kindern auf einer breiten Treppe, sie umringten eine junge Frau. Bollag sah sich die Kinder genauer an, alle lächelten um die Wette. Nur eines nicht. Ein Mädchen in der hintersten Reihe, ganz außen rechts, schien apathisch und desinteressiert. Zweifellos Rebecca. Zwischen ihr und ihrer Nachbarin auf dem Bild gab es eine kleine Lücke, die meterbreit zu sein schien. Rebecca schaute nicht in die Kamera, sondern darüber hinaus, in die Ferne.

Mit dem Finger deutete Neuenschwander auf die Kleine. »Immer wieder sei sie mit Schürfwunden, Beulen oder blauen Flecken zur Schule gekommen, einmal gar mit einem gebrochenen Arm. Mehrmals hat Frau Reutter nach den Gründen gefragt, immer habe Rebecca die Verletzungen erklären können. Manchmal habe die Kleine ausgeklügelte Geschichten erzählt. Mehr als einmal hat die Schule die Fürsorge eingeschaltet, doch die war machtlos.«

Bollag gab ihm das Foto zurück. »Wieso ist ihr Elternhaus abgebrannt?«

»Der Vater war Kettenraucher, das Haus alt und in schlechtem Zustand. Die Feuerwehrleute fanden Zigarettenstummel rings um das Bett verstreut. Die genaue Brandursache konnte aber nicht ermittelt werden.«

»Könnte sie das Feuer nicht selbst gelegt haben?«

»Der Gedanke ist mir auch gekommen. In Anbetracht der Brände in Grellingen scheint das nicht sehr weit hergeholt. Auf jeden Fall hatte die kleine Rebecca Glück. Ein Geräusch hat sie geweckt, dann hat sie den Rauch gesehen. Das Haus stand bereits in Flammen, nur knapp konnte sie sich ins Freie retten. So hat sie es zumindest den Feuerwehrleuten erzählt.«

»Wer kümmerte sich danach um sie? Ist sie bei Verwandten aufgewachsen?«

»Verwandte gab es keine, man brachte das Kind bei verschiedenen Pflegefamilien unter. Aus den Akten geht hervor, dass es einmal eine Untersuchung gegen einen Pflegevater wegen sexuellen Missbrauchs gab. Zur Anklage kam es nie.« Neuenschwander hob die Schultern. »Trotzdem ist Rebecca nie negativ aufgefallen. Sie zeigte nicht die typischen Symptome von vernachlässigten oder missbrauchten Kindern. Kein Alkohol, keine Drogen, keine Gewaltausbrüche. Alle beschreiben sie als freundlich, zurückhaltend, eine ausgezeichnete Schülerin.«

Bollag blies die Wangen auf und stieß Luft aus. »Dabei muss doch genau das unnatürlich gewesen sein. So eine Kindheit hinterlässt bestimmt Narben.«

»Möglich, ihre Taten rechtfertigt das aber keinesfalls.« Neuenschwander leerte die Tasse in einem Zug.

»Haben Sie mit ihr gesprochen im Gefängnis?«

»Mehrmals. Offenbar kommt sie recht gut klar damit. Die Wärterinnen mögen sie, sie hat schnell Freundinnen gefunden. Mir gegenüber war sie freundlich, gar charmant. Bis zu einem gewissen Punkt. Dann blockt sie ab. Die Taten bestreitet sie nach wie vor.«

»Ich kann sie mir genau vorstellen.« Auf dem Geländer des Aussichtsturms lag eine dünne Schicht Schnee, Bollag wischte ihn mit der Hand weg. »Trauen Sie dieser Frau nicht über den Weg. Sie ist sehr clever, berechnend – und eiskalt.«

»Ich weiß.« Neuenschwander reichte ihm den leeren Becher. »Was haben Sie jetzt vor? Ich habe gehört, dass Sie gekündigt haben.«

»In Liestal macht so etwas schnell die Runde.« Bollag verstaute die Becher in seiner Tasche. »Ich wollte bloß die Geschichte zu Ende bringen. Nachdem der Artikel am Montag erschienen war, habe ich meinen Job hingeschmissen. Mit meinen Ersparnissen komme ich ein paar Monate über die Runden. Irgendetwas wird sich ergeben.« Er blickte zu den Jurabergen im Süden. »Zunächst fahren wir für ein paar Tage weg.«

Neuenschwander schritt auf die Wendeltreppe zu, nahm die ersten Stufen. »Wir?«

»Petra und ich. Ich weiß nicht, wie sie es angestellt hat, aber sie konnte sich für ein paar Tage freischaufeln.« Bollag folgte ihm den Weg hinunter. »Sie holt mich am Mittag ab.«

Neuenschwander drehte sich halb um. »Wo soll es denn hingehen?«

»Wer weiß das schon bei einer Frau wie Petra Mangold?«

51

»Verrätst du mir jetzt, wo wir hinfahren?« Sie hatten den Grenzübergang Genf-Bardonnex vor 20 Minuten hinter sich gelassen und folgten der A41 in Richtung Süden.

Petra saß am Steuer ihres Toyota Prius und summte eine Melodie. »Wenn du es wirklich wissen willst.«

War ihm das wichtig? »Eigentlich nicht«, sagte Bollag.

Sie schmunzelte.

Er hielt ihr eine Tüte hin. »Gummibärchen?«

Sie fischte zwei gelbe heraus und steckte sie in den Mund. Nun waren bloß noch die roten übrig – Petra sparte ihre Lieblingsfarbe immer bis zum Schluss. »Und wie geht es jetzt weiter mit uns?«

Bollag lehnte den Kopf zurück an die Stütze und genoss die Sonne im Gesicht. Er ließ sich Zeit mit der Antwort. »Ganz ehrlich: Ich weiß es nicht. Wir sind zusammen, hier und jetzt. Das ist alles, was mir im Moment wichtig ist.«

Schweigend fuhr Petra ein paar Kilometer weiter, vorbei an der Abzweigung Annecy. »Bald habe ich Geburtstag. Ich werde 40.«

Verflixt, hatte er das Geschenk vergessen? Nein, ihr Geburtstag war erst im Sommer. »Na und?«

»Die Uhr tickt.« Sie schob ihre Sonnenbrille hoch und schaute ihm in die Augen. »Deswegen habe ich mich entschieden ... Ich möchte ein Kind.«

»Äh ... Guck lieber auf die Straße.« Bollag setzte sich aufrecht hin. »Aber ... Ich.« Er kratzte sich am Kinn. »Wow!«

Petra lachte. »Ihr Journalisten könnt alles immer so schön in Worte fassen.« Es verging eine Minute, in der Petra ein

Wohnmobil überholte. Dann drehte sie den Kopf wieder in seine Richtung. »Du kannst jetzt aussteigen, wenn du willst. Ich kann dich zum nächsten Bahnhof bringen.«

»Wieso sollte ich?«

Sie zuckte mit den Schultern. »Jetzt ist doch der Moment, wo du dich überfahren fühlst. Wo du sagst, du wolltest keine Verpflichtungen eingehen. Wo du mir mitteilst, du seist zu jung oder zu alt für ein Kind.«

Typisch. Bestimmt hatte sie das Gespräch hundert Mal im Kopf durchgespielt. »Nett von dir, dass du meinen Text bereits geschrieben hast.«

»Ist es denn nicht so?«

Bollag ließ es sich durch den Kopf gehen. »Es kommt überraschend, das gebe ich zu. Nicht überraschend im Sinn von: ›Um Gottes willen, ich will hier raus‹, sondern unerwartet.« Er kaute auf seiner Unterlippe, dann schaute er sie an. »Du bist immer so selbstbewusst, hast eine tolle Karriere gemacht, behauptest dich im Haifischbecken in Bundesbern. Du wirkst wie jemand, der ständig alles unter Kontrolle hat.« Er stieß Luft aus. »Und jetzt willst du ein Kind, das dein ganzes Leben auf den Kopf stellen wird. Das muss ich erst mal verarbeiten.«

»Der Wunsch nach einem Kind ist nicht neu, den hatte ich schon immer. Nur habe ich ihn lange Zeit unterdrückt.« Petra biss sich auf die Innenseite ihrer Wange. »Ändert das deine Meinung über mich?«

»Ein wenig. Aber nicht negativ. Du als Mutter, das ist eigentlich ein schöner Gedanke. Bestimmt wärst du ein tolles Mami.« Er schwieg für ein paar Atemzüge. »Und ich glaube, dass ich einen ganz passablen Vater abgäbe. Wenn du mich denn als Vater haben willst.«

Petra schmunzelte. »Du meinst, du wärst dem gewachsen? Möglicherweise gäbe es eine hysterische Schwangere, kurze Nächte und ein schreiendes Baby, das gewickelt und gefüttert werden will. Traust du dir das zu?«

Eine neue Aufgabe, ein neuer Lebensabschnitt – vielleicht war ein Kind genau das, was Bollag jetzt brauchte. »Referenzen habe ich leider keine. Aber ich denke schon, dass ich das könnte.«

Nun lächelte sie breit, Fältchen bildeten sich in ihren Augenwinkeln. »Ich denke, du wärst ein toller Papi, Max.« Petra strahlte ihn an, streckte einen Arm aus, nahm seine linke Hand und hielt sie fest. »Und ich hätte sehr gerne ein Kind von dir.«

Nun musste auch Bollag grinsen. Er wusste gar nicht, wohin mit seinen Gedanken. »Erwartest du, dass ich dir einen Heiratsantrag mache? Wenn wir an der nächsten Raststätte stoppen, kann ich vor dir auf die Knie gehen. Beim Hochkommen müsstest du mir vielleicht helfen.«

Sie kicherte. »Ist dir das Heiraten wichtig?«

Er lächelte schief. »Kommt darauf an, ob mich die Leute dann mit *Herr Bundesrat* ansprechen würden.«

Petra rollte mit den Augen. »Ach, darauf bist du also aus. Ich denke eher nicht.«

»Schade.« Die Gipfel der französischen Alpen waren tief verschneit. »Und dein Sitz in der Regierung? Willst du den behalten?«

Sie spitzte die Lippen. »Ja, wenn es irgendwie machbar ist. Wäre das nicht toll, eine Bundesrätin mit Baby? Ich denke, das würde vielen Frauen Mut machen.« Sie bekräftigte ihre Worte mit einem Nicken. »Falls das Kind im November zur Welt käme, könnte ich über Weihnachten und Neujahr meinen Urlaub nehmen. Ich bin sicher, dass mein Departement so lange ohne mich auskäme. Zudem könnte ich einiges zu Hause erledigen. Und Ende Januar wäre ich zurück im Büro. Wir haben eine Kinderkrippe im Amt, bestimmt bekäme ich einen Platz.« Petra schaute ihn an. »Oder falls dir das lieber ist, könntest du das Baby zu Hause betreuen. Zumindest am Anfang.«

Er strich mit dem Daumen über ihre Hand. »Du hast das offenbar genau durchdacht.«

Sie seufzte. »Du hast ja keine Ahnung.«

Doch, er kannte Petra mittlerweile gut genug. Vermutlich hatte sie lange Listen mit Pro und Contra angelegt und nächtelang darüber gebrütet. »Etwas hast du dir aber nicht überlegt.« Er rechnete kurz nach.

Petra runzelte die Stirn. »Was denn?«

»Wir haben Februar. Wenn du im November ein Baby bekommen willst, müsstest du sehr bald schwanger werden.«

Sie legte ihre Hand auf seinen Oberschenkel. »Was denkst du denn, weshalb wir für drei Tage nach Avignon fahren?« Dann drückte sie auf das Gaspedal.

Oh, Mann.

ANMERKUNGEN

Diese Geschichte ist Fiktion. Die Personen oder Garagen in diesem Krimi sind allesamt frei erfunden. Eine Tatsache ist hingegen, dass die Zahl der inszenierten Autounfälle in den letzten Jahren rapide zugenommen hat. Deutsche Versicherungen schätzen, dass sie auf diese Weise jedes Jahr um mehrere Milliarden Euro geprellt werden. Auch in der Schweiz tauchen ähnliche Fälle immer häufiger auf – speziell in der Region Basel.

Ebenfalls den Tatsachen entspricht, dass nirgends in der Welt so oft Schleudertraumata diagnostiziert werden wie in der Schweiz – Gesundheitsexperten sprechen von einer »Schleudertraumakultur«. Auf über eine Milliarde Franken pro Jahr schätzen sie die Folgekosten.

Bedanken möchte ich mich bei allen Personen, die mir durch ihr Wissen und ihre Ratschläge beim Schreiben geholfen haben. Meine Agentin Anna Mechler unterstützte mich in vielen Belangen, der Autor Carlo Feber gab mir wertvolle Tipps und die Lektorin Katja Ernst vom Gmeiner-Verlag machte den Text noch besser. Zu meinem Beraterteam gehörten zudem der Jurist Benjamin Brotschi, die Ärztin Patricia Engels, der Bücherwurm Gregor Saladin, der Autofachmann René Waldner sowie Rolf Wirz, der ehemalige Sprecher der Polizei Basel-Landschaft. Sie alle lieferten mir wertvolle Hinweise.

Ein spezieller Dank geht an die »Neubürger 58«, die älteste Wagenclique von Liestal. An der Fasnacht 2015 haben die Mitglieder dieser Gruppe meine Krimiserie zum Thema eines schönen Wagens gemacht.

Den größten Dank schulde ich meiner Frau und meinen Kindern, die mich wie immer auf vielfältige Weise unterstützt haben.

DIE NEUEN
Lieblingsplätze

ISBN 978-3-8392-0370-5 — Lieblingsplätze BAYERISCHER WALD
ISBN 978-3-8392-0373-6 — Lieblingsplätze IM EMSLAND
ISBN 978-3-8392-0371-2 — Lieblingsplätze BERCHTESGADENER LAND
ISBN 978-3-8392-0158-9 — Lieblingsplätze IM HARZ

ISBN 978-3-8392-0372-9 — Lieblingsplätze BODENSEE
ISBN 978-3-8392-0376-7 — Lieblingsplätze IM HOHENLOHE
ISBN 978-3-8392-0378-1 — Lieblingsplätze IN KÄRNTEN
ISBN 978-3-8392-0386-6 — Lieblingsplätze SALZBURGER LAND

ISBN 978-3-8392-0375-0 — Lieblingsplätze für Wanderer SCHWÄBISCHE ALB
ISBN 978-3-8392-0380-4 — Lieblingsplätze NORDSEE NIEDERSACHSEN
ISBN 978-3-8392-0381-1 — Lieblingsplätze NORDSEE SCHLESWIG-HOLSTEIN
ISBN 978-3-8392-0382-8 — Lieblingsplätze OBERÖSTERREICH

ISBN 978-3-8392-0383-5 — Lieblingsplätze OSNABRÜCKER LAND
ISBN 978-3-8392-0374-3 — Lieblingsplätze IN FRANKEN
ISBN 978-3-8392-0377-4 — Lieblingsplätze IN UND UM MÜNCHEN NACHHALTIG
ISBN 978-3-8392-0385-9 — Lieblingsplätze RUND UM BERLIN

GMEINER KULTUR

WWW.GMEINER-VERLAG.DE
Mensch, Kultur, Region